밤을
달려
온

밤을
달려

연여름
단편 소설집

온

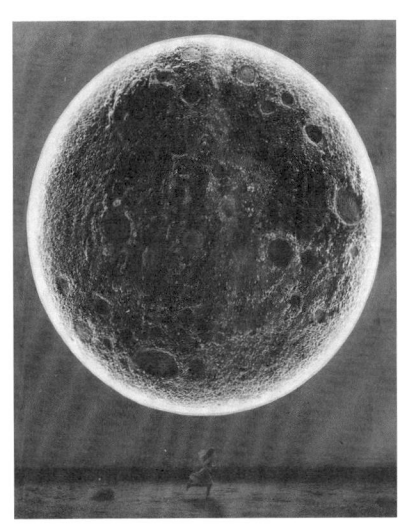

황금가지

구름을
터뜨리면

매일매일 소나기가 쏟아지는 환상의 세계. 어서 오세요, 레인파크에. 무지개 너머 희망의 나라로.

10분에 한 번 간격으로 들려오는 테마송은 이제 거슬린다거나 지겹다는 느낌조차 없다. 노래가 나오든 아니든 들렸는지 어쨌는지 헷갈릴 정도가 되면 레인파크에서는 수습을 뗄 때가 되었다고 말한다. 직원들이 종종 가사 내용을 비아냥거릴 때도 있다. 주로 신입의 교육 기간에 그렇다.

"희망의 나라는 무슨, 말라죽을. 무지개 뜨는 방향 저쪽 너머는 목연인데."

"에, 진짜요?"

"몰랐어? 신입 너 여기 올 때 매핑 확인도 안 해 본 거야?"

"너무해요, 매니저님. 환상이 다 깨졌잖아요."

"환상은 깨지라고 있는 거지."

"이제 무지개 보면 쓰레기부터 생각나겠어요. 차라리 모르는 게 나았어."

신입이 앓는 소리를 냈다. 윤 매니저가 일깨워 준 대로 목연에는 국내 최대 쓰레기 매립지가 있었다. 오래전 수도권이라고 불렸던 북부 주거지에서 배출된 생활 쓰레기는 모두 목연으로 옮겨지는데, 레인파크에서 매일 띄우는 인공 무지개 방향 너머가 바로 그 목연이었다. 이곳 레인파크가 있는 단하에서 서남쪽 목연 매립지까지의 거리는 약 15킬로미터 정도였다.

"근데 작사가도 그걸 알고서 가사를 지었을까요?"

"응. 난 의도했다에 한 표."

신입의 물음에 레인파크 3년 차 윤 매니저는 그렇게 답했다.

"무슨 의도요?"

"레인파크 너네가 쓰레기나 다름없다고 에둘러 표현한 거지."

이틀 전 입사한 신입은 매니저의 음모론을 믿는 표정이었다. 물론 나는 아니었다. 레인파크를 향한 애사심이 이유는 아니었고 사실일 수 없어서였다. 인공 무지개 쇼는 레인파크가 개장하고 2년이 지난 후에야 비로소 세팅되었다. 하지만 이 테마송은 개장 전에 준비되어 오픈 1년 전부터 모든 광고 매체에서 울려퍼졌다.

"레인파크 혐오자가 어디 한둘이야. 극악한 자본주의 아이콘이라고."

"맞아요. 과 동기 중에도 몇 명 있었거든요."

"그렇다니까."

"구름 터뜨릴 시간이야."

내 목소리가 끼어든 다음에야 매니저와 신입은 비로소 잡담을 그쳤다.

"벌써 두 번이나 봤는데도 또 기대돼요, 미라클 샤워."

휴게실을 나서기 전, 외부의 고온에 대비해 냉각제를 삼킨 뒤 신입은 들뜬 목소리로 말했다. 그는 스무 해 넘도록 도시에서만 살아왔다고 했다. 비와 무지개를 사흘 연달아 보다니. 도시에서는 어림도 없을 일이라 두근거리는 심정이 이해는 갔다.

"그래도 업무에는 집중해. 계산 실수하지 말고."

신입의 근무처는 기념품 숍이지만, 거기에서도 미라클 샤워는 잘 보였다.

"유리창에 비 듣는 소리도 얼마나 좋은지 몰라요."

내 당부는 안중에도 없는 듯 신입은 아련한 얼굴이었다. 레인파크가 더는 신기하거나 신선하지 않게 느껴지면 많은 전임자가 그랬듯 그만둘게요, 할지도 모르겠다.

휴게실 문을 열고 나가자 자비 없는 태양 빛에 달궈진 바깥의 후텁지근한 공기가 금세 몸을 덥혀 왔다. 냉각제는 체감 기온을 낮춰 주지만 40도를 가뿐히 넘기는 이런 계절에는 그 효능에도 한계가 있다.

덕분에 서둘러 비를 뿌리고 싶어졌다.

나의 직장, 레인파크의 시작은 기후 위기였다. 뭔가 거창해 보이는 서두지만 사실이 그렇다.

2050년, 세계의 저탄소 정책은 공식적으로 실패를 선언했다. 이미 극지방을 제외한 대륙 대부분이 더위에 잡아먹힌 뒤였다. 이 나라도 예외는 아니었다. 겨울에도 반소매를 찾게 될 정도로 후덥지근했고 여름이 되면 괴로울 만큼 더웠다.

수시로 닥쳐오는 폭염은 지독한 가뭄으로, 때때로 예측 못할 폭우로 이어졌다. 둘 중 어느 쪽도 안정적인 식량 생산이나 인류의 안위에는 도움이 되지 않았다. 극단의 양상을 보이는 기상은 수시로 재앙을 불러올 뿐이었다. 흉작이 이어지며 농작물 생산량은 줄어들고 물가는 폭등했다. 사람들은 밥, 식사, 음식보다 식량이라는 말을 자주 쓰게 되었다. 그중 가장 많이 쓰인 용례는 '식량난'이었다.

자본력이 있는 몇 개 국은 오직 식량 문제 해결을 위한 인공 강우 기술 개발에 돌입했다. 이미 높아진 기온을 다시 떨어뜨릴 수 없는 상황에서 그나마 통제 가능한 대상이 다름 아닌 구름이었기 때문이다. 목표는 분명했다. 토양을 오염시키는 촉매제를 사용하지 않는 방법으로 구름을 자극하여 비가 내려야할 장소에 필요한 양만큼만 내리게 하는 것. 수년에 걸친 연구 끝에 국내의 한 연구소가 드론을 띄워 넣어 전하를 방출해 물입자를 생성하는 방식으로 평범한 구름을 비구름으로 전환하는 실험에 성공했다.

구름을 전략적으로 끌어다 쓰는 기술까지 안정화되자 기약 없는 가뭄이나 폭우를 동반한 돌풍은 어느덧 통제 가능한 영역이 되었다. 다만 구름은 애초에 정해진 분량이라는 것이 있다. 이곳에서 구름을 붙잡아 쓰면 저곳으로 흘러갈 구름은 남지 않는다. 통제 기술이 없는 구름 협약 미가입 국가는 이전보다 더 지독한 가뭄에 시달리게 되었다는 사례가 잊을 만하면 뉴스에 나오곤 했다.

국내의 분위기는 나쁘지 않았다. 자칫 대규모 식량난으로 이어질 뻔한 위기는 인공 강우 정책이 효과를 보이며 진정세에 들어갔다. 물가도 서서히 통제되었고 세상은 새로운 질서에 순응해 갔다. 그렇게 변한 한 가지가 이제 도시에서는 누구도 비를 기다리지 않게 되었다는 것이다. 내가 기억하는 도시의 마지막 '자연비'도 벌써 몇 해 전이었다.

비는 이제 일상에서 유리된 것, 눈에서 보이지 않게 되자 어쩐지 그리운 것이 되었다. 사람들은 두런두런 비를 추억했고 그 틈새를 사업이 귀신같이 파고들었다. 그것이 단하에 세워진 레인파크다.

연중 구름의 양이 비교적 안정적인 중서부 지역 단하. 비구름이 생성되는 농지와 녹지 사이의 자투리 땅을 나무와 꽃으로 적당히 꾸며 놓고 친환경 테마파크라는 이름을 붙였다. 그리고 '미라클 샤워'라는 이벤트로 매일 정해진 시간에 구름을 터뜨린다. 다른 말로 하면 소나기를 내리는 것이다. 필드팀의 팀장인 내가 그 레인드론을 조종하는 책임자, 컨트롤러다.

매일매일 소나기가 쏟아지는 환상의 세계. 어서 오세요, 레인파크에. 무지개 너머 희망의 나라로.

사람들은 이제 휴일이면 하늘에서 쏟아지는 비를 체험하기 위해 짧지 않은 거리를 달려와 제법 큰 비용을 치른다. 현재 농지와 녹지는 보호 구역으로 엄격히 지정되어 일반 시민이 함부로 진입할 수 없기에 비를 유희로 즐기려면 레인파크 외에는 선택지가 없었다.

예약 경쟁을 거쳐서 입장료를 내고 들어와 비를 맞는다. 기념품 숍에서 판매하는 우산을 쓰거나 비옷을 입어도 된다. 비가 그친 후에는 무지개도 볼 수 있다. 해가 떠 있는 시간과 방향, 각도, 물방울의 밀도 분포 등을 면밀히 계산하여 상승 기류 생성기의 힘을 더한 결과물로, 길이가 1킬로미터에 달하는 웅장한 무지개다.

개장 초기에는 아직 인공 무지개 프로젝트가 완성되지 않은 상태였다. 그래도 때맞춰 시원하게 내려 주는 비와 도심에서는 보기 힘든 푸릇한 식물들, 귀여운 기념품만으로도 파크는 잘 굴러갔다.

TF팀의 파견 과학자들이 무지개를 목연이 있는 방향의 하늘에 띄우기로 최종 결정한 날은 파크 개장 1년 반 후. 내 입사 날이기도 했다. 유명 항공사의 스펙을 가진 경쟁자가 많아서 사실 크게 기대하지 않았던 입사 지원이었다. 합격 통보를 받았을 땐 몹시 기쁘면서도 의아했다.

나중에 알고 보니 경영진은 내가 백지나 다름없어서 고분고분하겠다는 이유로 뽑은 것이었다. 화려한 경력의 전임 컨트롤러가 사측에 까다로운 요구를 많이 한 탓이었다. 아무렴 상관없었다. 일자리다운 일자리를 얻은 것만으로도 나는 만족이었다.

무지개 쇼 이후 레인파크의 매출은 전년 대비 30퍼센트 상승했고, 매년 '올해 가장 놀러 가고 싶은 장소 1위'를 확고부동하게 지켰다. 그 인기에 힘입어 나도 어느덧 레인파크 5년 차에 접어들었다.

드론 컨트롤 센터는 레인파크의 본부동 꼭대기 층에 있다. 나는 오늘도 차분히 콘솔 앞에 앉아 뷰어를 가동하고 상공을 점검한 뒤 루프톱을 개방했다. 곧 지붕이 완전히 열리며 특유의 덜컹 소리가 들려왔다.

"준비되셨나요, 팀장님?"

콘솔 스피커를 타고 중계실에 있는 윤 매니저의 목소리가 들려왔다.

"루프톱 개방 완료. 비행 준비합니다."

대답과 함께 나는 루프톱 중앙에 가만히 잠들어 있던 레인 드론에게 기상 신호를 보냈다. 직경 2미터 크기의 원반형 드론은 무게를 완전히 잃어버린 듯 하늘을 향해 수직으로 가뿐히 솟아오르더니 순식간에 아주 작은 점이 되었다. 그와 동시에 윤 매니저는 파크 곳곳에 설치된 스피커로 안내를 시작했다.

"레인파크를 찾아 주신 관람객분들께 기쁜 소식 알려 드립니다. 곧 오늘의 하이라이트, 미라클 샤워 시간입니다. 소나기는 약 10분간 이어집니다. 모두 관람을 원하시는 자리에서 포토타임을 준비해 주세요. 오늘도 무더위가 지속되는 중이니 냉각제 복용도 절대 잊지 마시고요."

방송을 들은 사람들이 하늘을 향해 하나둘 턱을 치켜들었다. 더위만큼이나 강력한 눈부심 탓에 관람객들은 모두 선글라스나 같은 기능을 하는 섀도 콘택트를 착용 중이었다.

"기다리시는 소나기를 내려 줄 오늘의 구름은…… 어디 보자, 쎈구름이라고도 부르는 적운이군요. 새하얗고 도톰한 구름입니다. 잘 만든 솜사탕 같아요. 그렇지요?"

멀리서 아이들의 웃음소리가 들려왔다.

"현재 우리의 레인드론이 구름의 중심부에서 이 솜사탕 적운에게 신호를 보내고 있습니다. 빗방울을 품은 난층운으로 변신을 유도하는 중이지요. 조금만 기다리시면 서서히 구름의 색이 진해지는 걸 확인하실 수 있습니다."

그 말이 주문이라도 된 것처럼 구름이 점점 어두운 회색으로 물들어 갔다. 드론에서 방출된 전하가 정해진 구역 내의 구름을 빠른 속도로 골고루 자극한 결과다.

거대한 적란운이 많은 비, 즉 소나기를 단시간에 퍼붓는 것이 자연의 법칙이다. 하지만 레인파크의 소나기는 먹구름이라고 부르는 비구름, 즉 난층운을 인공 생성하여 비를 내린다. 이론적으로 따지고 들면 이 비를 소나기라고 부르는 것은 맞지 않지만, 이 순간을 만끽하는 관람객들에게 중요한 문제는 아니었다.

"자, 이제 우리 파크의 나무와 꽃 친구들도 실컷 목을 축일 시간이에요. 하루 중 이 시간만 간절히 기다린다고 하는데, 이 친구들에게 축하의 뜻으로 다 같이 건배를 외쳐 주면 어떨까요? 하나, 둘, 셋."

큰 호응과 함께 빗방울이 유리창을 톡톡 두드리기 시작했다. 쫘아 하고 쏟아지기 전의 가벼운 노크처럼.

이내 시원한 빗소리가 파크를 가득 채웠고, 창밖의 들뜬 환호성이 이 높은 곳까지도 또렷하게 전해져 왔다. 10분 뒤 떠오른 무지개가 미라클 샤워의 대단원을 장식할 때까지 사람들의 웃음과 카메라 셔터 소리는 도통 잦아들 줄을 몰랐다.

"팀장님. 찾는 분이 계신데요."

무지개가 희미해질 무렵 윤 매니저가 루프톱에 고개를 내밀었다. 보통은 내가 드론 점검을 마치고 내려갈 때까지 방해하는 일이 없는데 민원이라도 생긴 모양이었다. 고객 불만 사항은 윤 매니저가 특유의 유머 감각을 발휘해 가급적 자기 선에서 처리하는 편이지만 오늘은 나에게까지 손을 벌려야 하는 사람에게 걸린 듯했다.

"1에서 10 중에 어디쯤이야?"

나는 이번 민원의 난이도를 물었다. 10에 가까울수록 힘들다는 의미였다.

"굳이 골라야 한다면 0입니다만."

내가 고개를 갸웃하자 윤 매니저가 말했다.

"의무실로 가시면 박 선생님이 알려 주실 거예요."

박 선생은 파크 의무실의 간호사다. 뒷정리는 윤 매니저에게 맡기고 나는 2층의 의무실로 향했다.

내가 만나야 할 사람은 급성 열사병을 일으킨 관람객이었다. 박 선생의 설명에 따르면 이런 날 냉각제 복용도 하지 않고 장시간 야외 활동을 해서 생긴 일이었다. 한 시간 전 일시적 의식 소실이 있었으나 몸을 식히고 냉각제를 처방해 지금은 회복한 상태라고 전했다.

"그래서 감사 인사 드릴 겸 팀장님을 뵙고 싶다고 하셔서요."

"저요?"

난이도가 0인 이유는 알았지만 의아함은 여전히 가시지 않았다.

"정확하게는 이보은 씨를 뵙고 싶다고요. 맞죠? 팀장님 성함."

오랜만에 듣는 이름이었다. 여기서는 이 팀장으로 살아가고 있으니 이보은이라는 이름으로 불릴 일이 잘 없었다.

회복실에는 나와 비슷한 연령대의 여자가 누워 있었다. 30대중반에 화장기 없는 얼굴. 마른 체형, 흰 셔츠에 진회색 정장 바지. 눈을 감고 있어도 어딘지 냉랭해 보이는 인상. 여기 놀러 온 사람이라기보다는 시설 점검 나온 공무원이라고 해야 더 어울릴 분위기였다. 나는 침상 앞까지 가서야 조심스럽게 입을 열었다.

"안녕하세요. 절 찾으셨다고 해서."

눈을 뜬 여자의 얼굴에 미약한 생기가 돌았다.

"아, 정말 있네. 너무 오랜만이지?"

이어진 인사말은 당황스러웠다. 오랜만이라는 말에 나는 어떻게 호응해야 좋을지 몰라 머뭇거렸다. 상대는 내 기억의 서랍에 없는 사람이었다. 아니, 알 듯 모를 듯했다. 어딘지 낯은 익은데 확신이 어려웠다.

"이런. 기억 못하는구나. 하긴, 벌써 20년 가까이 되었으니."

그렇게까지 말했는데도 내가 감을 못 잡자 여자는 결국 다른 힌트를 꺼냈다.

"수온 도서관. 정말 모르겠어?"

"아……."

수온 도서관. 그 다섯 글자에 레인드론이 솟아오르듯 기억이 순식간에 어린 시절로 도달했다.

"강유나?"

내 안에 남아 있던 이름도 자연스레 떠올랐다.

"그래. 나야. 환상의 콤비."

우리는 20년 전 동네 도서관의 가상 현실 체험 설계 프로그램에서 처음 만났다. 교외 활동 점수를 보충하기 위해 일주일에 한 번씩 참여한 수업이었다. '환상의 콤비'는 다름 아닌 우리 조의 이름이었다.

당시 우리가 6개월간 힘을 합쳐 만든 과제물은 상당히 괜찮은 평가를 받았다. 유나와 내가 설계한 가상 현실은 '남극의 오로라 체험'이었다. 중학생 둘이서 보급용 프로그램으로 만든 작품이라 어설픈 구석은 있었지만 눈과 얼음의 질감을 생생하게 표현하기 위해 최선을 다했었다.

"얼굴이나 한번 볼까 하고 들렀는데 요란한 재회를 하게 됐네."

어른이 된 유나의 목소리에 나는 과거의 기억에서 깨어났다. 유나는 얼마 전 레인파크 웹사이트를 살펴보다 우연히 나를 발견했다고 했다. 비가 아니라 나를 보러 왔다는 관람객은 이번이 처음이었다. 비로소 마음이 조금 가벼워졌다.

"아무튼 반갑다. 놀러 온 거야?"

"설마. 근처 농장에 외근 나온 김에 잠시 들러 봤어."

유나는 현재 비오 바이오텍이라는 회사의 연구원으로 재직 중이라고 했다. 직급도 꽤 높았다. 놀라운 소식이었다. 20년 전의 강유나는 학업에 전혀 관심이 없는 애였으니까. 유나는 흔히 말하는 자유로운 영혼이었다. 가상 현실 설계 체험도 나와는 다르게 학교에서 학업 태만으로 받은 벌점을 만회하기 위해 억지로 참가한 것이었다.

　미래란 역시 쉽게 예측할 수 없다. 나도 의혹의 테마송을 가진 레인파크의 드론 조종사가 될 계획은 없었으니. 20년 전의 나는 항공기 기장이 꿈인 중학생이었다. 바라던 대로 항공 학교를 졸업한 것까지는 좋았으나 이듬해 민간 자유 여행이 통제되며 파일럿의 수요가 급감했고, 무섭도록 치열해진 경쟁에서 내가 차지할 수 있는 자리는 없었다.

　"아, 그때 했던 얘기 기억난다."

　한 칸 열린 기억의 서랍을 따라서 나머지도 차례로 열리기 시작했다.

　"유나 너, 사철 내내 반소매 입어도 되는 휴양지에서 칵테일이나 마시면서 유유자적 사는 게 꿈이라고 했던 거."

　소복하게 쌓인 눈의 결정을 태블릿 펜슬로 신중하게 다듬고 또 다듬으면서 유나는 그런 말을 했었다. 공부고 학교고 다 지겨우니까 어른이 되면 복권 하나 맞아 그렇게 살고 싶다고. 그때는 반 농담으로 건물주가 꿈이라던 애들이 제법 있었다. 유나의 말은 그런 막연한 희망 사항과 비슷하게 들리는 한편, 이 애라면 왠지 그렇게 할 수 있을 것 같다는 느낌도 받았다. 돌이켜 보면 특유의 담담함이랄지 무심한 분위기 때문이었던 것같다.

　애들 몇 명은 유나를 이기적이라거나 재수 없다고 욕하기도 했다. 어떤 적대감인지 대충 이해는 됐다. 유나는 작업할 분량이 남아 있는 날에도 정해진 시간이 끝나면 자리에서 일어났고, 내가 진도를 메꿔 놓을 때도 고맙다는 말 한 번 없었다. 그렇지만 유나의 그런 성격이 나에게는 별로 언짢지 않았다. 유나가 나에게 일을 대신 해 달라고 했던 적도 없었고 내가 손이 훨씬 빠르니 할 수 있는 일을 했던 것뿐이었다. 유나는 대신에 내가 못 하는 정교한 리터치를 덧입혀 완성도를 끌어 올렸다. 그런 면에서 우리는 정말로 '환상의 콤비'였던 셈이다.

딱 한 번 티격태격했던 순간은 오로라의 색깔을 정할 때였다. 정작 지금은 무슨 색으로 골랐는지 기억조차 가물가물하지만 말이다.

"그땐 철이 없었지."

유나가 후후 웃었다.

"복권 계획은?"

"말도 마. 안 해 봤겠니. 계획대로 되는 건 하나도 없어."

유나는 찌푸린 얼굴로 고개를 저었다. 나도 웃음이 터졌다.

"딱 하나 맞은 게 있긴 하네. 사철 내내 반소매를 입어도 되는 나라에서 지내게 된 거, 칵테일이 아닌 냉각제나 믹고 있지만."

"어떻게 이런 날 외근하면서 냉각제를 깜빡할 수 있는 거야?"

자조하는 유나에게 내가 물었다.

"먹고살기 바쁜 죄지. 책상에 꺼내 놓고는 안 챙겨 나왔어."

그때 박 선생이 들어와 유나의 상태를 확인하고는 이제 가

봐도 된다는 진단을 내렸다. 확실히 처음 마주했을 때보다는 기운을 차린 것 같았다.

"바로 복귀해야 해? 저녁 같이 안 할래?"

이것도 인연인데 그냥 헤어지기는 아쉬웠다. 미라클 샤워도 끝났고 파크 폐장 시간도 얼마 남지 않았다.

"음……."

나의 제안에 유나는 망설이는 기색으로 손목시계를 확인했다. 실제로 시곗바늘이 회전하는 아날로그 시계였다.

"냉각제 때문이라면 빌려줄 수 있어."

약효 지속 시간을 계산하고 있을 것 같아 선수를 쳤다. 4월부터는 고온 현상이 극성이라 밤에도 냉각제가 필수다. 박 선생이 유나에게 처방해 준 응급 냉각제의 효과는 앞으로 서너 시간 남았을 테니 여기에서 시간을 더 보냈다가는 귀가하는 도중에 약효가 다할 가능성이 컸다.

"그래도 돼?"

선뜻 내키지 않는 얼굴로 유나가 물었다. 냉각제는 빌리는 사람이나 빌려주는 사람이나 피차 부담이 되는 물건이었다. 여름이 길어진 세상에서 냉각제는 야외 활동 필수품이나 다름없지만, 남용과 국외 밀반출을 막기 위해 1인당 처방 분량이 엄격하게 관리되었다.

지금 나도 통상 분량인 2주치만을 가지고 있었다. 그렇지만 이럴 때 필요한 사람에게 한 알 정도 내어 줄 마음의 여유가 없지는 않았다. 내가 휴일에 반나절 덜 외출하면 될 일이었다.

"그럼, 일부러 와 줬는데 그쯤이야."

내 흔쾌한 대답에도 유나의 표정은 편해지지 않았다. 잠시 침묵을 지키던 유나가 입을 열었다.

"사실…… 오늘 여기에 온 건 널 보러가 아니라 냉각제 때문이었어."

"뭐?"

"외근지에 도착해서야 사무실에 두고 왔다는 걸 알았거든. 응급 처방 받자니 관할 병원은 거리가 만만치 않았고 마침 매핑에서 레인파크가 눈에 띄잖아."

유나는 이런 시설에 반드시 의무실이 있다는 점을 이용했다. 나를 만나게 된 것은 여기까지 온 김에 겸사겸사였던 셈이다.

"너도 참."

나는 고개를 흔들었다. 이럴 땐 그냥 뻔뻔하게 널 보러 온 거니까 알아서 책임지라고 해도 기분 좋게 속아 줄 수 있을 텐데, 여전히 융통성이라곤 없는 애였다. 그래도 냉각제만 챙겨서 그냥 돌아가지 않고 나를 찾아 주었다는 사실엔 변함이 없었다. 강유나는 오늘 나에게 내린 소나기였다.

나의 그런 속내를 읽었는지 유나는 예의 그 무심한 얼굴로 다시 말했다.

"그럼 이왕 이렇게 된 거, 뻔뻔하게 저녁까지 얻어먹고 가 볼까."

오랜 공백이 있었어도 우리는 여전히 환상의 콤비인지도 모르겠다.

일반 주거지와 동떨어져 있는 레인파크는 직원 전원이 기숙사 생활을 한다. 경영관리팀은 본사에서 원격으로 업무 지원을 하거나 보고를 받고 여기 현장, 즉 필드팀의 총책임은 내가 맡고 있다. 나는 드론 컨트롤과 함께 레인파크의 인사 관리도 함께 한다. 여기에는 팀장인 나를 비롯해 총괄 매니저, 기념품과 식음료 판매 직원, 교육관 도슨트, 원예 돌보미, 미화원, 시설 관리원, 간호사 등 총 서른 명이 근무 중이다. 다른 일은 필요 시 용역으로 처리한다. 테마파크치고는 단출한 규모라고 할 수 있다.

기숙사는 평범하다. 나는 다른 직원과는 달리 기숙사동이 아닌 교육관동에 딸린 독방을 사용하고 있는데 전체 면적이나 구조는 기숙사동과 차이가 없었다. 싱글 침대, 일인용 책상 겸 테이블, 미니 싱크대와 조리대만으로 꽉 차는 작은 방으로 손님을 초대하는 것은 오늘이 처음이었다.

"짐은 없어?"

작은 가방 하나조차 보이지 않아 내가 물었다. 유나는 응, 차에, 라고 짧게 답하며 방을 둘러보았다.

나는 저녁을 준비하면서 우리가 안부를 모르고 지냈던 지난 20년에 대한 이야기를 늘어놓았다. 고등학교 진학 후 어머니의 사업 실패로 네 번이나 이어졌던 이사, 2년을 재수해 가까스로 합격한 항공 학교. 재미있으면서도 혹독했던 학업과 실습. 온 나라가 뒤집어졌던 식량 파동, 취업난 등등.

나만의 독백이라고 해도 좋을 만큼 유나는 주로 듣기만 하다 이따금 가볍게 호응하거나 시간을 한번 확인하거나 할 뿐이었다. 열사병의 후유증인지 약간 나른해 보였는데, 원래도 말수가 많은 애는 아니었다. 휴식 차원에서라도 곧장 돌려보내지 않고 붙잡아 두길 잘한 것 같았다.

오늘 저녁 메뉴는 직원들 사이에서 가장 수요가 많은 콩고기 스테이크와 녹색 채소 샐러드였다. 파크 내 모든 음식은 전자레인지로 데우면 완성되는 레토르트 식품이다. 화력 조리는 유해한 연기를 발생시키고 화재의 위험도 있어 파크 내부에서는 사용이 전면 금지되어 있다. 그래도 맛은 나쁘지 않은 편이다. 나는 마지막 순서로 데워 온기가 더 생생한 접시를 유나에게로 건넸다.

"잘 먹을게."

"먹고 얼른 기운 차려. 입에 맞으면 좋겠다."

"그럴 거야."

음식을 입에 넣기도 전에 유나는 확신했다.

"이게 오늘 첫 식사니까."

"뭐?"

나는 어안이 벙벙해졌다. 이 시간까지 빈속이었다니, 유나의 나른함은 그저 열사병 후유증이 아니었다.

"좀 바빴거든. 오죽하면 가깝다는 이유만으로 병원 대신 여길 왔겠어."

"하긴."

우리는 잠시 각자의 식사에 열중했다. 접시가 거의 비워질 무렵에야 유나의 목소리가 다시 들려왔다.

"그런데 규정이 꽤 엄격한가 봐. 요리도 금지라니."

"친환경 테마파크니까."

직원 금기 및 제한 사항은 그 밖에도 많았다. 환경 보호와 안전사고 예방을 위해 흡연과 음주 같은 행위는 당연히 금지되고, 개인이 하루에 쓸 수 있는 물, 전기의 양부터 빠듯하게 정해져 있어서 기본적으로 절제와 더불어 살 수밖에 없는 환경이었다.

"마케팅만 그럴듯한 줄 알았는데."

의외라는 투로 유나가 말했다. 사실 많은 이들이 레인파크를 그렇게 생각하고 있다. 식물과 비의 이름을 빌려서 겉으로만 그럴싸하게 포장한 가짜 친환경이라고. 그런 데서 속 편히 돈이나 긁어모은다는 비난을 면전에서 듣는 날도 간혹 있다.

그럴 때 여기서 일하는 우리도 보통의 노동자일 뿐이라고, 삶의 모든 면에서 무결할 수만은 없지 않느냐고, 다들 약간의 비겁함, 아니면 이중성은 품고 살아가지 않느냐고 마음속으로만 반론을 펼치곤 한다. 지금도 그와 비슷한 분위기가 되었다.

"직원들 모두 애쓰고 있어."

"그렇구나."

알맹이 없는 대꾸였다. 나는 화제를 바꿔 보기로 했다.

"아까는 어땠어? 미라클 샤워."

"미라……? 아, 인공 강우."

유나는 단어를 고쳐 말했다.

"못 봤어. 그 전에 쓰러져서."

의무실에서 정신을 차렸을 땐 이미 소나기가 그친 후였다고
했다.

"내일이라도 보고 갈래? 주말이잖아. 제일 좋은 포토존 알려
줄게. 쇼는 오후니까, 냉각제는 아침에 관할 병원에서 정식 처
방받으면 되고."

그렇게 묻긴 했지만 유나가 여기에 하루 더 머물 거라고는 기
대하지 않았다. 유나의 눈빛에는 그 이벤트를 놓친 데 대한 미
련이 전혀 없는 것 같았기 때문이다.

"비를 직접 맞는 게 싫으면 전망대에서 볼 수도 있어."

"안 돼. 밀린 일이 좀 있어서."

"아쉽네. 그럼 이따 기념품이라도 좀 챙겨 줄게."

"그것도 괜찮아. 우산이며 우비며 바깥에서는 필요 없잖아.
가저가 봐야 쓰레기통행이야."

그제야 나는 어렴풋이 확신했다. 오늘은 냉각제가 필요해 불
가피하게 찾아왔어도 평소의 유나는 레인파크 반대론자일 거

라고.

"그래도, 다들 추억 삼아 기념품 하나씩은 갖고 싶어 하니까."

"나한테는 기념품이 아니라 전리품 같아서."

유나가 반박했다.

"전리품?"

"여기서는 잠깐의 즐거움을 위해 뿌리는 비가, 구름 협약 미가입국의 누군가에게는 오늘 한 모금도 못 마신 식수일 테니까."

유나의 목소리에는 미묘하게 날이 서 있었다.

"나는 레인파크 설립 반대 청원에 서명했었어."

예상대로였다. 지금 나는 민원 지수 10보다 더 어려운 고객을 상대 중인 것인지도 몰랐다.

사실 유나의 지적은 레인파크가 태생적으로 안고 가야 할 약점이었다. 입사 초기에는 나 역시 자주 딜레마에 시달렸고 5년이 지난 지금도 거기에서 완전히 자유로워지지는 못했다.

나를 먹고 살게 해 주는 일이, 다른 누군가의 삶을 그렇지 못하게 하는 데 기여한다는 사실 앞에 마음이 느긋했던 적은 없다. 그저 너무나 바빠서 생각할 겨를이 없을 때는 잠시 잊어버리거나, 아니면 관람객의 웃는 얼굴에만 집중하거나 할 뿐이었다. 이런 불안의 시대에 누군가에게 기쁨을 선사하는 무대의 뒤에 있음도 나쁘지 않다고 생각하면서.

그러나 그런 내적 갈등이 나만의 것은 아니었다. 비슷한 이유로 사직서를 내미는 직원은 때마다 항상 있었다. 본사도 그 모든 고충과 한계를 잘 알고 있다. 그래서 매 분기 사회 공헌 활동 마케팅에 상당한 공을 들인다.

"그렇지 않아도 국제 구호 단체에 수익 일부를 꾸준히 기부하고, 작년부터는 구름 협약 가입국 확장 지원 사업에도 참여하고 있어."

나도 모르게 레인파크 팀장 모드를 발동해 버렸다. 유나는 희미한 미소만 짓고서 별다른 대꾸를 하지 않았다. 어차피 끝나지 않을 논쟁에 힘과 시간을 낭비하고 싶지 않은 듯했다.

어색한 침묵 속에서 아날로그 손목시계의 초침 소리만이 똑똑 흘렀다. 유나는 습관처럼 시간을 다시 확인했다. 레인파크 반대론자에게 내일의 미라클 샤워라니, 안 하느니만 못한 초대였다. 그래도 모처럼의 자리인데 이런 분위기의 대화로 기억되고 싶지는 않았다.

"참, 그런데 너는 어떤 연구를 하고 있는 거야?"

사철 내내 반소매를 입을 수밖에 없게 된 땅에서, 어른 강유나는 어떻게 살아가는 중인지 나도 조금은 가까이 알고 싶었다.

"곡식 유전자 개량."

비로소 들려온 목소리와 함께 유나는 천천히 설명을 이어갔다.

"극소량의 물로도 벼, 밀, 보리 같은 품종의 생장을 가능하게 하고 곡물을 빠르게 맺도록 유전자 편집을 하는 거야. '서던 로메사'라고 들어 봤지?"

서던 로메사는 두툼하고 커다란 제 몸통 내부 즉, 수관에 물을 저장하여 고온의 건조한 기후도 잘 견뎌 내는 나무다. 짧게는 수백 년에서 길게는 수천 년까지 긴 수령을 자랑하는 서던 로메사의 생존력은 북극의 빙하 면적, 오존의 두께, 해수면의 높이, 꿀벌 개체 수 등 언론에 등장하는 기후 위기의 여러 지표 가운데 하나였다. 고온 건조한 환경에 강한 서던 로메사도 이제는 모든 대륙을 합쳐 단 한 그루가 남았다고 들었다.

바로 그 서던 로메사의 유전자가 유나의 연구에서 가장 중요한 재료였다. 유나가 속한 연구소는 서던 로메사의 유전자를 합성해 곡식의 자가 수분 보존력을 최대로 끌어 올리는 데 세계 최초로 성과를 거뒀다. 제2의 식량 파동에 대비한 준비 사업이라고 할 수 있었다.

"간단히 말하면 강수량이 현재의 10분의 1 수준으로 떨어져도 같은 성장력을 기대할 수 있어. 불행인지 다행인지 우리가 기우제를 안 지내도 비를 붙잡을 수 있게 되긴 했지만, 이 구름 작전이 언제까지 유효할지는 또 아무도 모를 일이니. 모든 상황에 다 대비하자는 차원이지."

그 모든 이야기를 듣는 동안 나는 고개만 가만히 끄덕였다. 유나는 인류 생존과 직결하는 중요한 과제를 다루고 있었다. 뜻밖이면서도 굉장한 일이었다.

"그럼 구름 통제 기술이 없는 곳도 이제는 가뭄 걱정을 덜 수 있겠네?"

구름 협약 미가입국 가운데 물 부족으로 농사를 포기한 나라가 전체의 65퍼센트에 달한다고 들었다. 이 기술은 지금 식량 파동의 영향으로 고통받는 이들을 구제할 희망의 씨앗처럼 보였다.

"이론적으로는 그렇지."

유나도 부정하지는 않았다.

"이론적으로라니?"

"실제로 정책화하고 상용화할 때까지는 시간이 상당히 걸릴 거야."

유나는 '상당히'를 강조해 말했다.

"어째서?"

"연구소로서는 급할 게 없으니까."

국내 식량 수급 상황은 현재의 생산 방식으로도 안정성에 무리가 없다는 이유였다. 그뿐만이 아니었다.

"특허권, 투자자들 이해 관계도 고려해야 하고. 무엇보다 최우선순위는 이 성과를 활용한 수익의 극대화거든."

이윤 추구는 기업의 목적이다. 이 희망의 씨앗 역시 레인파크와 마찬가지로 하나의 사업이라는 뜻이었다.

"그런 거지, 뭐."

그렇게 중얼거리는 유나의 얼굴에는 다시 씁쓸한 미소가 머물렀다. 메마른 땅에 기어코 뿌리를 내리고 자라난 곡식이 풍성한 무리를 이루어 황금빛으로 물결치는 나의 상상 속 풍경도 이내 사라졌다.

분위기를 바꿔 보려던 시도는 실패였다. 이 시간을 나쁘지 않은 기억으로 남길 비책이 우리의 현재에는 존재하지 않는 모양이었다. 오랜만에 만난 사람들이 어째서 옛날이야기만 끊임없이 하는지 잘 알 것 같았다. 함께했던 과거란 일종의 안전지대였다.

"그거 기억해?"

어색한 침묵이 다시 내려앉기 전에 내가 입을 열었다.

"아무리 생각해도 모르겠어서. 우리 그때 만들었던 오로라 무슨 색깔이었는지 말이야."

나는 방금 상상 속에서 본 황금빛 들판 같은 노란색을, 유나는 신비로운 느낌의 초록색을 원했던 것까지는 기억했다. 하지만 최종 결론이 무엇이었는지는 여전히 확신이 없었다. 초록색 버전도 노란색 버전도 모두 체험한 것만 같다.

"정말로 기억이 안 나?"

유나가 눈이 동그래져 물었다. 그걸 잊어버린 내가 신기하다는 얼굴이었다. 그러더니 이내 짓궂은 표정을 하고서 맞혀 보라고 했다.

"유나 너는…… 초록색 오로라가 극지에서 가장 많이 관측된다고, 그렇게 하자고 했는데."

유나가 통계 자료를 내밀던 기억이 났다. 가상 현실 체험은 불특정 다수의 관람자를 고려해 제작하는 만큼 보편적인 풍경을 공유하는 게 맞지 않겠느냐면서.

반면 나의 이유는 미지수였다. 내가 가장 좋아하는 색깔은 그때도 지금도 노란색이지만 그런 이유로 유나를 설득할 수는 없었을 것이다. 내게도 나름대로의 이유가 있긴 했는데 그게 무엇이었는지는 영 안 떠올랐다.

"역시…… 초록색이었겠다. 그치?"

말해 놓고 보니 왠지 패배 선언처럼 들렸다. 유나가 작게 웃었다.

"……아닌가?

"맞기도 하고 아니기도 해."

"그게 무슨 말이야."

"처음엔 초록색이었다가 나중에는 노란색이 됐으니까."

유나의 그 말을 듣고 나서야 비로소 왜 두 색깔을 모두 체험한 느낌이었는지 깨달았다. 나는 박수를 한 번 짝 쳤다.

"맞아. 마감 직전에 전면 수정했었어!"

그때 유나는 프로그램의 컬러 차트를 녹색 영역으로만 고정해 두었을 만큼 입장이 분명했고, 결국 나는 반쯤 포기한 기분으로 유나의 의견에 따랐었다. 그런데 과제 제출 전날, 막바지 작업을 위해 프로그램을 열었을 때 나는 깜짝 놀라고 말았다. 오로라가 노란색으로 바뀌어 있었는데 이걸 고쳐 두었을 사람은 당연히 유나뿐이었다. 유나가 생각을 바꾼 이유는 알 수 없었지만 나는 내심 기쁜 마음이 되어 나머지 작업을 했던 기억이 차례로 이어졌다.

"무슨 심경의 변화였어? 이미 초록색으로 진도를 꽤 나간 상태였는데."

열다섯 살의 이보은이 미처 하지 못했던 질문이었다. 당시의 나는 마음이 흐뭇한 한편 미안하기도 했는데, 그게 혼자 하기에는 만만치 않은 작업량이었기 때문이다.

"그건⋯⋯."

유나가 이야기를 시작하려는 그때였다. 주머니 속에 있던 내 휴대폰이 진동을 울렸다. 발신인은 오늘 유나에게 응급 처치를 해 준 박 선생이었다.

"네, 선생님."

"팀장님, 잠깐 통화 가능하세요?"

박 선생의 목소리에 웅성거리는 잡음이 함께 섞여 들었다. 기억하기로는 오늘 저녁, 의료인 정기 콘퍼런스가 인근 도시에서 열렸다. 외출 중에 굳이 연락을 해 오다니 중요한 전달 사항이라도 있는 모양이었다.

"말씀하세요."

나는 손짓으로 유나에게 양해를 구한 뒤 박 선생의 목소리에 귀를 기울였다.

"좀 갑작스러운 일이긴 한데, 바로 알려 드리는 게 맞는 것 같아서요."

"네."

"제가 낮에 냉각제 응급 처방해 드렸던 분 말인데요, 성함이 어떻게 되셨죠?"

"그건 왜……."

선불리 대답하면 안 될 것 같은 느낌에 순간 말을 아꼈다. 시간을 다시 살피는 유나를 남겨 두고 조심스럽게 자리에서 일어났다. 작은 실내에서 최대한 멀리 가려다 보니 현관 바로 앞까지 왔다.

"방금 교육장으로 전국 의료인 협조 공문이 내려왔어요. 오늘 오후 2시 이후로 강유나라는 사람에게 냉각제를 처방한 의료인은 반드시 관할 수사국에 신고하라고요."

"네?"

"공문에 실린 사진은 낮의 그분 같은데 이름이 달라서 말이에요. 저한테는 자기 이름이 김현옥이라고 했거든요. 의료 보험 코드는 오류 없이 등록되기는 했는데 아무래도 미심쩍어서요. 도용했을 수도 있고."

"대체 무슨 일인데요?"

이어진 박 선생의 이야기는 도무지 그대로 믿기 힘든 내용이었다.

강유나는 현재 연구소의 기밀 자료를 소지한 채 잠적 중이라고 했다. 사무실을 나선 이후 약속된 외근지에는 나타나지 않앗고, 오후부터 연락이 두절되었다는 것이다. 서버에는 승인되지 않은 파일 복사 기록이 남아 있었고, 종자 샘플 일부도 분실되었다. 차량과 휴대폰은 연구소 건물 지하에 그대로 있었다. 지금은 대중교통과 도보로 움직이는 중일 거라고 했다.

"해외로 도주할 확률이 크다고 하네요."

무언가 묵직한 것이 내 속에 툭 떨어져 내린 듯했다. 정신이 아득해졌다. 박 선생은 핵심 기술을 고가에 팔아넘기고 망명하는 조건으로 타국과 거래를 했을 거라고 설명했다. 그런 범죄가 있다고는 들었지만 뉴스 속의 이야기였지 내 눈앞에서 벌어질 거라고는 상상도 해 본 적이 없었다.

"혹시 아직 파크에 있나요?"

박 선생이 물었고 나는 유나를 향해 천천히 돌아서며 대답했다.

"……아뇨."

유나는 자리에서 일어나 있었다. 눈에 띄게 굳은 내 모습을 보고 현재 상황을 직감한 것 같았다.

"팀장님께 뭔가 다른 말 없었고요?"

"글쎄요. 사실…… 레인파크 반대론자여서 대화가 잘 통하진 않았거든요."

"그랬군요."

박 선생의 깊은 한숨 소리가 들렸다.

"아무튼 오늘 일은 수사국으로 제보했어요. 우리 파크 신뢰도의 문제도 있고, 확실하게 해서 나쁠 건 없으니까요."

"네."

"저는 이쪽 수사국에서 면담 요청을 받아서 지금 바로 가 봐야 해요. 팀장님께도 그쪽 관할에서 방문할 거예요. 저희는 있는 그대로 이야기하고 폐쇄 회로 자료만 넘기면 된다고 하니까 너무 걱정은 마세요."

"……그럼요."

통화를 종료하자마자 나는 벌써 떠날 채비를 마친 유나의 팔꿈치를 붙잡았다.

"잠시만!"

무심결에 격양된 목소리가 나왔다. 유나의 표정은 담담하기만 했다.

"너 대체…… 무슨 생각이야?"

"괜찮아. 있는 그대로 말해도."

박 선생에게 들은 이야기가 결코 전부일 것 같지 않은데, 유나는 다른 설명도 변명도 없었다.

"어디로 가려는 건데!"

"글쎄. 어디선가 붙잡힌다면 그때 알게 되겠지. 아니라면 좋겠지만."

"유나야."

"그만 물어. 알면 공모자가 되는 거야."

다그치는 나와 달리 유나는 침착했다.

"뭐…… 무지개 너머로 간다고만 해 둘까."

그러더니 무척 익숙한 단어를 말했다. 레인파크의 테마송. 무지개 너머.

매립지가 있는 쪽이었다. 이곳 단하에서 서남쪽으로 15킬로미터 떨어진 목연. 거기엔 매립지 전용 항구가 있고, 모인 폐기물 중에서 재생 가능하거나 쓸 만한 것들을 골라 다른 나라로 보내는 배가 있다고 들었다. 목적지는 모두 구름 협약 미가입 국가였다.

우리가 여기서 도중에 붙잡지 않았다면, 바람을 타고서 구름이 흘러갔을 모든 방향.

유나는 그곳 중 하나로 가려는 것일까? 문득 그럴 거라는 직감이 찾아왔다. 더 늦지 않게 희망의 씨앗을 나누기 위해.

굳이 물어서 확인하지 않아도 알 수 있었다. 유나의 얼굴에는 '아무래도 마음이 쓰여서 더는 일하기 힘들 것 같아요.'라며 사직서를 가져왔던 이들과 같은 표정이 머물러 있었으니까.

잠시 멍하니 있던 나는 정신을 퍼뜩 차리고 책상 서랍을 열었다. 그리고 2주 분량의 냉각제 한 통을 유나의 손에 쥐여 주었다.

"이거 가져가."

목적지와 이동 시간, 배의 냉방 상황, 내가 예측할 수 있는 것은 아무것도 없다. 하지만 이런 계절에 냉각제는 조금이라도 넉넉한 편이 좋았다.

약통을 받아 든 유나는 어울리지 않게 머뭇거리다가 한참 만에 입을 열었다.

"그럼 한 번만 더 받을까. 뻔뻔하게."

"언제라도 환영이야."

이제 다시 만나기 힘들지도 모르겠다는 예감이 들었지만 잘 가라는 인사 대신 나는 그렇게 말하고 싶었다.

"아."

잠시 후 계단을 내려가기 직전, 유나는 무언가 떠오른 듯이 몸을 휙 돌렸다.

"그때 그 오로라 색깔 바꾼 이유 말이야."

두 눈에는 아까 의무실에서 나를 처음 만났을 때와 같은 생기가 깃들어 있었다.

"네가 그랬거든. 노랑도 분명히 존재한다고. 언제나 눈에 띄는 건 아니지만 그래도 엄연히 있는 거라고. 그러니까 없는 것처럼 하지 말라고. 이상하게 그 말이 계속 마음에 걸렸어."

유나가 떠나자마자 나는 드론 컨트롤 센터로 달려갔다. 유나를 위해 할 일이 아직 남아 있었다.

콘솔에 전원을 올린 다음 심호흡을 했다. 이어서 루프톱을 개방하고 레인드론을 깨웠다. 업무 외의 일로 구름을 터뜨리는 것은 처음이라 긴장이 밀려왔다. 겁도 조금은 났다. 하지만 이

건 지금 나만이 할 수 있는 일이었다.

어떤 함성도 들리지 않는 한밤. 내가 띄운 레인드론은 평소에 가로지르던 영역을 과감히 벗어나 더 멀리 날아갔다. 레인파크의 저 바깥으로 가능한 많은 구름을 간섭해 넓게 비를 뿌리기 위해, 최대한 신호가 닿는 곳까지.

목연을 향해 두 발로 달려가고 있을 유나의 열을 식혀 줄, 발소리를 숨겨 줄, 그리고 발자국을 지워 줄 비를 시원하게 쏟아부었다. 유나가 목연에 닿을 때까지만이라도 안전하게 그 애를 감싸 주기를 바라며. 그리고 강유나라는 소나기가 부디, 무지개 너머 어딘가에 무사히 닿기를 바라며.

그날 밤부터 두 주간 레인파크는 영업을 중단하고 수사국의 조사를 받았다. 그들은 유나의 동선이 기록된 폐쇄 회로 영상은 물론, 내가 공모자일 가능성을 고려해 나의 동선, 레인파크의 전산 기록, 개인 통신 기기, 계좌 정보를 지난 몇 해의 것까지 샅샅이 뒤졌다.

유나를 맞닥뜨린 당일의 내 기억도 예외는 아니었다. 담당 수사관은 우리의 대화 내용을 묻고 또 물었다. 그러나 쓸 만한 단서를 발견해 내지는 못했는데, 불행인지 다행인지 내가 강유나라는 개인에 관하여 아는 사실이 거의 없었기 때문이다.

나는 과거 우리의 인연과 재회를 있는 그대로 진술했다.

20년 전 도서관에서 처음 만난 것, 한 조로 가상 현실 체험 설계 작업을 한 것, 이후 소식을 모르고 지내다 그날 레인파크에서 재회한 것. 유나는 레인파크 반대론자였고 저녁 식사 분위기는 불편한 쪽에 가까웠다는 것. 유나가 바쁜 사람처럼 자꾸 시계를 보았던 것. 의무실에서 타인의 이름을 사용했음은 박 선생과의 통화로 알게 되었다는 것. 목적지를 물었지만 대답을 회피한 것까지. 매일 같은 내용을 말했다.

그걸 반복하기도 지쳐 가는 조사 열하루째, 수사관이 다시 물었다.

"그래도 도주하기 전에 이보은 씨가 먼저 냉각제를 건넸죠?"

이 역시 열한 번째 듣는 질문이었다. 그날 우리의 모습은 폐쇄 회로 영상에 고스란히 남아 있었다.

"폭염이잖아요. 아무리 불편한 사람이라도 바깥 날씨가 어떤지 아는데 그대로 보낼 수는 없었어요. 법의 해석은 어떤지 몰라도 제게 그건…… 살인 미수니까요. 죄가 된다면 그에 대한 처벌은 받아야 하겠지만요."

나의 변함없는 대답을 듣고 수사관은 다음 질문으로 넘어갔다.

"약을 건네기 전, 피의자와 나눈 대화 내용을 다시 말씀해 주시겠습니까. 이보은 씨가 어디로 가느냐고 목적지를 물었을 때요."

이들이 가장 알고 싶어 하는 내용이었다. 유나가 과연 어느

나라에 정보를 팔아넘겼으며 그 대가로 얼마나 챙겼는지.

"수사관님도 이제 저희 주제가 아시죠? 어서 오세요, 레인파크에. 무지개 너머 희망의 나라로."

테마송의 한 구절이 내 음성으로 조사실에 나지막이 울려 퍼졌다.

"그 가사대로예요. 무지개 너머로 간다고 했어요."

수사관은 또 그 대답이냐는 표정이었다. 이들은 유나가 대가를 기대 못할 무지개 너머 방향의 나라로 갔을 거라고는 생각하지 않는 것 같았다.

"유나는 레인파크 반대론자였잖아요. 그 테마송을 조롱하는 사람들이요."

"알겠습니다. 그럼 피의자의 그 말이 이보은 씨를 불쾌하게 만들었고, 이보은 씨는 그런 기분을 풀기 위해 무단으로 드론을 띄워 공용 구름을 유용했다는 말입니까?"

"저는 반가운 마음으로 식사를 대접하고 냉각제도 양보했는데, 돌아온 건 일종의 비아냥이었으니까요. 물론 파크의 책임자로서 제가 잘했다는 건 아니지만, 그땐 기분을 해소할 만한 다른 방법이 떠오르지 않았어요."

수사관은 잠시 침묵을 지켰다. 내 대답을 믿는 표정은 아니었다.

"하지만 해당 유형의 불만이나 민원은 항상 있는 문제 아닙니까?"

오늘 처음 듣는 질문이 이어졌다. 나는 잠시 떨구고 있던 고개를 들었다.

"그러니까 제 말은, 전에 없던 무단 행동을 할 정도로 특별한 사례로 보이지 않는다는 겁니다."

"그렇다고 해도…… 늘 아무렇지 않다는 뜻은 아니죠. 현실들이요."

"현실이라 함은."

"그런 말을 들을 때면…… 당장은 반발심이나 죄책감이 들긴 하지만 결국 내일도 모레도 내 삶은 같을 거라는 무력감이요."

나의 그 고백에 수사관은 냉소를 머금을 뿐이었다.

수사는 나흘 뒤에 마무리되었고, 사측에서는 레인드론 무단 사용과 구름 유용을 사유로 나를 해고했다.

현재 나는 대형 물류업체 소속 드론 팀에서 근무 중이다. 주요 업무는 물품 배송 또는 회송 중 기기 이상이나 오작동으로 추락한 드론을 현장에 가서 구조하는 일이었다.

대부분 야외 활동으로 걷거나 뛰는 일이 많아 탈진하지 않으려면 충분한 냉각제는 계절과 관계없이 필수품이었다. 나에게도 최근 야외 노동자에게 흔히 발생하는 냉각제 과복용 부작용인 근육 일시 경직 증상이 찾아왔다. 더 악화되지 않도록 복용량을 애써 줄여 보지만, 그럼 역시 일하기가 어려워 결국 원점으로 돌아가기의 반복이다.

오늘의 첫 현장에 도착하자마자 나는 냉각제부터 한 알 삼키고 우비를 걸친 뒤 차량 밖으로 나갔다. 후텁지근한 공기가 밀려오고, 보리밭의 황금빛 물결이 시야 가득 펼쳐졌다. 근처에 레인드론이 있는지 몇 분 전과 다르게 어둑어둑해진 하늘은 머지않아 비를 쏟아부을 조짐이었다.

이제부터 구조해야 할 드론은 저 보리밭 한가운데에서 신호가 끊겼다. 장거리 드론은 주로 이런 농지 아니면 녹지에서 발견될 때가 많고, 오늘처럼 타이밍이 맞으면 구름을 터뜨려 비를 내리는 시간과 겹치곤 했다. 레인파크를 떠나면 이런 비와 다시는 인연이 없을 줄 알았는데 그렇지도 않았다.

톡 토독 톡. 빗방울이 우비 위로 떨어지기 시작했다. 비 듣는 소리와 함께 황금빛 물결 속으로 들어가면서 나는 유나를 생각했다. 나에게 요즘 빗소리는 강유나를 떠올리게 하는 노크 같은 것이었다.

유나가 사라지고 4년이라는 시간이 흘렀다. 행방은 여전히 오리무중이다.

지난봄, 강유나로 추정되는 인물이 국내에서 포착되었다는 제보로 뉴스가 시끄러워진 적이 있었다. 스치듯 찍힌 희미한 영상 속의 마른 여자는 유나인지 아닌지 모호하기만 했다. 그 이미지가 공개되자마자 전문가들은 유나가 체포될 경우 받게 될 여러 처벌에 대해 이야기하기 시작했다. 최근 구름 협약 미가입국 가운데 두 곳의 식량난이 해소 단계에 들어갔다는 보고는 공공연히 전해졌고, 수사국은 강유나가 그 일에 관여했을 것으로 추정했다. 여론은 비난과 옹호 양쪽에서 뜨겁게 들끓었다. 그러다가 많은 사건 사고가 그렇듯, 새로운 단서가 없자 유나의 이슈는 이내 잠잠해지며 다시 잊혔다.

그때 나는 유나가 언제 불쑥 찾아오든 놀라지 않겠다고 몇 번이나 다짐했었다. 내심 기다렸는지도 모른다. 우리 사이의 공백이 또 한 번 채워지길 기대하면서.

하지만 그날처럼 내 앞에 나타나 주지 않더라도, 멀리서 전해져 오는 변화를 통해 안부를 들을 수 있다면 사실 그것만으로도 충분했다.

"여기 있었구나. 한참 찾았네."

밭 중앙의 고랑에 반쯤 묻혀 있던 드론을 찾아 구조할 무렵, 우비를 두드리던 빗방울이 천천히 소리를 낮춰 갔다. 비가 멎고 바람이 불어오자 보리 내음이 진하게 밀려왔다. 바람 속에서 나는 같은 풍경 속에 서 있을 유나를 선명히 그려 보았다.

하품

1.

"그날은 완전히 헛걸음했지 뭐예요."

호연은 시트에 착석하자마자 인사 대신 섭섭함을 전했다. 특유의 그 아늑한 목소리는 불만 토로조차 다정한 말처럼 들리게 하는 신기한 힘이 있었다.

"죄송합니다. 갑자기 일이 생기는 바람에 급히 반차를 내야 했어요."

이곤은 사과를 전하면서 호연의 혈압과 심박수를 확인했다. '요람', 즉 전신을 감싸는 형태의 시트에서 자동으로 측정된 결과가 모니터에 전송된 참이었다. 혈압은 73에서 112. 심박수는 78. 오늘도 안정적이었다. 그의 나긋한 음색처럼.

호연은 얼굴 없이 활동하는 목소리 배우였다. 두툼하고 포근한 겨울 이불처럼, 듣기 좋을 만큼의 무게감이 전해지는 편안한 목소리. 그가 입을 열면 다들 한 번쯤은 반사적으로 귀를 기울였다.

남다른 재능이 깃든 소중한 몸을 호연은 각별히 관리했다. 운동을 게을리하지 않고 건강에 이로운 음식을 선별해 먹는 것은 물론, 인기 궤도에 오른 지 한참인데도 매일 발성과 연기 트레이닝에 심혈을 기울였다. 그런 호연이 세상에서 가장 무심히 여기는 것은 역설적이게도 자신의 얼굴이었다.

그의 얼굴은 좌우가 무척 달랐는데, 왼쪽은 20대 초반 청년의 모습이지만 오른쪽은 안면 전체가 이목구비를 알아볼 수 없을 만큼 허물어진 상태였다. 우측 피부는 용암이 흐르듯 검붉게 일그러졌고, 귓불과 턱, 목은 경계랄 것 없이 급격한 내리막길처럼 납작했다. 눈꺼풀은 눈동자를 거의 덮은 채로 고정되어 있었으며 시력은 없었다. 볼 중앙에는 화석처럼 움푹 팬 둥그스름한 자국이 있었다. 이곤이 들은 바로는 유년기에 물리적인 충격이 가해진 흔적이었다.

호연이 요람에 누울 때면 얼굴 좌우의 대비가 더욱 선명하게 드러났으나, 이곤에게는 이제 익숙한 모습이었다. 고객의 겉모습이 어떠하든 꿈 이식에는 영향을 미치지 않으므로 신경 쓸 바도 아니었다.

호연은 언제라도 복원 수술을 받을 수 있지만 본인이 거부했다고 말했다. 그러면서 자기에게 복원 수술을 권하는 사람은 두 번 다시 상종하지 않는다고도 덧붙였다. 호연이 주소지 근처에 있는 모프시스 센터 대신, 직원 여섯뿐인 교외의 작은 지점까지 일부러 찾아온 것에는 그런 이유도 있었다.

"뇌파도 1차 시작합니다."

이곤은 다음 검사로 넘어갔다. 요람 상단 반구형 홈 내부에 삽입된 전극이 호연의 뇌파를 읽기 시작했다. 이식을 진행하기 위해서는 일상적으로 대화하는 상태에서 1차 측정, 수면에 들어가 진정된 상태에서 2차 측정한 뇌파도가 모두 정상 범위로 확인되어야 했다.

지금은 몸이 안정된 수치를 내보내고 있으나 헛걸음했다던 그날 측정했다면 결과값이 달랐을 거라고 이곤은 생각했다. 담당자가 부재중이라는 소식에 예약 시간에 맞춰 방문했을 호연은 무척 불쾌했을 테니까. 그러나 그날의 기록은 없었다. 호연이 준비된 꿈을 이식하기는커녕 재예약을 하지도 않고 그냥 돌아갔기 때문이다. 지점장은 다음 날 출근한 이곤에게 그가 우리 지점을 다시 찾지 않을 것 같다고 언짢게 말했다. 이곤이 자리 비운 탓을 하는 것이었다. 지점장이 그러는 것을 이곤도 이해했다. 호연이 여러모로 까다로운 고객이기는 해도 이 지점에는 하나뿐인 VIP였다.

그날 이후 이곤은 호연에게 몇 차례 연락을 시도했으나 닿지 않았다. 생각보다 화가 단단히 난 것 같았다. 어쩌면 이미 다른 지점에서 입맛에 맞는 새로운 설계자를 찾았는지도 모를 일이었다. 완성된 꿈은 30일 이내 이식되지 않을 경우 보안 절차에 따라 폐기해야 했다. 29일째까지도 호연에게서는 응답이 없었고, 이곤은 그만 포기해야겠다고 생각했다. 애써 설계한 꿈이 아깝기는 해도 심의위원회의 규정이 그랬다. 그런데 그날 저녁 호연에게 재예약 문의가 왔다. 내일 이식이 가능하겠느냐고. 이곤은 하루가 남았으니 물론 괜찮다고 했다. 바로 오늘이었다.

"그날 결국 이식을 받지 않으셨더라고요. 설계는 완벽히 마무리해 두었으니 제가 아니어도 진행에 문제가 없었을 겁니다만은."

"접수 창구에서도 그렇게 말하긴 했는데, 내가 싫어서요."

그 창구 담당자뿐 아니라 지점장까지 나와 호연을 설득하려고 했지만 끝내 그를 붙잡지 못했다.

"선생님, 대체 내가 여기에 그만한 비용을 지불하는 이유가 뭐라고 생각하는 거예요?"

질문이 아닌 것을 알지만 아무 반응도 하지 않을 수는 없었기에 이곤은 가장 쉬운 대답을 택하기로 했다.

"저희가 손님께서 원하는 꿈을 되찾아 드리니까요."

꿈 이식 센터 '모프시스'의 대표 카피였다. '잃어버린 꿈을 되찾아 드립니다.' 모프시스 소속 설계자들은 은유가 아닌 그 문장 그대로의 일을 하고 있다.

반세기 전, 감염되면 걷잡을 수 없는 무기력증과 함께 짧게는 사나흘에서 길게는 한 달까지 반수면 상태가 지속되는 '솜누스 바이러스'가 세계를 휩쓸었다. 어제까지만 해도 건강하고 활동

적이던 사람이 한순간 자기 몸조차 가누지 못하게 되면서 사회는 대혼란에 빠졌다. 며칠 앓고 말거나 주변에 돌봐 줄 사람이 있는 경우 하나의 해프닝처럼 여기기도 했으나 긴 시간 혼자 방치되어 사망에 이르게 된 사례 또한 적지 않았다. 감염자의 생활 환경이나 대인 관계 상황에 따라 생사가 갈렸다. 이듬해가 되어서야 백신과 치료제 개발로 확산세는 잦아들었다.

그런데 몇 년 후 연구자들이 기이한 현상을 발견했다. 솜누스 바이러스 감염자에게서는 수면 중 꿈이 완전히 사라졌다는 사실이었다. 그들의 자손 또한 마찬가지였으며 그렇게 꿈을 잃어버린 인구는 전체의 82퍼센트에 달했다. 사실 꿈을 꾸지 않는다고 해서 일상을 영위하는 데 걸림돌이 생기지는 않았다. 오히려 수면의 질 자체는 훨씬 더 나아졌다는 보고가 많았다. 그래도 사람들은 꿈을 완전히 망각하지는 않았다. 오히려 꿈을 꾼다는 것이 어떤 경험인지 알고 싶어 하는 사람이 더 많았다.

그 바람을 이루어 주고자 나선 기업이 모프시스였다. 스스로 꿈을 꾸지 못하는 사람들에게 준비된 꿈을 이식하는 시스템을 만든 것이다. 수면 중 발생하는 뇌파를 자극하여 설계된 꿈과 개인의 기억을 융합하는 방식이었다. 이곤이 하는 일은 그 꿈의 설계였다. 호연도 그 서비스를 이용하기 위해 모프시스를 찾아온 고객이니 잃어버린 꿈을 되찾아 준다는 카피에는 이견이 없었으나 이곤이 언급한 주어에는 불만을 드러냈다.

"'저희'는 필요 없다니까요."

호연은 눈을 천천히 깜빡이며 중얼거렸다.

"한 사람보다 많은 숫자는 필요 없어요. 선생님이면 충분하죠."

"다시 사과드리겠습니다. 이렇게 재예약해 주신 것에 직원 모두 진심으로 감사드리고 있어요."

이곤은 변명 없이 솔직하게 말했다. 일반 고객이었다면 할인권이라도 내밀어 보았겠으나 이 사람에게는 통할 방법이 아니었다. 꿈을 수작업 설계로 주문하는 고객층에게 비용은 애초에 문제가 아니었다. 구석구석 섬세하게 마감된 견고한 건축물 같은 신뢰가 최우선이었다. 자신의 무의식을 믿고 내맡길 만한.

그래서 자리를 비워야 했던 그날, 이곤은 지점장에게 작업을 인계하고 갔다. 지점장도 왕년에는 알아주는 설계자였으며 모프시스에서 일한 경력도 이곤보다 두 배는 길었다. 완성된 꿈을 그가 엿볼 수 있는 것도 아니었다. 이식 진행 과정에도 설계 내용은 노출되지 않고, 꿈의 재생은 그날 밤 렘수면 시에 이루어진다.

이곤은 VIP 고객을 실망시키지 않기 위해 자기 나름의 최선을 다하고 지점을 나섰다. 호연이 그 조처를 너그러이 받아들이지 않을 뿐. 어느 정도는 예상한 바였다. 호연은 평소에도 다른 직원과의 소통을 꺼렸고 오직 이곤만을 신뢰했다. 그런 절대적인 믿음은 이곤에게 설계자로서의 자부심과 부담을 동시에 느끼게 했는데, 업무적 신뢰를 넘어 심리적 압박으로 다가올 때가 종종 있었기 때문이다.

대화가 잠시 끊긴 틈에 모니터가 초록색 알람을 띄웠다. 1차 뇌파도는 정상. 이제 진정제를 투여하고 2차 측정에 들어갈 차례였다.

"그래서, 무슨 일이었는데요?"

이곤이 승인 코드를 요청하는 사이 호연은 길게 하품을 하면서 물었다. 나른함이 천천히 밀려드는 모양이었다. 이식실은 외부 소음과 완전히 분리되어 무척 고요한 공간이었다. 대부분의 고객은 요람에 들어가고 시간이 흐르면 긴장이 자연스레 완화되어 약제 투여 전에도 가벼운 졸음을 느끼거나 하품을 했다. 이곤에게 그 하품은 일종의 신호였다. 이식 준비가 순조롭게 되어 가고 있다는.

"대체 얼마나 중요한 일이어서 자리를 비운 건지, 나는 좀 궁금해도 될 권리가 있지 않아요?"

이곤은 잠시 말을 아꼈다가 입을 열었다.

"실은 가족 초대 심사 중에 있습니다."

호연이 눈살을 찌푸리며 '초대요?' 하고 물었다. 따끔하게 주사제가 들어간 순간이긴 했으나 그보다는 예상하지 못했던 답이 들려온 탓이라는 생각이 들었다. 호연은 가족 초대 제도라는 것에 흥미가 전혀 없는 사람이었다.

꿈 이식 서비스 시작 전에는 작성해야 하는 서류가 많다. 그중 하나가 응급 발생 시를 대비한 보호자의 연락처인데 호연은 특정인이 아닌 소속 지역의 공공 기관의 연락처를 기입했다. 그가 '인디'라는 뜻이었다. 인디는 법적 보호자 없이 연방의 공공 보호를 받는 시민을 가리키는 말이다.

인디 자격은 성인에게만 주어졌다. 가족을 잃었거나 홀로 분리된 미성년자가 성인으로 자라서 인디가 되기도 하지만, 뒤늦게 가족 관계망을 거부하고 자발적으로 인디가 되기를 선택하는 경우도 있었다.

이곤도 만약 꿈을 이식받고 싶어지면 호연과 비슷한 내용의 서류를 작성하게 될 터였다. 이곤 역시도 인디였으니까. 그는 성인이 되자마자 인디가 되기로 선택했고, 그렇게 살아온 지 벌써 20년이었다.

"왜요? 인디를 선택했으면서 굳이."

호연의 얼굴에는 의아함이 아직 가시지 않은 채였다.

"그렇지만 나이가 들어서인가, 역시 한 사람 정도는 있는 게 좋지 않을까 싶어서요."

이곤은 차분히 대화를 이어 갔다.

"손님께선 가족 초대 절차에 관해 알고 계신가요?"

"솜누스 유행 때 악용되는 바람에 피해자가 엄청 생겼다는 건 알죠."

가족 초대는 일정한 자격을 갖춘 성인이 보호자가 부재한 미성년 시민의 법적 가족이 되는 제도인데, 호연의 말처럼 당시에는 감염되었을 때를 대비해 자신을 돌볼 가족을 성급하게 초대한 경우가 많았다. 호연의 원 보호자도 그 피해자였다. 솜누스 대란이 지나간 후, 졸속으로 가족 구성원이 되어 버린 아이들 중에는 학대를 경험한 비율이 높았고, 다음 세대로 그 비극이 대물림되는 일도 적지 않았다.

"그래서 지금은 후보자 심사가 무척 까다롭답니다."

곧 약 기운이 돌기 시작할 테니 이곤은 적당히 설명하기로 했다.

"2년에 걸쳐 여러 가지 실질 자격 심사를 받는데, 그날은 응급 호출 심사였어요."

"응급 호출?"

"가족에게 응급 상황이 발생했을 때 즉시 반응하는지 책임 감을 확인하는 심사라고 할까요."

"그러니까, 진짜 응급 상황인 거예요?"

"아닙니다. 모의 테스트예요."

실제로 응급 상황에 처한 사람은 없다. 하지만 미성년 가족 의 보호자에게는 하던 일을 중지하고 바로 어디론가 불려 가는 상황이 때때로 발생하게 된다. 학교든 병원이든 관공서든. 비록 모의 테스트지만 후보자가 진심으로 이 가족 초대를 받아들일 준비가 있는지 거듭 확인하는 과정이었다.

이곤에게는 이번 호출이 세 번째였다. 처음에는 설계 작업 때 였고 두 번째는 한밤중이어서 고민의 여지가 없었는데 이번에 는 하필 호연의 이식 시간과 겹치고 말았다. 심사의 의도와도 정확하게 일치한 순간이었다. 아직은 타인에 불과한 미래의 가족이냐, 아니면 이 지점의 수익 절반을 책임지는 까다로운 고객과의 약속을 지킬 것이냐를 선택해야 하는 기로였으니까. 결론적으로 이곤은 모든 호출 심사를 통과했지만 사실 이번에는 약간 주춤하지 않을 수 없었다.

"그럼 만일 나 때문에 거기 가는 걸 포기했다면, 선생님은 보호자 탈락인가요?"

"그렇죠."

"섭섭하긴 하네요."

실제 상황도 아닌데 자신과의 약속이 그래도 우선순위 아니냐는 말투였다.

"그래서 그 심사라는 건 이제 다 끝난 거예요?"

"아뇨. 아직 몇 가지 절차가 더 남았습니다."

"의외네. 선생님."

호연의 목소리가 작아졌다. 어느덧 왼쪽 눈은 감겨 있었다. 잠에 빠지기 직전이었다.

"가족 초대에 관심 있는 사람이었을 줄이야, 상상도 못했어."

"그렇습니까?"

"장사 수완만 그럭저럭 괜찮은 냉혈한인 줄 알았거든."

이곤은 달리 대꾸할 말이 없었다. 말수가 적고 표정도 단조로운 탓에 종종 듣는 이야기라 기분 나쁘지도 않았다.

"농담이에요. 나는 선생님 좋아한다고요. 알죠?"

"그럼요."

호연은 잠에 반쯤 취한 채로 이어 물었다.

"어떤 애예요?"

"그냥 평범합니다."

"음. 평범."

의식이 또렷하지 않은 중에도 호연은 그 단어를 짚어 말했다.

"그런데 그 애도…… 그거 알아요?"

"무엇을 말입니까?"

"같은 공간에 있으면…… 하품은 전염된다고 하잖아요."

호연의 매니저나 요리사도 자기가 하품하면 덩달아 할 때가 많다고 했다.

"하지만 선생님은…… 지금까지 나를 따라 하품한 적이 한 번도 없어요. 일부러 지켜본 적도 있는데 절대, 절대 안 해."

그 말을 끝으로 실내가 잠잠해졌다. 모니터 속의 물결이 폭을 천천히 넓혀 가며 호연이 수면 단계에 진입했음을 알렸다. 이곤은 짧은 한숨을 내쉬었다. 이제야 비로소 한 달을 미뤄 두었던 업무를 마무리할 시간이었다.

2차 뇌파도 측정을 끝내자 마침내 최종 허가가 떨어졌다. 이곤은 요람 시스템에 준비된 꿈 데이터의 안정성과 보안 상태를 최종 확인한 후 이식을 시작했다. 이식을 하는 데까지 소요되는 시간은 고작해야 5분 남짓이고, 15분 뒤 잠에서 깨어날 호연의 생체 신호 점검으로만 점검하면 모든 절차가 끝이었다.

잠든 호연은 평온해 보였다. 그러나 이식을 마치고 귀가한 그가 오늘 밤 렘수면 단계에 들어갔을 때 꾸게 될 꿈의 정서는 평온함과 거리가 멀었다. 이곤이 이번에 설계한 꿈의 제목은 '열다섯 번째 백야'였다. 호연은 앞선 열네 개의 백야를 포함하여 모든 꿈을 통틀어 짧게 '축제'라고 불렀다.

그 축제에 소위 아름답고 고상한 것들을 위한 자리는 없었다. 모든 등장인물은 예외 없이 호연의 일그러진 모습을 닮아 있었다. 꿈이 하나씩 쌓일 때마다 인물이 하나둘 늘어나고 공간이 확장될 뿐, 그의 거울상 같은 존재들이 해가 지지 않는 땅에서 자신의 얼굴을 마음껏 드러내며 춤추거나 갑자기 울음을 터뜨리고 다시 깔깔대며 웃기를 반복하는 것은 매번 반복되었다. 그리고 그 중심에는 항상 호연이 있었다.

2.

"혹시 오르골이라고 알까요?"

꿈 설계자라는 직업을 설명하는 도중 이곤이 윤재에게 물었다. 약 1년 10개월 전, 후보자와 초대자의 첫 접견일로 이곤이 윤재를 처음 알게 된 날이었다.

윤재는 시큰둥한 얼굴로 고개를 저었다. 골동품을 소개할 때

나 미디어에 가끔 언급되는 오르골은 요즘의 10대라면 잘 모르는 게 당연했다.

"이렇게 생겼는데."

이곤은 휴대전화의 화면을 테이블 위에 입체 확장해 띄웠다. 가장 기본인 실린더형 오르골이었다.

"이렇게 봐서는 단순한 철로 된 원통과 빗살이지만, 태엽을 감으면."

이곤이 반투명한 이미지에 손을 겹쳐 태엽을 감았다. 기어와 맞물린 원통형의 실린더가 천천히 회전하면서 금속편의 빗살이 실린더의 돌기에 마찰하자 은은한 소리가 흘러나오기 시작했다. 흔하고 익숙한 고전 음악의 멜로디였다.

"음악이 나와요. 원통 하나가 곡 하나죠."

샘플 영상은 짧게 끝났다. 접견실이 다시 고요해졌다.

"이제 이 원통을 꿈이라고 가정하면, 꿈 설계자는 고객이 주문한 대로 원통에 돌기를 심는 역할이에요. 그리고 완성된 원통을 고객에게 이식하면 그날 밤 잠든 사이에 태엽이 스스로 움직이고 고객의 잠재의식과 원통이 맞물려서 꿈이 재생되고요. 고객의 머릿속 변연계, 음. 해마, 편도체가 이 빗살에 해당하거든요."

윤재는 느릿느릿 고개를 끄덕였다. 길어지기만 하는 설명에 흥미를 조금도 못 느끼는 표정이었다. 막 열네 살이 된 초대자 윤재는 땀 냄새가 고스란히 밴 학교 체육복 차림에 덥수룩한

머리로 접견에 나왔다. 윤재에게 이 만남에 대한 기대가 없음을 이곤은 그 순간부터 알아차렸다. 그런 한편 이 아이가 정말로 가족 초대를 희망한 것이 맞는지 후보자로서 헷갈릴 수밖에 없었다.

오래전에는 가족 초대 대신 입양이라는 제도가 있었다. 그러나 생물학적 자손이 아닌 아이를 법적으로 책임진다는 점이 같을 뿐, 나머지는 완전히 달랐다. 가족 초대는 보호자를 희망하는 보육 센터 소속의 13세 이상 청소년이 후보 등록 명단에서 접견 대상을 먼저 선택한다. 그래서 이곤은 후보자, 윤재는 초대자다. 온갖 심사를 거쳐 보호자로 최종 확정될 때까지, 심의위원회의 평가도 중요하지만 초대자의 의지가 무엇보다 우선시되었다. 모든 절차가 진행되는 2년간 그 의지를 변치 않게 하는 일이 과연 가능하기는 한 걸까, 이곤이 자문할 때였다.

"그럼 일회용이에요? 꿈 원통이요."

윤재가 불쑥 물었다.

"실제로 꿈 데이터는 물리적 형태가 없으니 진짜 원통은 아니지만…… 아무튼 맞아요. 이식된 꿈은 1회 재생이 원칙이에요."

"만약 똑같은 꿈을 다시 꾸고 싶다면, 그 원통을 재이식하고요?"

"그런 셈이죠."

실제로 같은 꿈을 반복해 꾸기를 희망하는 고객이 있다. 사용해 보고 만족한 상품을 재구매하는 것과 비슷한 이치였다.

"그럼 그럴 때마다 후보자님은 똑같은 원통을 새로 만들어야 되는 거예요?"

윤재는 모프시스에 처음 방문한 의심 많은 손님처럼 질문을 이어 갔다.

"하하, 그건 아니에요."

이곤은 오늘 비로소 처음으로 긴장 풀어진 웃음을 터뜨렸다. 직업 이야기를 지루해하는 듯해서 그만하려고 했는데 안 그래도 될 것 같았다.

"판매하는 꿈은 크게 두 종류로 나눌 수 있는데요, 하나는 레디메이드, 다른 하나는 주문 설계예요."

레디메이드는 보편적인 인기 소재로 설계된 기성품이다. 모프시스의 카탈로그에는 꿈 상품이 테마별로 세분화되어 있고, 고객은 짤막한 샘플 영상을 체험하며 그중 마음에 드는 것을 찾는다. 고객의 대부분은 레디메이드 상품을 구매한다. 웬만한 취향은 충족시킬 수 있을 만큼 종류가 다양한 데다 가격이 부담스럽지 않기 때문이었다. 레디메이드는 꿈을 이식받는 고객의 의식 정보만 개별 반영해 반복 사용하는 방식이다. 꿈에서 맞닥뜨리는 이미지는 개인의 기억에 따라 차이가 있지만, 전개되는 내용과 재생 시간 자체는 모두 동일했다. 거기에 만족하지 못하는 소수의 고객은 주문 설계를 의뢰하기도 한다. 그런 경우 꿈의 모든 요소를 처음부터 끝까지 맞춤으로 설계해야 했다.

"주문 설계는 엄청 비싸겠네요."

"그렇죠. 아무래도."

맞춤 상품은 그게 구두 한 켤레든 집 한 채든 사치스러운 법이다. 꿈이라고 예외는 아니었다.

"그렇게까지 해서라도 꿈을 꾸고 싶다니, 신기해요."

윤재가 고개를 갸웃했다.

"초대자님은 꿈을 꾸고 싶은 적이 없었나 봐요."

"네. 딱히."

윤재는 아까 오르골이라는 단어를 처음 들었을 때와 비슷한 표정으로 말했다.

"뭐가 다른지 모르겠어요. 영화나 드라마 보는 거랑."

그러고는 지루한 프로그램 하나를 겨우 끝낸 사람처럼 하품을 했다. 만일 이곤이 업무 중이었다면 꿈과 영상물의 차이에 관해 설명했겠지만 윤재는 모프시스 고객이 아니었다. 그가 고른 후보자는 이곤 외에도 열네 명이 더 있었고, 왠지 자신은 다음 접견 명단에 들지 못할 것 같다는 예감이 들었다. 그래서 이곤은 어느 정도 마음을 내려놓은 채 물었다.

"그런데 초대자님은 왜 인디가 되지 않기로 했어요?"

이곤은 지금 윤재의 나이에 그 어느 때보다도 인디가 되고 싶었다. 하루하루 법적 성인이 될 날만 손꼽아 기다리던 시절이었다. 세상에서 가장 불편하고 숨 막히는 곳이 다름 아닌 보호자가 있는 집이었다.

"음…… 잘 모르겠지만…… 그 원통 같은 거려나."

"원통이요?"

"잠잘 때 꿈꾸는 게 어떤 기분인지도 모르고 꾸지 않아도 아무런 문제가 없는데 사람들은 모프시스에 가잖아요. 나도 한 번 해 보고 싶어요. 가족이라는 원통."

이번엔 이곤이 고개를 갸웃했다.

"하지만 가족 초대는 하루…… 아니, 일회용으로 끝나는 게 아닌걸요."

물론 초대자가 성년이 될 때까지 위원회의 정기 평가가 이루어지지만, 솜누스 사태 이후의 일들이 증명하듯 인연이 아니라면 끝나지 않는 악몽으로 변질할 가능성도 있었다.

"그래도 해 보지 않으면 영영 알 기회가 없잖아요?"

윤재는 어깨를 으쓱이며 되물었다. 가족 초대 제도를 다소 쉽게 생각하는 느낌이었다. 이곤은 어떻게 반응해야 적절할지 몰라 머뭇거리다가 흐지부지하게 접견을 마무리해야 했다. 정해진 시간이 어느덧 다 끝나 있었다. 보육 센터의 담당 실무관은 이곤을 배웅하며 피드백을 포함한 결과는 3주 후 통보될 거라고 했다. 그때까지 안 기다려도 결과는 벌써 알 것 같았다.

그런데 어쩐지 '해 보지 않으면 영영 알 기회가 없다'는 윤재의 말은 귓갓길 내내 이곤의 머릿속을 떠나지 않았다. 사실 이곤도 윤재처럼 원래는 꿈에 큰 관심이 없었다. 모프시스에 입사하고도 자신의 설계에 고객이 만족하면 보람을 느낄 뿐, 직접 꿈을 꾸고 싶어지지는 않았다. 만일 설계자로서 반드시 거쳐야 하는 테스트 작업마저 해 보지 않았다면 이곤에게 꿈은 여전히 모호한 개념에 불과했을 것이다. 영영 알 기회가 없는.

뒤늦게야 이곤은 엉뚱한 질문을 했다는 사실을 깨달았다. 어째서 인디가 되지 않기로 했냐니. 그렇게 물은 이곤이야말로 이제 인디가 아닌 삶을 시작해 보고자 접견에 나온 장본인이었다. 자신이 누군가의 보호자인 모습은 그야말로 모호하기 짝이 없지만, 그래도 밑그림부터 차근차근 그려 보겠다는 다소 불완전한 각오를 용기 삼아서. 그건 후보자나 초대자나 피차일반인데 어른이라고 괜한 유세를 부린 꼴이었다. 역시나 다음 접견은 기대하지 않는 게 좋겠다고 이곤은 생각했다.

3.

"영화나 드라마와 다를 게 없는데요. 너나 나나 똑같이 꾸는 꿈은."

얼마 전 윤재에게 들은 것과 비슷한 말에 이곤은 걸음을 멈췄다. 접수 창구 쪽에서 들려오는 불만에 찬 고객의 목소리였다. 지점 마감 시간인 밤 10시, 이곤이 설계 작업실을 막 나온 참이었다.

"레디메이드 상품만 해도 모두 1만 7000종이나 되는걸요, 고객님. 유행 타지 않는 희소성 높은 메뉴는 이쪽에 따로 준비되어 있어요. 샘플 살펴보신 다음 한 가지 골라 주시면 예약 날짜를 잡아 드릴게요."

익숙한 솜씨로 고객을 달래는 창구 담당자의 목소리가 이어졌다. 퇴근 시간에 임박해 오는 사람이 매주 한두 명은 꼭 나타나는데, 보통 인근 유흥가에서 저녁 시간을 보내다 즉흥적으로 들른 취객이었다. 그들은 대체로 샘플 모니터를 이리저리 뒤적이면서 창구 담당자에게 크고 작은 시비를 걸다가 건물 경비원에게 끌려 나간다는 공통점이 있었다. 아직 창구로 모습을 드러내지 않은 이곤이 담당자 대신 경비원 호출을 해 주려고 할 때였다.

"아니, 나는 주문 설계를 하고 싶어요."

고객의 목소리가 다시 들려왔다. 약간 오만함이 느껴지는 말투였으나 발음은 무척 또박또박하고 음색이 맑았다. 어디선가 들어 본 듯하면서도 귀를 기울이게 하는 목소리였고, 술에 취한 사람은 절대 아니었다.

"실례지만 주문 설계는 최소 한 달 전 예약이 필요합니다. 예약 날짜를 잡으신 뒤 재방문해 주세요. 설계자와 말씀 나눌 자료를 미리 준비해 주시면 더욱 좋고요. 무료 상담은 20분까지고 이후에는 10분 단위로 요금이 추가됩니다."

창구 담당자는 매뉴얼에 따라 설명하고 있었지만 이 고객이 주문 설계 가격을 감당할 만한 VIP는 아니라고 판단한 것 같왔다. 이곤이 듣기에도 마지못해 하는 형식적인 안내였다.

"한 달?"

고객은 작게 실소를 터뜨렸다. 이곤은 상황을 직접 확인하기로 했다. 창구 담당자도 선을 긋는 이유가 있겠으나 이 지점에서는 근 2년 만에 언급된 주문 설계였다. 그동안 이곤은 본사에서 할당된 레디메이드 작업만을 해 왔다.

"설계 상담이라고 하셨습니까?"

운을 떼며 창구로 나간 이곤은 고객을 마주한 순간 잠시 멈칫해야 했다. 거기엔 아무것도 없다고 표현해도 무방한 얼굴 반쪽의 소유자가, 이런 상황에 익숙하다는 표정으로 서 있었다. 그는 아직 앳된 티가 남은 왼쪽 눈으로 이곤을 정면으로 응시하며 입을 열었다.

"안녕하세요. 당신이 설계자인가요?"

바로 앞에서 듣는 그의 목소리는 일그러진 오른쪽 얼굴과 어울리지 않게 무척 우아하고 절도가 있었다.

"그렇습니다."

"이왕 온 거 바로 상담해 주시면 좋겠는데요. 나는 따로 시간을 내려면 내년에나 가능해서."

그는 예약 모니터를 손끝으로 톡톡 두드리며 말했다. 이곤은 창구 담당자를 먼저 보내고 고객을 상담실로 안내했다. 그의 이름은 김호연이었다. 낯설지 않았던 목소리는 공익 방송이나 상업 광고, 대중음악에서 들은 기억이 났다. 호연이 일할 때 사용한다는 예명 '에런' 역시 몇 번 들어 본 적이 있었다. 그의 얼굴을 먼저 마주한 창구 담당자는 목소리까지 주의 깊게 듣지 않은 것이 분명했다.

상담을 시작하며 이곤은 한 가지 궁금증을 품을 수밖에 없었다. 이른 나이에 성공을 거둔 유명인인데, 물리적이든 심리적이든 불편한 것은 최대한 개선하는 것이 당연한 시대에 어째서 양쪽이 다른 얼굴을 그대로 지닌 채 살아가는지. 언제라도 왼쪽처럼 아름답게 복원해 얼굴 있는 배우로 활동할 능력이 충분할 텐데. 그러나 섣불리 물을 수 있는 게 아니었다. 이곤은 주문의 동기부터 들어 보기로 했다.

"레디메이드는 이전에 체험한 적이 있으십니까?"

"네, 다른 지점에서."

호연은 지체 없이 대답했다.

"처음에는 이런 게 꿈이구나 하는 차원에서 신기했지만 그게 다였어요."

이곤이 지난 10여 년 네 개의 모프시스 지점을 거치며 만나 온 VIP는 다들 비슷한 말을 했다. 호연도 다르지 않았다.

"아까도 말했다시피 다른 사람과 같은 꿈을 꾸는 것도 재미없고요."

"같은 레디메이드 상품을 이식해도 개인에 따라 다른 이미지로 재생된다는 건 알고 계시겠지요? 사람마다 기억은 제각각이니까요. 각자에게 친근하고 자연스러운 장면을 만나게 되죠."

이곤이 확인차 물었다.

"네, 캐스팅만 다른 똑같은 내용이라는 것도요."

호연의 의지는 분명해 보였다. 그는 누구와도 공유하지 않는 오직 자기만의 꿈을 원했다. 이곤은 그 내용을 찬찬히 알아보기로 했다.

"그렇다면 꿈의 세부 사항을 구성할 이미지나 내용부터 시작해야겠군요. 제가 시각적으로 참고할 만한 자료를 준비해 주신다면 작업에 큰 도움이 됩니다."

"이것보다 나은 참고 자료는 없죠."

호연은 자기를 가리키며 이곤 가까이 얼굴을 쑥 내밀었다. 이곤이 잠시 할 말을 잃자 호연은 픽 웃었다. 그는 자기 앞에서 당황하거나 곤란해하는 상대방을 보며 즐거워하는 취미가 있는 게 분명했다. 마치 자신을 어디까지 태연히 견딜 수 있는가 테스트하듯이. 이곤은 목소리를 한번 가다듬고 다시 설명을 이어 갔다.

"먼저 모프시스의 설계 방식에 대해 정확히 말씀드려야 할 것 같습니다. 레디메이드도 주문 설계도 꿈의 시점은 기본적으로 경험자의 1인칭입니다. 물론 전지적 시점으로 관찰하는 설계도 가능하지만…… 그 상품에 만족하시는 분은 안 계셨습니다. 솔직히 꿈으로서의 재미는 반감되니까요."

"아, 시점을 바꾸자는 건 아니에요. 최대한 온전하게 몰입하고 싶으니까. 그런데 뭐랄까."

호연은 뭔가를 골똘히 생각하다가 입을 열었다.

"'스릴'은 정말 별로였거든요. '공포'도요."

레디메이드 이야기였다. 스릴과 공포는 다른 카테고리에 비하면 품목이 적은 편이고 신상품 업데이트가 느린 편이었다. 수요가 많지 않아서였다. 고객은 대부분 기분 좋은 꿈을 찾고 모프시스의 설계자들은 그런 상품 개발에 주력했다. 그러나 호연이 원하는 꿈은 아침에 일어났을 때 몸이 가뿐해지는 종류가 아닌 듯했다.

"우선 선생님의 실력을 확인하고 싶은데요."

다음 이야기를 기다리던 이곤에게 호연은 그렇게 말했다.

"주요 공간은 어느 저택이에요. 방이 많이 딸린 서양식의 고전적인 주택으로요."

주문이 시작됐다. 이곤은 잠자코 내용을 입력하기 시작했다.

"그리고 낮이어야 해요. 시작부터 끝까지. 집 안 구석구석 조명을 환하게 밝혀 놓은 무대처럼 밝아야 해요."

"그럼 지하실이나 벽장 같은 공간은……."

"필요 없어요. 저택의 주인은 나고, 함께 머무는 사람이 열 명 정도예요. 친구들이죠. 하지만 다들 선생님 같진 않아요. 나를 닮았어요. 어딘가 일그러졌거나 부서진."

호연은 다시 한번 제 얼굴을 잘 보라는 듯 강조했다.

"하나도 빠짐없이 나를 닮아야 해요. 그리고 선생님이 지금 날 보는 이 순간처럼, 잘 보여야 해요. 우리는 어둠 속에 숨어 있거나 하지 않아요. 왜냐면 이건 가면이 필요 없는 축제가 될 테니까."

자기의 모습이 곧 참고 자료인 이유였다. 있는 그대로의 내가 선명하게 존재하는 꿈. 그가 얼굴 복원 수술을 굳이 하지 않는 이유를 이곤은 그제야 어렴풋하게 짐작했다. 세상의 호오에 맞춰 자신을 교정하고 싶지 않은 것이다.

"오늘은 여기까지예요. 일단 완성된 집과 사람들을 보고 마음에 든다면 그때 다음 작업을 얘기하죠. 모든 청구서는 이쪽으로 보내 주시고요."

다음 날 이곤은 지점장에게 호연의 주문에 관하여 보고했다. 지점장은 유쾌한 작업은 아니겠지만 심의에 문제가 될 사항은 없어 보인다고 했다. 이곤도 거기에는 동의했다. 꿈은 다른 콘텐츠에 비해 심의 기준이 까다로운 편이었다. 대체로 성애와 범죄 묘사가 문제였는데 호연의 의뢰는 그 항목에 저촉되지 않았다. 구체적인 취향이 가미되었을 뿐, 그의 요구 자체는 사실 레디메이드의 공포 상품과 크게 다르지 않은 설정이었다.

지점장은 이곤에게 당분간 본사 업무는 완전히 빼 주겠다며 바로 설계에 들어가라고 했다. 모프시스 지점 대부분은 레디메이드의 수요로 실적을 내는 것이 기본이지만, 지점장은 오픈 이래 최대 수익이 분명한 고객을 놓치고 싶어 하지 않았다. 그는 호연이 주고 간 매니저의 명함에서 눈을 뗄 줄 몰랐다.

이곤은 3주간의 밤샘 작업 끝에 호연의 페르소나로 충실하게 채워진 꿈 '백야'를 완성했다. 그러나 레디메이드 설계와 차이가 없다고 여긴 것과 다르게 상당히 고된 과정이었다. 레디메이드의 공포 상품에서는 긴장감을 만들기 위해 어둠과 그림자를 적극적으로 활용하는 데 반해 여기서는 그 법칙이 통하지 않았기 때문이다. 모든 것을 직시하는 날카로운 외눈과 온종일 대면하는 작업이 결코 쉽다고 할 수는 없었다. 그래도 다행인 점 하나가 있다면 심의가 보류 없이 통과된 것이었다. 수정 지시가 내려오는 경우 고객과 심의위원회의 중간에서 절충안을 찾아야 하는데 그렇지 않은 것만으로도 충분히 좋은 일이었다.

그리고 그날 오후 뜻밖의 소식이 찾아왔다. 두 번째 접견 날짜를 조율하자는 보육 센터의 통지가 날아온 것이다.

4.

"이름이 마음에 들었어요."

이곤이 후보자에서 제외되지 않은 이유를 윤재는 그렇게 밝혔다. 김이곤. 흔한 이름은 아니지만 그렇다고 아주 특별한 이름도 아닌데 별일이다 싶었다.

"여기 오기 전에 키우던 고양이가 있었는데요, 검은 고양이. 그 애 이름이 곤이었거든요."

이곤은 자기도 모르게 웃음을 터뜨리고 말았다.

두 번째 접견은 보육 센터 내 휴게실이었다. 초대 심사 1년 차는 모든 접견이 보육 센터에서 실무관 동석하에 이루어졌다. 1년이 지나면 후보자는 3인 이내로 좁혀지고 외부 접견도 허락 된다. 휴게실 저쪽에는 윤재보다 한두 살 더 많아 보이는 소녀 의 접견이 이루어지고 있었다. 소녀는 현재 함께하는 후보자 커 플을 무척 좋아하는 듯 보였다. 아마 최종 후보자일지도 몰랐 다. 이제 시작인 이쪽의 어색한 분위기와는 정반대였다.

"괜찮은 이유네요."

그래도 이곤은 기분이 좋았다. 하필 고양이와 이름이 같아서 기회가 생겼다니. 대단한 운이 아닐 수 없었다.

"또 하나 있는데. 애들이 부러워하더라고요."

"뭘요?"

"직업이 꿈 설계자인 거요. 그래서 꼭 보호자가 안 돼도……
누가 날 부러워하면 왠지 좋잖아요."

"그렇군요."

역시 뜻밖의 이유였다. 이곤은 한 번도 스스로를 대단하다고 여긴 적이 없었지만, 누군가의 자랑이 될 수 있다는 말은 싫지 않았다. 윤재가 살짝 찡그린 얼굴로 물었다.

"기분 나쁘세요?"

이곤은 고개를 저었다. 아무 표정을 짓지 않으면 종종 이런 오해를 받곤 했다.

"아니에요. 좀 더 이야기할 기회가 생겼으니 좋다고 생각했어요."

진심이었다. 서윤재라는 소년에 대해서 잘 모르기는 그때와 마찬가지지만 키우던 고양이의 이름을 알았으니 진전이 없지도 않았다. 윤재는 오늘도 체육복 차림이었는데 이제는 그게 자연스럽게 보였다.

"근데 후보자님은 왜 인디를 그만두기로 했어요?"

저번에는 시간이 부족했다면서 윤재가 물었다. 이곤은 머리를 긁적였다. 어리석은 질문이었다고 자책했던 것이 되돌아오고 말았다.

"후보자 서류에서 읽었을 테니, 내 어린 시절 이야기는 알고 있겠죠?"

윤재가 고개를 끄덕였다.

"보호자의 학대가 있었는데 신고할 용기가 없어서 함께 지냈고, 성년이 되자마자 인디가 된 것도요."

"네. 읽었어요."

이곤은 목소리를 한 번 가다듬었다. 나이를 먹어도 이런 이야기는 좀처럼 수월해지지 않았다.

"나는 가끔 이런 생각을 하는데요, 내가 만일 스스로 꿈을 꿀 수 있다면 나는 그 시절의 경험을 악몽으로 반복해 꿀 것 같다고요. 영영 갈아 끼울 수 없는 원통처럼요. 그만큼 힘들었던 기억인 거겠죠."

사실 기억이 꿈보다 훨씬 구체적이면서 집요한 것이었다. 깰 수 없는 꿈이 있다면 그게 기억이다.

"음, 혹시 이런 이야기는 하지 않는 게 좋을까요?"

자신이 후보자 명단에 포함된 이유는 윤재도 어쩌면 비슷한 상처를 지녔기 때문이지 않을까 하고 이곤은 생각했다. 그래서 더욱 조심스러웠다. 윤재의 나쁜 기억만 괜히 불러내는 꼴이 아니기를 바랐다.

"괜찮아요. 내가 물어본 거니까."

윤재는 짐짓 어른스럽게 말했다. 오늘은 확실히 첫날보다 이곤에게 관심을 기울이고 있었다.

"내 보호자가 나에게 가장 많이 한 말은 '넌 불쾌하고 기분 나쁘다'였는데요."

뜻밖의 사고가 생기거나 실수를 할 때도 있었지만 대부분은 그런 일과 관계없었다. 학교에서 돌아와 현관문을 열었을 때나 잠들어 있는 한밤중에 강제로 깨워져 구타당하며 듣던 말이었다.

"그럼 정말로 내가 그런 사람이라고 믿게 되더라고요. 누군가를 불쾌하고 기분 나쁘게 만드는 존재라고. 그래서 광고 제작 일을 거쳐 꿈 설계자가 되었는지도 몰라요. 나는 누군가를 기분 좋게, 또 유쾌하게 해 줄 수 있는 사람이라고 스스로 증명하고 싶어서요."

윤재는 눈도 깜빡이지 않고 들었다.

"아무튼 하루는 이런 이유로도 혼이 났는데, 하품을 한다고요."

"하품이요?"

"일요일 낮이었나, 보호자가 하품을 했는데 옆에 있던 나도 덩달아 나와 버렸거든요. 그러자 뭐가 그렇게 한가하냐면서 기분 나쁘다고 실컷 얻어맞고 말았어요. 그 뒤로는 하품을 꾹 참거나 몰래 하는 습관이 생겼죠. 마흔인 지금도요."

윤재의 표정에는 '말도 안 돼.'라고 쓰여 있었다. 이야기가 너무 멀리 온 것 같아 이곤은 이제 결론을 말하기로 했다. 중요한 건 과거가 아니라 앞으로였다.

"그런데 어느 날인가 그런 내가 좀 이상하게 느껴졌어요. 나혼자뿐인데 하품을 애써 참고 있는 모습이요. 그리고 서로 아무렇지 않게 하품하는 가족이란 어떤 걸까 궁금해졌어요. 나에게는 있을 수 없던 일이니까."

그 이튿날 이곤은 가족 초대 후보자가 될 수 있는 자격을 알아보기 시작했다. 이곤은 대부분의 조건에 부합했다. 범죄 경력이나 양육에 치명적인 병력이 없고 장기근속한 직장이 있으며 추천서 네 군데 정도는 현재 및 이전 직장, 학교 등에서 문제없이 받을 자신이 있었다. 거쳐 온 모든 기관의 인적성 검사도 잘 통과했었다. 커플이 아닌 단독 후보자라 소득 기준이 아슬아슬하기는 했으나 결론적으로는 통과되었다. 몇 년 전, 길에서 경찰이 도주하는 뺑소니범을 잡는 데 우연히 도움을 주었고 그때 받은 시민 표창이 가산점이 된 덕분이었다.

"내가 하품하면 어떨 거 같은데요?"

윤재가 심각한 얼굴로 물었다. 순간 이곤은 안 하느니만 못한 이야기를 꺼내 놓은 걸까 싶었다. 이 접견은 비슷한 아픔을 아는 사람들끼리 이야기를 나누는 자조 모임이 아니었다.

"뭐…… 나도 모르게 똑같이 하지 않을까요? 하품은 전염된다고 하니까."

이곤이 멋쩍게 대답하자 저쪽 테이블에서 까르르 웃음소리가 들려왔다. 역시 많은 것이 대조적인 분위기였다. 세 사람 모두 즐겁고 친밀해 보였다. 윤재도 어느덧 그쪽에 시선을 빼앗겨 있었다. 이곤은 고개를 살짝 숙였다.

윤재가 희망하는 보호자상도 태생적으로 밝고 건강한 환경에서 자란 사람일지 몰랐다. 만일 이곤이 윤재의 자리에 앉아 있었다면 자신은 그런 어른을 만나길 바랄 것 같았다. 누가 봐도 훌륭하고 듬직하며 흠이 없을 것 같은 어른. 아무래도 자신은 거기에 해당하지 않겠구나 하고 이곤이 생각할 때였다.

금일 마련된 접견 시간이 종료되었습니다. 후보자들께서는 자리를 정돈해 주시기 바랍니다. 다시 한번 알려 드립니다……

시간이 다했음을 알리는 방송이 흘러나왔다. 윤재는 다 마신 주스 팩을 납작하게 접으며 자리에서 일어났다.

"저 팀은 오늘이 딱 2년째예요. 다음 주에는 가족으로 등록된대요."

그러면서 이 썰렁한 분위기는 이곤의 탓이 아니라는 듯이 설명을 덧붙였다.

"다음에는 곤이 이야기도 해 드릴게요. 안녕히 가세요."

윤재는 덩달아 일어난 이곤에게 인사한 다음 휴게실을 떠났다. '다음에'라는 말에 내심 안도한 나머지 이곤은 잠시 그대로 서 있다가 안내 방송이 다시 흘러나온 다음에야 자리를 정돈했다.

금일 마련된 접견 시간이 종료되었습니다. 후보자들께서는……

외투를 챙겨 입다가 이곤은 순간 멈칫했다. 흘러나오는 방송의 목소리가 다름 아닌 호연이었기 때문이다. 희미한 생채기 하나조차 느껴지지 않는 맑고 부드러운 목소리가 휴게실을 가득 채우고 있었다.

다음 결과 통지는 2주 뒤라고 알려 주는 실무관에게 이곤은 목소리의 주인공이 에런이 맞는지 확인했다. 실무관은 알아듣는 방문객이 많다고 감탄하면서 최근 전국 보육 센터의 모든 안내 방송이 그의 목소리로 바뀌었다는 사실을 말해 주었다. 재능 기부로 이루어지는 안내 방송은 목소리의 주인공이 격년으로 달라지는데, 이번에는 아이들 사이에서 인기가 폭발적인 게임 주제가를 부른 에런으로 낙점되었다는 것이다.

실무관은 들으면 들을수록 정감이 가고 마음이 편해지는 목소리라고 했다. 그러고는 얼굴과 마음도 그만큼 멋진 사람일 것 같은데 어째서 목소리 배우로만 활동하는지 모르겠다며 아쉬

위했다. 이곤은 그저 '그러게요.' 하고 대꾸할 뿐이었다.

5.

중복 결제 문제가 있다며 회계 담당자가 이곤을 찾아왔다. 고객에게 대신 연락해 환불받을 수단을 알아봐 달라는 것이었다. 회계 담당자는 자신이 고객에게 연락을 시도했으나 이곤이 아니면 대화하지 않겠다고 해 어쩔 수 없이 왔다면서 장부 파일을 보여 주었다. 이곤의 2개월 치 급여와 맞먹는 금액이 초과된 상태였다. 고객의 이름은 언급되지 않았어도 이곤은 그게 누구인지 알 것 같았다.

호연에게 발행한 청구서는 지난달에 이미 결제되었고 그가 이곤에게 주문한 꿈은 지금까지 하나였다. 두 번째 주문을 받지 않은 이상 환불은 당연했다. 호연은 첫 번째 결과를 보고 그 다음을 얘기하자고 했으나 완성된 꿈을 이식하고 보름이 흘렀는데도 피드백이 없었다. 결과물이 호연의 마음에 들었는지 아닌지 이곤은 알 방법이 없었다. 어쩌면 주문 설계한 꿈 역시 레디메이드와 비교해 대단할 게 없다고 실망했는지도 모를 일이었다. 이 정도 비용을 치르면서까지 경험할 가치가 있는 놀이가 아니었다고.

이곤은 내심 마음이 가벼웠다. 호연이 실적에 큰 도움을 줄 고객임은 분명하지만, 첫 번째 작업이 생각보다 만만치 않았던데다 두 번째 주문부터는 어떤 요구 사항이 추가될지 몰라서였다. 제법 까다로워 보이는 고객과 심의위원회 사이에서 자신이 균형을 잘 유지할 수 있을지 확신이 없었다. 그런데 아무 소식도 없다가 이쪽에서 연락하자 이곤이 아니면 대화하지 않겠다니. 어쩐지 꿈에 대한 불만족을 토로할 것 같은 느낌에 이곤은 편치 않은 기분으로 통화를 시도했다. 매니저가 이곤의 신분을 확인한 다음 호연을 연결해 주었다.

"그렇지 않아도 연락드리려고 했어요."

음성 통화로 처음 듣는 호연의 목소리는 산뜻하고 밝았다. 어떻게 들어도 불만족과는 거리가 멀었다.

"꿈 정말 최고였어요, 선생님. 처음부터 끝까지 내가 생각한 그대로였어요."

호연이 신이 난 음성으로 재잘거렸다. 이곤은 안도한 한편 의아했다.

"마음에 드셨다니 다행입니다. 사실 다른 말씀이 없어서 실망시켜 드린 건 아닌지 걱정했는데요."

걱정까지는 안 했으나 이곤은 그렇게 말해 두었다. 고객의 심기를 잘 챙겨서 손해 볼 일은 없었다.

"말도 안 돼. 전혀요! 너무 좋아서 여운을 더 오래 간직하고 싶을 정도였으니까요."

이미 보름 전에 재생되고 끝났을 꿈인데 호연의 목소리에는 홍분이 남아 있었다. 작업 과정의 고충이야 어쨌든 설계자로서 뿌듯함을 느껴도 좋을 순간이었다.

"이제야 솔직히 말씀드리지만 주문 설계가 이번이 처음은 아니었어요. 다른 지점에서 같은 의뢰를 했었는데 처음에는 얼굴을 멋대로 교정하더니, 수정 작업에서는 그림자에 겹쳐 두거나 안개를 까는 연출을 하잖아요. 그렇지 않으면 그저 노골적이거나 지루한 작품 중에 하나가 될 뿐이라면서. 자꾸만 자기 의견을 강요했어요."

아무리 큰 비용을 치르는 고객이라도 결코 타협하지 않는 설계자가 있긴 했다. 이곤에게는 그럴 배짱이 없었으나 그 설계자의 심경도 이해했다.

"아무튼 이번 꿈을 한 번만 꾸기에는 너무 아까워서 재이식 할지 말지 고민하다가 시간이 이렇게 간 줄도 몰랐어요. 일도 바쁘긴 했지만요."

"감사합니다. 그런데 오늘 연락드린 건 다른 게 아니라 결제 오류가 있어서예요."

칭찬을 듣자고 연락한 건 아니었으니 이곤은 그만 본론으로 들어갔다.

"오류요?"

"고객님 측에서 실수로 저희 청구서를 중복 처리 하신 듯합니다. 만일 같은 꿈을 재이식한다 해도 그때는 설계 비용이 제외되어서 계산법이 달라지거든요. 우선 환불받으실 수단을 알려 주시면 이후 절차를……"

"아, 그건 실수가 아니에요."

호연이 이곤의 말을 자르며 끼어들었다.

"네?"

"설계가 마음에 들어서 드린 보너스라고 생각해 주세요."

이곤은 잠시 할 말을 잃었다. 보너스라는 것을 주는 고객도 처음이지만 액수가 지나치게 많았다. 지점장도 이건 부담스러워할 것 같았다.

"선생님은 나를 잘 이해하고 계신 것 같거든요. 그런 설계자를 만난 것도 행운이니까. 행운을 나눠 드릴게요."

"하지만."

"그리고 다음 설계 상담을 하고 싶은데. 역시 재이식보다는 그게 더 좋을 것 같아요."

호연의 목소리에 기대감이 가득했다.

"대신 이번에는 선생님이 제 집으로 와 주시면 좋겠어요. 사실 거긴 이식할 때만 가도 되잖아요? 맞죠?"

그렇기는 해도 모프시스에서 일하면서 이런 일로 출장을 나가 본 적은 없었다. 이곤은 상사에게 확인한 뒤에 회신을 주겠다고 했다.

지점장은 흔쾌하게 그러라고 했다. 호연의 보너스도 대환영했다. 지난해와 올해 실적이 연이어 저조해 이대로라면 내년에는 본사의 폐점 권고 대상에 오를지 모른다는 이유였다. 원래는 레디메이드만으로도 실적이 나쁘지 않은 편이었는데 재작년 멀지 않은 곳에 다른 지점이 생긴 탓이었다.

머뭇거리는 이곤에게 지점장은 가족 초대 진행을 위해서라도 이 작업을 수락하는 게 좋지 않겠냐고 했다. 만일 여기가 폐점되고 이곤의 재발령 여부가 불투명해지기라도 한다면 후보자 자격 미달로 이어질 수 있긴 했다. 일리가 있는 조언이었다.

이곤은 지난주, 생각보다 이르게 잡힌 윤재와의 세 번째 접견을 잘 마쳤다. 첫 번째보다 두 번째 접견에서 조금 덜 긴장했듯, 세 번째 만남도 그랬다. 어색한 침묵의 순간은 그전보다 줄었고, 웃음소리는 늘었다. 어쩌면 그럭저럭 어울리는 가족이 될 수도 있겠다는 느낌이 어렴풋하게나마 들었다. 이 한 걸음 한 걸음을 이곤은 잘 지켜 나가 보고 싶었다.

호연의 집은 도심 고층 빌딩 최상층에 구름처럼 홀로 떠 있는 공간이었다. 얼마나 높은지 초고속 승강기로 올라가는데도 시간이 더디게 간다고 느껴질 정도였다. 저 아래의 풍경은 어느덧 실체 없는 꿈처럼 아득하게만 보였다.

이곤은 요즘 자신이 윤재의 보호자로 최종 결정된다면 어떤 집에서 양육을 시작할지 고민이었다. 가족이 늘어나면 당연히 지금보다 여유 있는 공간이 필요했다. 그러나 어떤 집을 택하든지 이런 장소와 비교하면 하나같이 초라할 것 같았다. 아쉽게도 현실은 대체로 그런 법이었다. 꿈도 마찬가지였다. 모프시스를 찾는 고객이 가장 많이 선택하는 꿈은 현재보다 나은 그 무언가였다. 그것을 행복, 성공, 안정, 기쁨, 열정 등 어떤 단어로 부르든 지금의 결핍을 꿈에서라도 채우고자 하는 욕망이었다. 꿈의 분위기는 판이하지만 호연이 바라는 것도 결국 그 맥락에 닿아 있었다. 있는 그대로의 자신이 온전하게 받아들여지는 꿈. 적어도 이곤의 생각은 그랬다.

"기다렸어요. 어서 오세요."

현관은 호연이 직접 열어 주었다. 들어갈 때는 별다른 생각이 없었지만 넓은 집 안 곳곳에서 각자 업무 중인 고용인을 몇명 지나친 다음에야 그것이 대단한 호의였음을 깨달았다. 응접실에는 손님을 위한 다과가 마련되어 있었다. 업무를 위한 방문이 아니라 파티 초대를 받았다고 해도 이상하지 않을 만큼 화려한 구색이었다. 이곤은 성의에 감사를 표하고 향이 짙은 차와 쿠키를 조금씩 맛보았다. 본격적인 설계 이야기는 차 한 잔이 바닥을 드러냈을 즈음 시작되었다.

"두 번째 작업은 선생님이 조금…… 편하지 않으실 수도 있어요."

호연은 찻잔을 채우려는 고용인에게 거절의 손짓을 하며 말했다. 이곤도 괜찮다고 하자 고용인은 응접실을 떠났다.

"하지만 선생님 실력을 신뢰하니까. 이번에도 잘 설계해 주실 거라고 믿어요."

"상세한 내용을 말씀해 주실 수 있을까요."

"그럼요."

호연은 테이블에 팔을 기대며 이곤을 향해 앞으로 몸을 기울였다. 그리고 자기의 얼굴 오른쪽을 가리켰다.

"이 상처에 관한 거예요."

이번에도 흔히 말하는 '좋은 꿈'과 거리가 있을 것 같았다.

"내가 열한 살 때 보호자란 작자가 만든 건데, 지금은 교도소에 있어요. 생전에는 절대 못 나올 거고요."

호연은 뉴스 단신처럼 건조하게 이야기했으나 이곤은 어떻게 반응해야 좋을지 난감했다. 무심히 넘기기는 실례일 것 같고, 자신 역시 비슷한 아픔을 안다고 하기는 과할 것 같았다.

"당황하지 마세요. 그럼 내가 죄송하니까. 동정하지도 말고요. 그건 싫으니까."

이곤의 마음을 읽었는지 호연은 선심 베풀듯 말했다.

"유감입니다."

"그렇죠."

호연은 그 정도 대답이면 적당하다는 투였다.

"사실 그날의 기억이 정작 나에게는 띄엄띄엄 흐릿해요. 많이 맞는 날은 대체로 그랬어요. 마치 캄캄한 공간에 있는데 하나뿐인 조명이 깜빡깜빡하는 것처럼 말이에요. 솔직히 대부분 왜 맞았는지조차도 기억 안 나요. 아니, 기억이 안 나는 게 아니라 온갖 이유로 다 맞았으니 왜가 중요한 건 아니었겠죠."

호연은 이곤에게도 낯설지 않은 이야기를 시작했다. 주문서의 빈칸에 이곤은 아직 아무것도 입력할 수 없었다.

"그런데 이 이유 하나만은 아주 선명해요."

호연이 잠시 숨을 골랐다.

"울지 말라는 말이요."

두려움과 슬픔으로 이미 눈물범벅이 되었는데 울지 말라는 명령이 내려졌다. 그건 도대체 어떻게 해야 하는 건지 어린 호연은 앞이 캄캄하기만 했다. 그래도 자기 나름대로 방법을 찾았다. 우는 모습을 들키지 않으면 되었다.

"지금도 소리 내지 않고 우는 데 날 따라올 사람은 없을 거예요. 아무튼."

주문이 이어졌다. 저택이라는 공간은 기존에 설계된 그대로 사용한다. 한낮인 배경과 인물도 마찬가지다. 다만 모든 것이 관조적이기만 한 첫 번째 꿈과 달리 구체적인 상황이 요구되었다. 거기서 호연은 형체가 분명하지 않은 잔혹한 존재에게 현실과 같은 상처를 입는다. 만신창이가 된 호연에게 그 존재는 울지 말라고 명령한다. 그러나 이 꿈속의 호연은 그의 말을 듣지 않고 울음을 크게 터뜨린다. 그 울음이 신호탄이 되어 꿈속 호연의 동료들이 차례로 울부짖기 시작한다. 그들은 이윽고 거대한 통곡의 소용돌이를 이룬다. 호연이 잠에서 깨는 그 순간까지 지치지 않고 울고 또 운다.

"하실 수 있겠어요?"

단어를 신중하게 골라 적는 이곤에게 호연이 나지막이 물었다. 호연은 '하실 수 있겠어요?'보다 '이해할 수 있어요?'라는 말에 더 어울리는 표정으로 이곤을 보았다. 실제로 울음을 터뜨렸거나 그 꿈을 꾼 것도 아닌데 벌써 지친 기색이었다. 벗어나기 힘든 기억이란 원래 그런 것이었다.

이곤은 그가 안쓰러웠다. 이 주문이 흔히 이야기하는 좋은 꿈이 아닐지는 몰라도 호연에게는 의미가 있을 것 같았다. 사건 당시와 10년 이상 시차는 있지만, 시원하게 한 번 울어 버림으로써 마음속 상처는 조금 달랠 수 있을지도 몰랐다. 이 작업 역시 쉽지 않을 것은 분명했다. 그러나 그의 눈을 통해 과거의 아픔을 겹쳐 본 자신이 이 설계의 적임자임은 부정할 수 없었다.

"보호자는 수감 중이라고 하셨는데, 그럼 진단서와 판결문 등이 필요할 수 있습니다. 준비해 주실 수 있을까요?"

이곤이 물음에 호연이 눈살을 찌푸렸다.

"무슨 말이에요?"

이곤은 차근차근 설명했다.

"알고 계시겠지만 설계된 꿈은 심의를 거쳐야 합니다. 꿈도 다른 창작물처럼 최소한의 윤리 규정에 따라야 하는데 묘사하신 내용에는 범죄 요소가 포함되어 있어요. 물리적인 폭행과 그 피해를 고스란히 노출하는 설계는 1차 검열 대상입니다."

"하지만 내가 직접 당한 일인데요."

"심의위원회는 그걸 모르니까요. 고객이 피해 당사자고 이 상황은 가해 의지를 포함한 상상이 아니라 실제 기억임을 입증해야 통과가 될 겁니다."

"왜요? 나 혼자만 머릿속으로 꾸는 꿈일 뿐인데."

"꿈 체험을 통해 발생할 수 있는 사후 범죄를 예방하기 위해서요."

모프시스 설립 초기 발생한 몇 개의 불미스러운 사건 이후로 심의 기준이 강화되었다. 이건 으스스한 저택 탐험이나 단순한 공포 체험과 달랐다.

이곤의 진지한 얼굴을 응시하던 호연은 비로소 악몽에서 깨어난 듯 대답했다.

"당연하죠. 그런 서류 정도야."

의연한 목소리였지만 그 순간 이곤에게는 울음을 참는 열한 살의 아이로 보일 뿐이었다.

완성된 '두 번째 백야'에 다시 만족한 호연은 그 후로 한두 달에 한 번 새로운 꿈을 주문했다. 주문이 거듭될 때마다 꿈속 호연의 동료는 차츰 숫자가 늘어났고, 공간은 최초의 저택에서 그것을 둘러싼 널따란 정원, 이웃집과 마을, 광장으로 점차 확장되었다.

그들만의 도시에서 호연은 어릴 때 감히 상상도 할 수 없었던 자유를 만끽하고 반항을 했다. 마음껏 울고 소리치고 웃고 화내고 까불면서. 그곳에서는 호연을 경계하거나 동정하는 사람도, 얼굴을 아름답게 교정하라고 간섭하는 사람도 없었다. 모두 비슷한 상처를 가진 그들은 서로를 있는 그대로 존중하고 사랑했다.

새로운 꿈을 꾼 다음 날이면 호연은 어김없이 음성 통화로 이곤에게 인사를 전해 왔다. '고마워요, 이번에도 좋은 축제였어요.'라면서. 잠이 아직 덜 깨 낮게 가라앉은 음성은 실컷 울고 난 다음 후련함이 남은 것처럼 들리기도 했다. 호연은 언제부턴가 이곤에게 매끄럽게 가다듬어지지 않은 목소리도 개의치 않고 곧잘 들려주었다.

하루는 이런 걸 물었다. '선생님은 왜 인디가 되었어요?' 매번 이토록 마음에 드는 꿈이 나올 수 있는 건, 선생님이 내 머릿속을 고스란히 들여다보는 초능력이 있거나 아니면 나와 비슷한 기억이 있거나 둘 중에 하나 아니겠냐는 것이었다. 호연이 자신의 과거를 이곤에게 드러냈듯 그 역시 이곤의 내밀한 이야기를 듣고 싶어 했다. 그럴 때 이곤은 장기근속자의 요령일 뿐이라며 과찬에 대한 고마움만 표했다. 사적인 식사 초대나 선물 따위는 정중히 거절했다. 지점장은 아쉬워했으나 그가 일방적으로 보내는 보너스 또한 마찬가지였다. 이전에 받은 것도 반환했다. 차후 감사에서 문제가 될 수 있었다. 고객과 오랜 계약 관계를 유지하는 가장 좋은 방법은 정도와 선을 잘 지키는 것이다. 이곤은 가족 초대 심사 중에는 아무리 사소한 말썽거리라도 생기지 않기를 바랐다.

아슬아슬한 심의가 항상 난관이었으나 지난 2년 가까이 지점의 가장 큰 실적은 결국 호연이었다. 예상 날짜에 다음 설계 문의가 오지 않으면 이제 이 놀이도 그만 질릴 때가 됐지 생각하는 이곤과 달리 지점장은 금고라도 강탈당한 사람처럼 심기가 사나워졌다. 이곤의 가족 초대 심사로 호연이 두 달 넘도록 발길을 끊었을 때는 지점장의 눈에 이곤을 향한 원망이 내내 떠날 줄을 몰랐다. 그 원망은 호연이 재예약을 위해 연락해 온 어제저녁에야 비로소 자취를 감췄다.

그런데 그 후 며칠간 이곤은 자신이 뭔가 끝내지 못한 업무가 있다는 기분을 떨칠 수 없었다. 아무리 생각해도 그게 도대체 무엇인지 알 수가 없었다. 그러기를 2주가 지났을 때, 터져 나오는 하품을 습관처럼 참다가 문득 자각했다. 좋은 축제였다고 보고하는 호연의 연락이 아직 없었던 것이다.

6.

이른 아침 이곤은 오늘 오후 접견이 취소되었다는 연락을 받았다. 가족 초대 최종 심사를 겨우 3주 앞둔 날이었다. 영상 통화를 걸어 온 윤재의 왼쪽 얼굴에 커다란 거즈가 붙어 있는 것을 보고 이곤은 깜짝 놀라 자리에서 벌떡 일어났다. 왼팔에는 딱딱한 깁스도 감겨 있었다. 즐겨 입는 체육복은 어깨에 걸쳐진 채 소매가 비어 힘없이 달랑달랑했다.

"무슨 일 있었어요?"

"약간 다쳤어요. 그제요."

계단에서 넘어졌고 팔은 골절이었다. 약간이 아니었다.

"깁스는 잘 됐고 약도 먹고 있는데 아직 멀리 외출은 좀……그래서요. 우리 답사는 조금만 미루면 안 될까요?"

오늘은 거주 후보지를 답사하러 가는 날이었다. 위원회가 정한 조건에 맞는 집을 후보자가 찾으면 보육 센터 실무관이 입회하여 양육에 적합한지 심사하는 절차였다. 현재 윤재의 보호자 후보는 이곤뿐이었다. 후보자가 한 명으로 좁혀질 경우 남은 심사 기간 특별한 사유가 발생하지 않는 한 보호자로 승인되는 것이 통상이었다.

그러나 지금은 그게 문제가 아니었다. 이건 실제 응급 상황이었다. 사람이 살다 보면 누구나 넘어지고 다치고 하는 법이지만 이틀 전 일을 이제야 통보하다니, 이곤은 보육 센터 측에 화가 났다. 거기에 답사 일정을 바꾸자는 말뿐 문병은 언급조차도 없었다. 모의 호출 때는 그렇게 잘도 불러내 놓고서. 자신이 아직은 문제를 제기할 법적 권한이 없는 사람이라 찬밥 취급인가 싶어서 더 화가 치밀었다.

"……죄송해요."

붉으락푸르락하는 이곤에게 윤재가 모니터 너머로 사과했다.

이 또한 이곤에게는 이해 못할 상황이었다.

"왜 윤재가 사과를 해요?"

"후보자님은 엄청 바쁜데 나 때문에 휴가도 냈으니까……."

"아니, 그런 날짜는 언제든지 바꿀 수 있는 거예요."

무심결에 다그치는 말투가 되어 있었고 윤재는 조용히 입을 다물었다. 그제야 이곤은 자신이 엉뚱한 상대에게 화풀이하고 있음을 깨달았다. 실무관이 전부 듣고 있을 텐데. 그만 동요를 가라앉혀야 했다. 심사에도 도움이 되지 않을뿐더러, 자신에게 거친 말만 쏟아 내던 과거의 보호자가 떠올라 순간 멈칫했다. 이곤은 그 비슷한 것의 털끝만큼도 대물림하고 싶지 않았다.

"미안해요."

사과부터 했다. 나는 지금 너에게 화가 난 것이 아니라거나 네가 걱정되어서 그렇다는 말이 얼마나 모순적으로 들릴지 누구보다 잘 알았기에 변명은 덧붙일 수 없었다.

"많이 아프겠어요."

"별로요."

"의사는 뭐라고 해요?"

"괜찮대요."

윤재는 짧게 답했다. 지난 2년 이곤이 살핀 윤재는 긴장하거나 곤란함을 느끼면 눈빛이 굳고 말수가 없어졌다. 지루함을 내비치거나 질문을 이것저것 던지기는 상대방이 어렵지 않을 때 할 수 있는 행동이었다.

"깁스는 얼마나 해야 한다는데요?"

조금 더 자세히 듣기 위해 이곤은 차분하게 물었다.

"붙는 데 두세 달 걸릴 거예요. 잘 붙겠죠, 뭐. 괜찮아요."

윤재는 몇 다리 건넌 타인의 사정처럼 대수롭지 않게 말했다. '괜찮아요'는 윤재의 입버릇이었다. 그럭저럭 괜찮아요. 아무거나 괜찮아요. 괜찮겠죠 뭐. 아마 괜찮을걸요. 비슷한 말로는 신경 쓰지 마세요. 별거 아니에요. 아무것도 아니에요.

무엇이 그런 말을 습관적으로 하게 만드는지 이곤도 모르지 않지만, 2년간 애쓴 보호자 입장에서 듣자니 기운이 빠지는 건 어쩔 수 없었다. 심사 절차와 별개로 자신이 의지하기에 미덥지 못한 어른이라는 뜻 같았다. 몸이 아픈 아이가 대체 뭐 하러 상대의 표정을 살피면서 눈치를 봐야 한단 말인가.

"제법 오래 해야 하네요."

"그래도 의사 선생님이 나는 운이 좋았대요. 그 각도로 넘어졌는데 머리도 괜찮고 다리도 말짱하다면서. 그러니까 신경 쓰지 마세요."

"자식이 아픈데 신경 안 쓸 보호자가 어디 있어요, 아프면 아프다고 짜증도 내고 엄살도 좀 부려요. 왜 빨리 간식 사 들고 문병 안 오냐고 화도 내고. 그래도 되니까."

"에이, 내가 무슨 다섯 살이에요?"

윤재가 킥킥거리며 대꾸했다. 그 웃음소리를 듣고 나서야 이곤은 마음이 조금 놓였다.

"깁스 처음도 아니에요. 그전에 축구하다 다쳐서 벌써 세 번은 해 봤어요. 다리 두 번 팔 한 번. 처음에나 불편하지 요령 금방 생긴다고요."

자랑스럽게 말하는 윤재에게 이곤은 이번 사고에 대해서 물었다. 어쩌다가 그렇게 넘어진 거냐고. 윤재는 친구랑 얘기하다 정신이 팔려서 계단이 시작되는 줄도 모른 채 발을 헛디뎠다고 했다.

"친구 누구요? 선하? 경민이?"

이곤은 윤재와 가까운 아이들 몇 명을 떠올리며 물었다. 윤재는 잠시 침묵을 지키다가 주변을 슬쩍 살피더니 속삭이듯 말했다.

"걔네 아니에요. 사실 이건 아무한테도 얘기 안 한 건데요."

윤재는 지금 실무관이 자리를 비웠다면서 통신실에 혼자라고 했다.

"후보자님, 혹시 에런이라는 사람 알아요? 목소리 배우요."

그러더니 뜻밖의 이름을 꺼냈다.

"아마도요."

이곤은 약간 늦게 대답했으나 윤재는 개의치 않았다.

"그죠? 얼굴은 비공개지만 워낙 유명하니까. 사실 얼마 전에 「실버 라이닝」 주제가 듣고 팬 됐거든요. 애들은 여기 안내 방송 계약도 다 끝나 가는데 웬 뒷북이냐고 놀리지만요."

윤재는 고양이 곤이 이야기를 할 때처럼 즐거워 보였다.

"근데 그제…… 에런 같은 사람을 봤어요."

"같은…… 사람이요?"

그제라면 윤재가 다친 날이었다. 에런이 아니라 에런 같은 사람인 이유는 윤재가 그날 마주친 사람이 그인지 아닌지 확실하지 않아서라고 했다.

"혹시 병원에서요?"

"아뇨. 여기서."

학습실 앞 복도에서 벽을 마주한 채 조용히 전화 통화 중인 그의 음성을 윤재가 단박에 알아들었다. 매일 듣는 노래의 그 목소리를 모르고 지나치기란 불가능한 일이었다. 윤재는 그의 통화가 끝날 때까지 멀찍이서 기다렸다. 현재 안내 방송의 주인공이 에런이니 그와 관련된 용무가 있어서 왔을 거라는 생각이 들었다. 만일 그가 맞는다면 사인이라도 받고 싶었다.

몇 분 뒤, 그가 돌아섰을 때 윤재는 잠시 얼어붙고 말았다. 그는 재킷의 후드를 깊이 눌러 쓰고 있었는데 그 안에 있는, 좌우가 극명히 다른 얼굴 때문이었다. 후드의 그림자 속에서도 그 대비는 잘 드러나 보였다. 그러나 놀란 것도 그 순간뿐, 윤재는 저 사람이 자기가 생각하는 그 인물이 맞는지 얼른 확인하고 싶어졌다. 진짜 에런이라면 지금의 모습이 목소리 배우로만 활동하게 된 이유일 거라는 희미한 확신마저 들었다.

얼굴 이야기를 듣자마자 이곤은 호연임을 알아차렸다. 안내 방송 관련 건이 아니어도 호연은 보호자가 구속된 이후 약 6년

가량을 보육 센터에서 지냈다. 그는 전국 보육 센터에 여러 재능 기부를 포함해 매년 상당한 후원금을 내는 사람이었다. 물론 고객의 사생활에 관하여는 윤재에게 말하지 않았다. 윤재는 이곤의 고객 중 호연이 있다는 사실조차 몰랐다.

"그런데 물어보니까 아니래요. 목소리가 약간 비슷해서 오해를 종종 받는데 자기도 그냥 팬일 뿐이라면서요."

그는 자신도 이 보육 센터 출신이라 개인적으로 고마운 선생님을 만나려고 잠시 들른 거라고 했다.

"진짜 팬은 맞더라고요. 나는 처음 들어 보는 활동을 엄청 많이 알고 있고, 비사이드 트랙 받을 수 있는 코드도 알려 줬어요. 그거 팬클럽 3년 차 이상만 나오는 건데."

관심사가 잘 맞은 둘의 대화는 길어졌다. 처음에는 에런에 대해, 그다음은 축구, 여기서 친하게 지내는 친구들, 이어서 가족 초대를 심사 중인 현재까지. 형은 있느냐고 묻는 윤재에게 그는 자기도 가족 초대를 통해 지금은 새 보호자와 지낸다고 했다. 자세히는 말하지 않았으나 그럭저럭 괜찮은 아버지를 만났다면서.

이곤은 어딘지 미심쩍었다. 호연이라면 어째서 가족이 있다는 거짓말을 한 걸까. 수감 중인 그의 보호자도 아버지가 아닌 어머니였다.

"혹시 내 이야기도 했나요?"

이곤은 그날의 상황을 좀 더 정확하게 알고 싶었다.

"네. 딱 평범한 아버지 같아서 좋다고. 같이 살게 되면 주말에 쉬는 직업으로 바뀔 예정이지만, 지금은 꿈 설계자라고도 했어요."

"그랬더니요?"

"딱히 반응이 없었어요. 아니. 별 말이 없었다고 해야 하나."

그때 그는 윤재를 가만히 바라만 보았다고 했다.

"얘기가 지루해진 것 같기도 하고 피곤해 보이기도 했고, 왠지 모르겠는데 분위기가 약간 그랬어요."

윤재의 이야기로 호연은 이곤의 가족 초대자가 바로 이 아이인 것을 짐작하고도 남았을 것이다. 지난달 '열다섯 번째 백야'를 이식하면서 이곤이 보호자로 심사받고 있음을 알렸을 때 호연은 그 사실을 못마땅해했다. 그리고 이렇게 물었다. '어떤 애예요?'

그는 정말로 은사를 만나려고 여기에 방문했던 걸까. 이곤은 마음 한구석이 꺼림칙했다.

"아무튼 그래서 뭔가 흐지부지하게 이야기가 끝났어요."

"이걸 아무한테도 말 안 했다는 건 무슨 뜻이에요?"

이곤의 물음에 이야기를 술술 늘어놓던 윤재가 가만해졌다. 이곤은 괜찮으니 말해 보라고 했다. 이미 아버지와 아들이나 다름없었다.

"그때 정말로 발이 미끄러졌던 건지…… 솔직히 모르겠어요."

"모르겠다는 건."

"어쩌면…… 그 형이 민 것 같기도 하거든요."

이곤의 얼굴에 핏기가 가셨다. 그 모습을 본 윤재가 도리어 정색했다.

"아, 역시 착각이겠죠? 그날 처음 본 사람이 그럴 이유가 뭐 있다고. 죄송해요. 신경 쓰지 마세요."

"지금 내가 센터로 갈게요. 실무관과 이야기를 해 봐야겠 어요."

"아니, 정말로 괜찮은……."

그때 지점에서 호출이 왔다. 이곤은 엉겁결에 받고 말았다.

지점장이었다. 윤재와의 일이 끝나는 대로 출근을 해 줄 수 있는지 물었다.

호연의 새 주문 상담 건 때문이었다.

7.

초고층 빌딩의 승강기를 타고 위로 올라갈 때의 느낌은 하품을 삼킬 때 찾아오는 감각과 비슷했다. 입이 벌어지지 않게 힘주어 다문 채 눈을 감으면 먹구름 부딪치는 소리가 우르릉 울리며 귀가 먹먹해졌다.

이곤은 어떤 얼굴로 호연을 마주해야 할지 결정 못한 상태로 목적지에 도착했다. 매니저가 문을 열었고, 그는 늘 가던 응접실이 아닌 호연의 방으로 이곤을 안내했다.

매니저의 말에 따르면 호연은 당분간 일을 쉬는 중이었다. 알 수 없는 이유로 벌써 한 달째 침실에만 틀어박혀 있는데, 식사는 제대로 하지 않고 잠도 잘 자지 않는다며 이만저만 걱정이 아니었다. 매니저는 이곤이 못마땅한 듯 호연이 숙면하고 기분 좋게 일어나도록 도와주는 꿈을 이식할 수 없느냐고 물었다. 꿈을 꾼 날은 어김없이 울다 지쳐 깬다면서 이해할 수 없다는 표정이었다. 그는 호연이 어떤 내용의 꿈을 주문하는지 전혀 모르니 그럴 만도 했다.

호연의 침실은 커튼이 빈틈없이 닫혀 있었고 조명도 어두웠다. 그의 꿈속 저택처럼 사방이 환한 응접실과는 완전히 다른 공간이었다. 소파에 우두커니 앉아 있는 호연은 언뜻 보기에도 건강한 상태와 거리가 멀었다. 체중은 부쩍 빠졌고 눈 밑 그늘도 짙었다. 예의를 차리거나 자기를 과시할 기력은 조금도 없어 보였다. 그가 피곤해 보였다던 윤재의 말이 떠올랐다. 탁자에는 약병들이 보였다. 이런 상태로는 어떤 종류의 꿈을 인 성한다 해도 이식이 어려웠다.

"늦었네요."

호연이 툭 내뱉듯 말했다. 본인이 불렀으면서도 환영하는 기색은 없었다. 이곤은 어디서부터 어떻게 이야기를 시작해야 할지 머릿속이 복잡했다. 그러나 도달해야 할 결론만은 분명했다.

이제 그만 이 꿈의 고리를 끊을 것.

"저희는 사실 김호연 씨가 다른 지점으로 옮기신 게 아닐까 생각했습니다. 지난 예약 건으로 실망시켜 드린 탓에요."

이곤은 선 채로 말했다. 이곤을 향한 왼쪽 눈동자는 싸늘하기만 했다.

"그렇게 되기를 바란 게 아니고요?"

"이제 제 상상력도 거의 바닥이 드러났으니까요."

"그건 선생님이 할 걱정은 아닌데. 재료는 내가 주잖아요. 애초에 상상력 때문에 선생님을 고른 것도 아니고."

호연이 잠긴 목소리로 반박했다.

"주문할 테니 기록하세요."

이어 명령조로 말했다.

"배경은 같고 광장의 디테일만 조금 손볼 거예요. 그리고 이 도시는 이번이 마지막일지도 몰라요. 대단원이거든요."

이곤은 주문서를 꺼내지도 자리에 앉지도 않았으나 호연은 개의치 않고 계속했다.

"이번에는 이방인이 필요해요. 축제의 대단원인데 손님을 초대하지 않을 수는 없죠. 이 사람이에요."

그리고 사진을 한 장 내밀어 보였다. 일반 사진이 아닌 보도 자료로, 재판받는 그의 원 보호자가 담겨 있었다. 호연의 왼쪽 얼굴을 닮은 여자. 이곤도 읽어 본 적 있는 기록이었다. 피고인은 솜누스 사태 때 갑작스레 생긴 가족으로부터 학대를 당했고, 그 비극은 호연에게 되풀이되었다. 이곤이 사진을 받지 않자 호연은 그것을 테이블 위에 던져 놓았다.

"이야기는 간단해요. 다 함께 어울려 추는 춤이 끝나면 사형을 집행할 거예요. 그에게도 피가 흐르는지 아닌지 그런 건 알고 싶지도 않으니까, 교수형이 어때요? 대신 밧줄이 아니라 내 손으로요. 아주 천천히 그 숨통을 끊는 거예요. 모두가 지켜보는 광장에서. 음악은 멎었으니 그 사람이 바닥에서 몸부림치는 소리만 들리겠죠. 탁 타닥 탁탁."

"듣지 않은 것으로 하겠습니다."

이곤이 비로소 입을 열었다. 심의를 통과할 수 없는 내용이었다. 물론 설계할 생각도 없었다. 이 꿈은 그가 언급한 대단원이 아니라, 빠져나오지 못할 수렁의 입구가 될 뿐이었다.

"심의 때문에 그래요? 그건 적당히 다른 걸로 받으면 되잖아요. 어차피 내가 말하지 않는 이상 아무도 모르는걸. 우리 둘밖에 모른다고요."

"안 됩니다."

단호한 거절에 호연은 벌떡 일어났다

"그냥 꿈이에요! 현실이 아니라 꿈. 그것도 절대 실현되지 못할. 내가 만약 꿈을 꿀 수 있는 인간이었다면 셀 수 없이 반복해서 꾸고도 남았을 자각몽이라고."

호연이 호소했다.

"선생님 제발. 지금까지 한 데서 조금만, 아주 조금만 더 나갈 뿐이잖아요. 해 줄 수 있으면서 모르는 척하지 말아요. 선생님도 알면서. 얼마나 죽이고 싶은지. 처음부터 주문하고 싶었던 건 이 꿈이라고."

일이 이렇게 흐를 줄 알았다면 이곤은 주문에 응하지 않았을 것이다. 호연도 그것을 눈치챘을 테니 조금씩 요구 사항을 늘려 간 것이다.

이곤은 후회스러웠다. 시작이 어떠했든 자신의 설계가 결과적으로 호연을 더 짙은 그림자 속으로 밀어 넣은 셈이었다. 필요하지 않다던 지하실과 벽장이 되어.

"오늘은 그만 쉬시는 게 좋겠습니다."

많은 말을 삼킨 끝에 이곤은 그 한마디만 했다. 지금 호연에게 가장 필요한 것은 그 어떤 꿈도 간섭하지 않는 깊은 잠이었다.

"그리고 건강을 회복하시면 다른 설계자를 소개해 드리겠습니다. 저는 곧 모프시스를 떠날 테니까요."

이직할 곳은 예전에 알던 광고업계의 상사가 소개해 준 곳이었다. 추천서를 받기 위해 연락했다가 뜻밖의 기회를 얻게 되었다. 답사지로 정해 둔 집도 그 회사와 가까운 곳이었다. 이곳에서는 몇 시간 떨어진 다른 도시였고, 윤재도 곧 전학할 예정이었다.

"그게 정말이었어요? 고작 그 애 때문에?"

호연이 아연실색했다.

"역시 에런 씨가 다녀간 게 맞았군요."

"정말이냐고 묻잖아요!"

"그 아이는 제 업무에 관하여 아무것도 모르고 김호연 씨에 대해서도 마찬가지입니다. 다만 한 가지는 의심하고 있지요. 자기가 다친 이유에 대해서."

이곤은 호연을 바로 응시하며 말했다. 호연은 시선을 피하지 않고 대꾸했다.

"그걸 몰라요?"

메마른 목소리가 갈라져 나왔다.

"이야기를 듣는데 화가 치밀잖아. 선생님이 선택한 가족이라면 그보다는 나을 줄 알았는데!"

그때의 화를 되살리기라도 하듯 호연의 언성이 높아졌다.

"선생님의 일은 설계라고. 그런데 그 애는 선생님의 가치를 이만큼도 몰라! 이해는커녕 관심조차 없지. 그저 자기를 괴롭히지 않으면서 적당히 돌봐 줄, 만만한 인간 하나로 여길 뿐이야. 선생님이 아닌 누구라도 상관없는 일이라고. 그런 별 볼 일 없는 존재로 살겠다는 거야?"

"그래요. 그럴지도 모릅니다."

이곤이 끼어들었다.

"하지만 그런 나라도 의지하기로 해 줘서 고맙다고 생각해요. 사실 아버지로서 할 수 있는 일은…… 아무리 잘해 봐야 어제보다 오늘은 덜 실망시키기 정도겠지요."

통제할 수 있는 꿈과 달리 현실은 불완전함의 연속이다. 누구와 살아가든 그건 달라지지 않는다.

"그래도 그게 이제부터 내가 하고 싶은 일입니다."

호연은 멍한 얼굴로 침묵을 지켰다. 좋은 꿈을 꾸다 깨어났는데 현실에 그런 건 처음부터 존재하지 않았음을 문득 깨달아 버린 사람 같았다. 왼쪽 눈이 서서히 붉게 물들었고 입매는 떨리고 있었다.

이윽고 날카로운 파열음이 울렸다. 호연이 플로어스탠드를 휘두른 것이다. 이곤은 반사적으로 몸을 웅크리다 바닥으로 넘어졌다. 균형을 잃은 사이 호연은 두 손으로 그의 목을 틀어잡았다. 호연은 주문을 거부당한 꿈을 한순간에 현실로 불러왔다.

숨통이 바싹 조여 옴에도 이곤은 무작정 호연을 밀쳐 낼 수 없었다. 그는 지금 몸과 마음 양쪽 다 제대로 가누지 못하는 상태였다. 거칠게 대응하면 도리어 호연이 바닥이나 가구에 부딪혀 다칠 수 있었다. 이곤은 자기의 목을 휘감아 쥔 호연의 손바닥 사이를 오직 손의 힘으로 파고들어 조금씩 밀어냈다.

호연의 손아귀가 무력해지기까지는 그리 오랜 시간이 걸리지 않았다. 그러나 이곤을 노려보는 시선만큼은 고집스럽게 거두지 않았다. 소리 내지 않고 울기를 제일 잘한다던 고백을 증명하듯 그의 눈에서는 눈물만 조용히 흘러 떨어지고 있었다.

잠시 후 호연의 손에 힘이 탁 풀렸다. 동시에 과호흡 증후군이 찾아왔다. 가까스로 숨을 몰아쉬던 그는 스스로 일어서지 못한 채 비틀대다 쓰러졌고 이곤은 구급차를 불렀다.

8.

"정말로 못 알아보겠네요."

벌써 세 번이나 말했는데도 이곤은 또 한 번 그렇게 중얼거리고 말았다. 자신의 눈높이를 훌쩍 뛰어넘어 버린 아이를 4년 만에 마주하자 달리 떠오르는 말이 없었다.

여느 날처럼 퇴근길 공원을 가로지르고 있을 때 누군가 뒤에서 이곤의 이름을 부르며 어깨를 잡아당겼다. 굳은 얼굴로 돌아보았다가 이곤은 그야말로 깜짝 놀랐다. 윤재였다.

달라진 건 키만이 아니었다. 머리 모양도 변했고 옷도 단정히 갖춰 입었고 붙임성도 제법 좋아졌다. 길에서 몇 번을 마주친들 지금 같은 모습으로는 알아차리지 못할 게 분명했다. 이곤의 기억 속 윤재는 열다섯 살을 마지막으로 멈추어 있었다. 키가 이곤의 어깨에 겨우 미치던 때였다.

"아아, 못 알아보겠다는 말은 이제 여기까지. 아셨죠?"

하지만 역시 못 알아볼 만큼 많이 자라 버렸는걸. 이곤은 또 목구멍 앞까지 나온 말을 도로 삼켰다. 대신 먼저 알아봐 줘서 고맙다고 했다.

말쑥한 청년이 된 아이는 얼마 전부터 이 지역 직업 학교에

다니기 시작했으며 어느덧 열아홉 살이라고 했다. 건강해 보였고 그때는 몰랐던 표정도 많이 생겼다. 그러고는 자기가 한턱낸다며 근처 자판기에서 음료수까지 뽑아 왔다. 예전에 이곤이 몇 번 고른 적 있던 브랜드의 커피였다. 요즘은 마시지 않게 되었는데 윤재는 기억하고 있었다. 두 사람은 빈 벤치에 나란히 앉았다.

"솔직히 그동안 섭섭하긴 했어요. 어쩜 그렇게 한 번도 연락을 안 할 수가 있는지. 작년 생일 지나고서는 내심 기다렸는데."

"미안해요."

이곤의 기억대로라면 윤재는 지난 9월에 성인이 되었다. 어떻게 지내고 있는지 항상 궁금하기는 했으나 선뜻 연락하기가 쉽지는 않았다.

4년 전, 두 사람의 가족 초대 심사는 무산되었다. 발단은 호연과의 사건이었다.

그날 발작을 일으킨 호연은 즉시 격리되어 장기 심리 치료에 들어갔다. 그의 주치의는 이곤이 설계한 꿈이 그의 외상 후 스트레스를 악화시킨 원인이라고 판단했다. 심의에서 문제가 없었다 해도 고객에게 발생할 수 있는 부작용을 충분히 고려하지 않은 점이 꿈 설계자로서 사려 깊지 못한 행위라는 것이었다. 그는 이에 대해 모프시스 측에 책임을 물었으며 그 결과 주문 설계는 이전보다 훨씬 까다로운 심의를 거치도록 규정이 강화되었다. 이곤은 징계 처분을 받아 해고되었다.

머지않아 모프시스를 떠날 예정이었던 이곤에게 사실 해고 자체는 큰일이 아니었다. 문제는 그 사유였다. 가족 초대 심의 위원회는 타인의 심리적 건강 악화에 치명적인 영향을 미친 그 사건을 중대한 보호자 결격 사유로 받아들였다.

가족 초대 심사는 일시 중단되었고 3개월간의 재평가 끝에 위원회는 결국 부적격 결과를 통보해 왔다. 이전의 심사 절차는 물론, 후보자 등록 자격도 무효화되었다. 앞으로 가족 초대 제도를 통해 보호자가 되는 일은 불가능해진 것이었다. 더불어 윤재가 성인이 되기 전까지 모든 형태의 접근이 제한되었다.

당시 윤재는 영문도 모르는 채 모든 절차가 중단되어 당황했다고 했다. 구체적인 내용을 알게 된 것은 이미 무효 통보가 전해진 다음이었다. 그 사유라는 것을 윤재는 도무지 납득할 수 없었는데 이의 제기도 불가능해서 무척 답답했다.

"후보자님 연락을 기다린 건…… 그때 일, 사과드리고 싶었어요."

윤재는 머리를 긁적이며 말했다.

"만일 그날 제가 에런에게 아무 말도 안 했다면, 그런 일도 없었을 테니까요."

윤재는 당시의 심사뿐 아니라 그 일로 이곤이 후보자 자격에서 영원히 제외된 것이 마음에 걸렸다고 했다.

이곤은 고개를 저었다. 위원회의 결정대로 이 일에 관한 모든 책임은 보호자 후보였던 자신의 몫이었으며, 이 아이가 미안해야 할 일은 조금도 없었다. 열다섯 살의 윤재는 그저 자기의 일상을 마음껏 떠들었던 것뿐이었다. 이곤의 하품이나 호연의 울음처럼 애써 감추지 않고, 좋아하는 것을 좋아한다고 말하는 보통의 아이처럼. 에런, 축구, 친구들, 새로 만나게 될 보호자까지.

이곤은 이제 그 일상의 한 부분을 자신이 차지했다는 것으로 충분하다고 여겼다. 그 후 문득 무기력함이 느껴질 때면 공교롭게도 그 기억이 마음을 끌어 올려 주곤 했다. 내가 누군가의 평범한 일상이었다는 사실이 어쩐지 힘이 되었다. 윤재는 그게 말이 되느냐고 할 수도 있겠지만.

"에런도 지금쯤은 괜찮아졌으면 좋겠어요."

이곤이 생각에 잠겨 있는 사이 윤재가 나지막이 말했다. 최근 활동을 재개해 이곳저곳에서 흘러나오기 시작한 그의 목소리를 윤재도 들은 모양이었다. 낯익은 음성을 광고에서 재회한 날 이곤도 마음속으로 같은 말을 했었다.

"그럴 거예요."

따뜻한 그 목소리처럼, 지금 그의 시간은 부디 그날처럼 차갑지 않기를 바랐다.

"아무튼, 지금의 가족과는 잘 지내고 있겠죠?"

화제를 바꾸는 이곤의 질문에 윤재는 살짝 멋쩍어했다. 미안해하는 것이었다. 훌쩍 자랐어도 그 특유의 표정은 4년 전과 똑같아서 이곤은 왠지 웃음이 났다.

작년 윤재는 다른 보호자들과의 심사를 무사히 마쳤고 현재 그 부부와 함께 살고 있다고 했다. 지금 윤재의 얼굴만으로도 그들이 좋은 사람이라는 건 이곤도 충분히 알 수 있었다. 다행이었다.

윤재의 이야기는 가족에서 시작해 학교생활, 새로 사귄 친구들, 요즘 빠져 있는 음악으로 이어졌다. 그걸 가만히 들으면서 이곤은 앞으로 이 순간을 때때로 추억하게 될 것을 알았고, 다소 긴장이 풀린 탓에 짧게 하품을 하고 말았다. 그 모습을 본 윤재가 이야기를 멈추고 킥킥 웃었다. 지루해서 그런 게 아니라는 변명에 윤재는 알고 있다고 했다. 그러고는 자기도 기다란 하품을 하면서 기지개를 켰다.

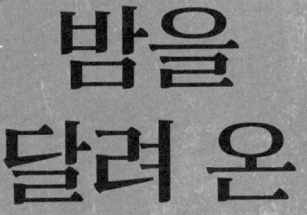

밤을
달려 온

밤이 시작되기 전에.

그래, 밤이 오면 말이야.

요사이 하인들 사이에서 자주 들려오는 말이었다. 다들 틈만 나면 밤 이야기로 바빴다. 하지만 밤에 관해 이야기하고 싶은 것이 아니라 밤이 온다는 사실을 잊지 않고 지내기 위해서인 듯하다고 온은 생각했다. 끊임없이 상기해서 마음이 느슨해지지 않도록.

사람들은 곧 찾아올 밤의 주기를 두려워하고 있었다. 그 공포심은 대화에 참여하지 않는 온에게도 고스란히 전해져 왔다.

몇 분 주방을 비웠던 조리장 린그가 돌아오자마자 화덕 앞에 모여 있던 하인들은 잡담을 멈추고 각자의 일로 돌아갔다. 온도 잠깐 멈췄던 설거지를 서둘러 시작했다. 다른 하인들은 어린 온을 따돌리며 대화에 끼워 주지 않았으므로, 그들의 이야기를 들으려면 온은 하던 일을 멈추고 숨죽여 귀 기울여야만 했다. 그 탓에 씻어야 할 그릇이 줄어들지 않고 아직 산더미였다. 린그가 결국 호통을 쳤다.

"그렇게 굼떠서 어떡할 거니! 그러다가 누군가 한밤중에 널 해치기라도 하면 도망은커녕 뼈도 못 추릴 거다."

린그의 말에도 밤이라는 단어가 등장했다. 며칠 전만 해도 린그는 '느려 터졌구나! 온, 너 때문에 이 저택 사람들 모두 굶어 죽겠어. 당장 그 게으른 팔다리에 날개를 달지 못해.'라고 야단을 쳤다.

그러나 린그의 이번 겁박은 효과적이지 못했다. 아직 열 살인 온은 밤의 주기를 경험해 보지 않아서 그게 어떤지 잘 모르기도 하거니와, 누군가 일부러 해칠 만큼 중요한 사람도 아니었다. 차라리 쓸모없다는 이유로 저택에서 쫓겨나 먹을 것이 없어서 굶어 죽게 된다면 더 그럴듯할까. 온은 그저 이 많은 주방 하인 중 가장 존재감 없는 말단에 불과했다.

"참, 설거지를 끝내면 루펜 씨에게 가라 널 찾으시니까."

"……저를요?"

이어진 린그의 지시에 온은 조심스레 되물었다. 평소 입을 열어 말하는 일이 거의 없는 온이었지만, 이번에는 잘못 들은 것이 아닌지 확인할 필요가 있었다.

"지금 여기 설거지하는 사람이 너 말고 누가 있니?"

린그는 톡 쏘아 대꾸하고 다른 하인에게 잔소리를 하러 떠났다.

루펜은 이 저택 주인의 오랜 친구이자 비서장이었다. 온이 알고 있기로 비서장은 저택의 행정을 돌보는 집사장만큼 높은 사람이었다. 예전에는 이 저택의 주인처럼 연방 경비대의 높은 직책에 있었고, 은퇴한 지금은 현역 경비대장인 주인을 위해 다양한 조언을 해 주는 역할로 여기에 머무는 것이라고 들었다.

온은 어리둥절할 수밖에 없었다. 아무리 생각해도 루펜처럼 높은 사람이 자기 같은 하인을 찾을 이유가 없었다. 온은 그를 창문 너머 멀리서 보기만 했을 뿐이라 분명한 생김새조차 몰랐다.

설거지를 마친 온은 저택 6층으로 향했다. 주방이 있는 1층보다 높은 층에 올라가 보는 건 이번이 처음이었다. 경비병 두 사람이 복도 입구를 지키고 서 있었다. 그중 하나가 온을 흘긋 보더니 따라오라며 앞장서 걸었다. 서늘한 눈빛과 목소리에 온은 슬슬 겁이 나기 시작했다. 이 경비병에게 명령을 내리는 루펜은 훨씬 더 무서운 사람일 것 같다는 예감이 들었다.

그의 빠른 걸음을 따라잡느라 온은 거의 뛰다시피 해야 했다. 잠시 후 어느 방 앞에 다다랐을 때 경비병은 자세를 가다듬어 노크했고 곧 문이 열렸다. 루펜이 나타났다. 처음으로 가까이에서 마주한 루펜은 할아버지라고 불러도 좋을 만큼 나이가 많은 사람이었다. 밤을 서너 번은 경험해 보았을 것 같았다. 각오했던 것만큼 무서운 느낌은 아니었지만, 인자하거나 느긋한 인상도 아니었다.

경비병이 경례 후 떠나자 집무실에는 온과 루펜 둘만 남게 되었다. 따사로운 볕이 드는 안락하고 커다란 방에 있는데도 온은 마음이 편해지지 않았다. 벌써부터 주방과 지하의 자기 쪽 방이 그리웠다.

"네가 온이라고?"

루펜의 질문에 온은 고개를 끄덕였다.

"버릇이 없구나. 대답을 바로 하거라."

"죄송합니다."

"몇 살이지?"

"열 살이요."

루펜은 뒷짐을 진 채 머릿속으로 무언가 계산하는 듯 온을 잠시 굽어보았다.

"음, 그럼 아직 밤을 모르겠구나."

온은 다시 고개를 끄덕이다가 아차 하며 작게 '네.'라고 대답했다. 이번에 루펜은 대수롭지 않게 넘어갔다.

"오늘 너를 부른 것은 일을 한 가지 맡기고 싶어서다. 린그 부인은 도움이 안 될 거라고 했지만, 그게 정말일지는 모를 일이니까."

루펜은 그렇게 말하며 집무용 책상 앞에 앉았다. 맞은편에 손님용 의자가 있었으나 온에게 권하진 않았다.

"일…… 이요?"

온이 겨우 입을 떼 물었다.

"곧 우리 저택에 손님이 한 분 도착할 거다. 얼마나 머물게 될지는 아직 알 수 없어. 그런데 손님은 지금 사고로 부상을 입은 상태라, 나을 때까지 네가 곁에서 시중을 들어야 한다. 식사를 나르거나 거동을 돕거나 말벗이 되거나. 그리고 일과를 마치면 여기로 와서 오늘 손님과 어떤 이야기를 나누었는지 알려 다오. 그게 네가 할 일이다. 알겠느냐?"

"네."

온에게는 선택을 망설이거나 '아니요.'라고 말할 권리가 없었다. 이 저택의 신세를 지는 한 온은 높은 사람들이 지시하는 일에 따라야 했다. 그 손님이 누구인지, 어쩌다가 다쳤는지 조금 궁금하긴 했으나 물어볼 엄두는 안 났다.

그래도 자신이 여기에 불려온 이유를 이제 어렴풋이 알 것 같았다. 엄마가 하던 일도 그와 비슷했기 때문이다. 이 저택에는 주인을 만나고 싶어 하는 다양한 손님이 끊임없이 드나들었다. 주인은 손님 대접을 허투루 하지 않는 사람이었기에 하인들은 그때마다 무척 바빴다. 사절단이 찾아오는 등 방문 인원이 많을 때면 주방 보조였던 엄마도 그들을 시중드는 일에 함께했다고 들었다.

린그는 종종 온에게 말하곤 했다. 느리고 눈치 없는 네가 이 저택에 있을 수 있는 이유는 네 엄마가 생전에 일을 잘했던 보답일 뿐이라고. 하지만 온은 엄마만큼 일을 잘하지 못해 매번 구박이나 듣기 일쑤였다. 과연 이번 일을 잘 해낼 수 있을까, 손님이 도착하기 전부터 온은 걱정에 휩싸였다.

한 무리의 국경 경비대와 함께 저공비행 기체를 타고 도착한 '손님'은 깊은 잠에 빠져 있었다. 들것에 실린 그가 옮겨져 뉜 곳은 손님용 침실이 아닌 저택 꼭대기 층의 잠금장치가 달린 독방이었다. 유사 시 망루로 쓰이는 좁고 허름한 공간이었다.

손님은 어깨에 가벼이 닿는 길이의 검은 머리카락과 면포처럼 창백한 피부를 가진 청년이었다. 어디서 왔는지 몰라도 온에게는 무척 낯선 생김새였다. 살짝 그을린 피부에 머리카락 색이 각기 다른 이 저택 사람들과 사뭇 다른 인상이었다. 나이는 아무리 많아도 밤을 두 번 지냈을 정도로 보였다.

이 행성은 열두 해를 주기로 낮과 밤이 바뀌었다. 온이 사는 연방 '라클'은 지금 11년째 낮이 이어지는 중이었다. 행성 반대편에 위치한 연방 '데인'은 같은 기간 긴 밤이 이어지고 있다. 1년 후 새 주기에 다다르면 라클에서는 밤이, 그리고 데인에서는 낮이 시작된다.

아직 열 살인 온에게 다가올 밤은 태어나 처음 맞는 것이었다. 오래전 엄마의 설명에 따르면 우리 별은 해님을 바라보는 방법이 여느 별들과 달라서 그런 것이라 했다. 세상 사람들의 얼굴과 생각이 서로 다른 것과 비슷한 이치라면서. 그래서 온은 밤이 낮과 다른 것이라고 여겼을 뿐 무서운 것이라고는 생각지 않았다. 다른 하인들이 겁내는 모습을 보기 전까지는 그랬다.

손님은 경비병의 감시가 붙은 방에서 꼬박 나흘을 앓아누워 있었다. 의식은 희미했고 거동은 어림도 없는 상태였다. 루펜이 일러 주었던 부상은 손님의 오른팔과 가슴께에 커다랗게 번져 있었는데, 꽤 심각한 화상이었다.

이 손님을 이렇게 만든 사람은 다름 아닌 저택의 주인이었다. 손님이 실려 온 날, 라클과 데인, 두 연방의 경계인 공동 구역에서 주인의 병사들이 정찰 비행 중인 손님을 기습한 것이었다. 손님은 데인 사람이었다. 주인의 병사가 쏜 섬광 같은 광선포가 비행 기체를 뚫고 손님의 몸에 내리꽂혔으며, 함께 탑승한 그의 동료는 머리에 부상을 입었다.

의식 없는 사람을 독방에 넣을 때부터 온은 모든 것이 꺼림칙했지만 역시 이 손님은 이제껏 주인에게 초대받아 왔던 이들과는 확연히 다른 처지였다. 인질이라는 단어를 몰랐을 뿐 온은 이 손님이 자기 의지와 상관없이 여기에 갇힌 신세라는 것을 충분히 짐작할 수 있었다. 대체 주인이나 루펜에게 어떤 잘못을 저질렀기에 그토록 무시무시한 일을 당한 걸까. 궁금했으나 거기까지는 알 수 없었다.

온은 온종일 손님의 이마와 목덜미에 맺힌 땀을 닦아 내고,

그가 물 또는 죽을 한 모금이라도 더 넘길 수 있게 곁에서 안간
힘을 다했다. 아직 기력을 되찾지 못한 손님은 하루 대부분을
잠으로 보냈다. 그래서 일과를 마치고 루펜의 집무실에 들러도
온은 특별히 전할 말이 없었다.

나흘 내내 보고는 똑같았다. 손님은 잠만 잔다고. 악몽을 꿀
때만 얼굴을 가끔 찡그린다는 것 정도였다. 그럼 루펜은 손님이
잠꼬대를 하지 않았느냐고 꼭 물었다. 손님은 무척 조용한 사람
이었다. 잠꼬대는커녕 의무병이 상처를 치료할 때도 아픈 것이
분명할 텐데 신음조차 내지 않았다.

"그래도 다시 한번 잘 생각해 보거라. 그가 무의식중에 네게
들려준 말이 없는지."

루펜은 재차 추궁했다. 이 역시 매일 똑같이 듣는 말이었다.

"아뇨."

온은 아주 조금 망설인 끝에 그렇게 답했다. 거짓말이 아닌
데도 가슴이 두방망이질했다. 루펜은 왜인지 어제처럼 알겠으
니 그만 가 보라 하지 않고 온을 가만히 지켜보았다. 온의 대답
이 마음에 들지 않는 모양이었다. 그렇다고 해도 손님이 잠꼬대
를 포함하여 그 어떤 말도 하지 않았다는 사실이 변하지는 않
았다.

"혹시 손님의 이름을 알고 있느냐?"

이어지는 새로운 질문에 온은 멈칫했다. 그 질문에는 아니라
고 할 수 없어서였다.

그 손님에게나 저택의 다른 사람을 통해 전해 들은 적 없어도 온은 그의 이름을 알았다. 사실 이름만이 아니었다. 손님이 데인 사람이라는 것, 공동 구역에서 라클 경비대에게 공격당한 일 역시 온에게 말로 일러 준 사람은 아무도 없었다. 전부 온이 손님의 기억에서 직접 목격해 알게 된 것이었다.

온은 사람과 닿으면 상대의 생각과 마음을 눈앞에서 보듯 읽을 수 있었다. 손님의 사정도 일부러 알아내려 한 것이 아니라 식은땀을 닦아 줄 때나 음식을 먹이기 위해 힘껏 몸을 추어올려 줄 때 그의 의식이 언뜻언뜻 내비쳐 보게 된 것이었다.

누구에게도 말한 적 없는 온의 비밀이었다. 엄마는 사고로 세상을 떠나기 전까지 온의 힘을 누구도 알아서는 안 된다며, 그렇게 된다면 큰 곤란에 처할 거라고 매일 신신당부했다. 그래서 자기도 모르게 말해 버리는 일이 생기지 않도록 온은 언제나 입을 꾹 닫고 지냈다. 고요한 성질만큼은 온도 저 손님에게 지지 않을 자신이 있었다.

"정말 나에게 알려 줄 것이 단 하나도 없느냐?"

루펜은 온이 무언가 숨기고 있음을 안다는 눈빛으로 다시 물었다. 온은 두 손으로 긴 치마통을 꼭 쥐었다. 손바닥에 땀이 났다. 이토록 집요한 질문 공세는 처음이었기에 무섭고 당혹스러웠다.

"실은……."

온은 주머니 속에서 꼬깃하게 접힌 종이를 꺼냈다. 루펜의 눈이 반짝 빛났다. 그러나 종이를 펼쳐 보고는 실소를 터뜨렸다.

식재료를 쌌던 것이라 기름기가 누렇게 스민 종이에는 잠든 손님의 모습이 그려져 있었다. 훌륭하다고는 못 해도 그림 속 인물이 누구인지는 알아볼 수 있을 정도의 솜씨였다. 린그가 쓰다 버린, 손가락 한 마디만큼 줄어든 연필을 주워 그린 것이었다. 글자를 모르는 온의 유일한 놀잇감이었다.

"곁을 지키라고 하셨는데 손님은 잠만 주무시고 시간은 도무지 흐르지 않아서……."

"됐다. 이런 건 아무래도 좋아."

루펜이 그림을 돌려주며 말했다. 날카롭던 눈빛이 조금은 누그러져 있었다.

"손님은 차차 좋아질 테니 너는 하던 대로 계속해 나가면 된다. 궁금한 것은 내가 또 물을 테니 거짓말만 하지 말거라. 나중에 일이 잘 풀린다면, 밤의 주기에 네가 좀 더 편안히 지낼 수 있도록 편의를 봐 주마. 가도 좋아."

온은 도망치듯 집무실을 빠져나왔다. 쥐고 있던 그림에는 어느덧 땀이 동그랗게 얼룩져 있었다.

손님의 방에 어둠이 드리웠다.

아직 밤이 찾아온 것은 아니었다. 본격적인 밤의 시작은 한

해가 더 남아 있었다.

온이 엿들은 하인들의 이야기에 따르면 새로운 주기는 어떤 하루를 기점으로 바뀌는 게 아니라 1년에 걸쳐 서서히 찾아오는 것이었다. 머지않아 아주 짧은 밤이 나타나면 그날 이후로 하루 중 밤이 차지하는 조각이 조금씩 조금씩 커지다가 완전히 캄캄해지는 때가 온다는 말이었다.

그전에는 이곳에 어둠을 불러오려면 암막의 도움을 빌려야 했다. 온은 이제껏 활짝 걷혀 있었던 독방 창의 암막을 내렸다. 손님이 어둠을 바랐기 때문이다.

너무 밝아서 눈을 뜨기가 힘들군.

이마에 맺힌 땀을 닦을 때였다. 온만 알아차릴 수 있는 그의 생각이 손끝을 타고 전해져 왔다. 그제야 온은 퍼뜩 깨달았다. 손님은 데인에서, 그러니까 밤으로부터 왔다는 것을. 근 10여 년을 어둠 안에서 지내다 왔으니 이곳의 밝은 낮이 불편할 수도 있었다.

방에 어둠을 초대한 다음에야 손님은 비로소 눈꺼풀을 열었다. 저택에 온 지 닷새째 되는 날이었다. 조금은 기운을 차린 것인지 그는 손으로 자기의 몸통과 누운 침상을 천천히 더듬어 보았다. 공간을 살피던 그는 창가에 서 있는 온을 발견했고, 혼자서 몸을 일으켜 보려 했지만 금세 맥없이 무너져 내렸다. 온은 재빨리 그의 곁으로 돌아가 침상 머리에 등을 기대앉을 수 있도록 힘을 보태 주었다.

"고맙습니다."

손님이 처음으로 입을 열었다. 온은 잠시 의아하게 그를 바라보았다. 고맙다는 말은 이제껏 온이 이 저택에서 한 번도 들어보지 못한 인사였다. 하지만 손님이 힘겹게 목소리를 내지 않았다 해도, 온은 그의 진심을 곧 알아차렸을 것이다. 몸이 닿자 손님이 사로잡힌 생각 몇 가지가 밀려 들어왔다. 낯선 아이에 대한 고마움, 부상의 고통, 허기, 그리고 이곳이 어디인지에 대한 의문.

온은 그를 부축하고 있던 팔을 얼른 빼냈다. 이 손님에 대해 많이 알게 될수록 루펜에게 보고하는 시간이 고역스러워질 게 분명했다. 그래도 손님의 허기만은 무시하기가 어려워서 온은 얼른 부엌으로 뛰어 내려가 저장 빵과 치즈, 물을 가져왔다. 따뜻하고 부드러운 음식이었다면 더 좋겠지만 요즘 저택에서는 긴 밤에 대비해 호론을 최대한 아끼는 중이었다.

호론 한 덩어리는 린그 부인이 버린 몽당연필보다 작아서 언뜻 보기에는 그저 빛나는 작은 돌멩이 같아도 빛과 열을 내고 지속시키는 데 없어서는 안 될 중요한 광물이었다. 호론이 쓰임은 매우 다양한데, 부엌에 대는 불은 물론 한밤중 저택을 밝히는 등불, 커다란 비행체를 날게 하는 연료, 심지어 적군에게 부상을 입히기 위한 무기에도 사용되었다.

온은 손님이 다치지 않은 쪽의 손으로 음식을 집어 천천히 삼키는 모습을 바라보았다. 손님은 허기를 달랜다기보다 꼭 필요한 연료를 억지로 집어넣는 것처럼 보였다. 무언가 골똘히 생각하는 표정 같기도 했다. 그러다 온에게 불쑥 물었다.

"여기는 라클 서측 경비대장의 저택인가요?"

손님의 짐작대로 주인은 서측 경비대장이 맞았다. 다만 그렇다 아니다 대답해도 괜찮을지 확신이 없어 온은 대답을 아꼈다.

"붙잡혀 온 건 나 혼자입니까?"

질문이 이어지던 중 독방의 문이 벌컥 열렸다. 비서장 루펜이 의무병과 함께 나타났다. 손님의 의식이 또렷해졌다고 경비병이 보고한 모양이었다. 온은 고개를 조아리면서 한 걸음 뒤로 물러났다.

"긴 낮잠이 부디 편안했기를 바랍니다. 나기."

루펜은 손님의 이름을 부르며 여유롭게 인사를 건넸다. 그는 방 안의 어둠이 마음에 안 드는지 온이 쳐 놓은 암막을 도로 휙 걷어 올렸다. 빛이 다시 침투하자 손님, 즉 나기는 반사적으로 눈을 감아야 했다. 의무병은 지난 며칠 해 온 것처럼 그의 치료를 시작했고, 넓은 상처에 소독약이 닿자 나기의 감은 눈이 일그러졌다. 고통이 몹시 커 보이는데도 작은 신음 한 번 내지 않았다.

"우리 의무병은 연방 안에서도 손꼽히는 실력을 자랑하니 머무시는 동안 특별히 잘 돌봐 드릴 겁니다."

"기습 작전도 특별하시더군요."

나기의 침착한 대꾸에 미소를 머금고 있던 루펜의 입술이 편평해졌다.

"라클의 경비대로선 전략상 놓칠 수 없는 기회였으니까요."

"소형 정찰기 한 대를 기동 부대가 달려들어 격추시킨 걸 기회라고 말씀하시는 건가요."

"나기 님 정도는 되어야 호론과의 교환 가치가 성립하지 않겠습니까? 데인 연방 재정국장의 소중한 자제분이니까요."

"이건 납치입니다, 루펜. 게다가 거기는 평화 협정을 맺은 공동 구역이었어요."

"이런, 저는 호론을 독점하는 것이나 다름없는 데인 연방을 향한 관대한 협상안이라고 부르고 싶습니다마는."

"아홉 번 이전의 밤, 이 땅에서 선주민인 우리 종족을 추방한 건 당신들이라고 배웠습니다. 라클은 그때도 충분히 이기적이었어요."

"역사는 변할 수 있지요."

"아니. 똑같습니다. 그대들만 살아남고자 하는 이기심은요."

"나기."

"데인은 독립 연방입니다. 이런 협박에 응할 이유가 없습니다."

빠르게 오가는 말 속에서 온은 이 인질극의 목적과 경과를 하나둘 깨달아 갔다. 라클은 데인과 호론을 거래할 목적으로 공동 구역에 정찰 나온 나기를 납치했으며, 지금 온은 그의 말과 행동을 감시하는 역할로 이곳에 있는 것이었다.

온의 얼굴이 화악 달아올랐다. 자신도 이 납치극의 가담자인 셈이었다.

"이미 아시겠지만 우리 라클은 인구 대비 호론 매장량이 턱없이 부족합니다. 또다시 긴 밤을 지낼 빛과 열이 필요한데 말입니다."

"데인을 경계하고 공격할 무력을 강화하기 위해서가 아니라요?"

"밤을 앞둔 라클이 그만큼 절박하다는 뜻으로 받아들여 주시지요, 나기."

"올가는 어디에 있습니까."

"다른 정찰대원 말씀이라면…… 우리가 공동 구역에 예를 갖춰 묻어 드렸습니다."

루펜의 말에 나기는 두 손으로 자기의 얼굴을 감쌌다. 놀라울 만큼 잘 지켜 오던 평정이 비로소 무너졌다. 지금은 그에게 손을 대고 있지 않은데도 온에게까지 슬픔과 고통이 밀려들어 오는 것 같았다. 그러고 보니 아까 온에게도 붙잡혀 온 것이 자신뿐이었느냐고 물었다.

"매우 유감이지만 나기 님의 의사와는 무관하게 이번 협상은 진행될 겁니다. 머지않아 데인에서 교섭인을 보내올 테니, 후일은 우리에게 맡기고 회복에만 전념하셔도 좋겠지요."

루펜과 의무병이 떠난 독방은 고요했다. 고개를 숙인 나기는 오랫동안 움직이지 않았다. 온은 나기의 마음을 조금은 이해할 수 있었다. 엄마가 세상을 떠났다는 말을 들었을 때 마치 시간이 멈춘 기분이었고, 닦고 또 닦아 내도 며칠이나 눈물이 계속 나왔었다.

"……손님?"

감히 이름을 부를 수는 없었기에 그렇게 운을 떼며 온은 나기의 심사를 살폈다. 울고 있는 것 같지는 않았다.

"잠시 혼자 있게 해 주시겠습니까."

나기가 부탁했다. 그는 온 같은 하인에게도 계속 존중어를 사용했다. 명령과 재촉, 질책에 익숙한 온에게는 어리둥절한 일이 아닐 수 없었다. 저택 사람들은 데인이 야만적이고 성가신 적들의 나라라고 수군댔지만 나기의 모습은 그런 말들과 거리가 멀기만 했다.

온은 다시 암막을 드리우고 나기의 바람에 따라 방을 나섰다.

문밖에는 루펜이 아직 떠나지 않고 서 있었다. 온은 심장이 쿵 내려앉는 것 같았으나 다시 머리를 조아렸다 루펜은 아래층에 있는 집무실로 온을 데려가 이전에 없던 구체적인 지시를 내렸다.

"이제부터 데인의 호론 저장고 위치를 알아내야 한다."

데인 연방 곳곳에 분산되어 있는 저장고 중 단 한곳이라도 알아내라는 명령이었다. 그러면서 루펜은 선물이라며 새 연필을 내밀었다. 위치를 말로 표현하기 어렵다면 그림으로 그려도 좋다면서. 태어나 처음으로 쥐어 보는 긴 연필이었다.

"저 따위에게 손님께서 그런…… 중요한 이야기를 하실 리가 없잖아요."

떨며 묻는 온에게 루펜은 웃음기 없는 얼굴로 이렇게 말할 뿐이었다.

"아니, 너라면 알아낼 수 있을 거다."

나기는 이제 라클의 낮에 익숙해진 듯했다. 수면 시간 외에는 암막이 걷힌 채로 있어도 크게 불편해하지 않았다. 동료의 사망 소식에 드러낸 슬픔을 제외하면, 나기는 인질이라는 처지에 어울리지 않게 침착하고 차분했다. 대체로 기운차고 목소리가 큰 라클 사람들과 대조적이라서일까, 온에게 그는 신기하면서도 이상한 사람이었다.

오늘 온은 일주일 만에 나기에게 데운 죽과 따끈한 빵을 가져다주었다. 지하의 중앙연소실에서 호론을 태우는 날에는 뜨거운 요리를 하거나 따뜻한 물을 쓸 수 있었다.

식사를 마친 다음 나기는 스스로 상처를 소독했다. 의무병은 이제 이틀에 한 번만 방문했다. 그래서 천을 새로 감아 매듭을 지을 때면 온의 도움이 반드시 필요했다.

온은 나기의 오른쪽 어깨에서 매듭을 마무리하다가 그가 지금 따뜻한 차를 마시고 싶어 한다는 것을 알았다. 그래서 빈 그릇을 돌려 놓으려 주방에 내려갔다가 린그 몰래 데운 물에 찻잎을 띄워 손님에게 가져왔다. 나기는 짐짓 놀란 표정이었다.

"그게…… 오늘은…… 불을 쓰는 날이거든요."

머뭇거리는 온에게 나기는 엷은 웃음을 머금었다.

"무척 친절하시군요. 그러고 보니 아직 그대의 이름을 모르는데, 알려 줄 수 있나요?"

온은 당황했다. 그가 묻기 전까지는 당연히 제 이름을 알고 있을 거라 생각했기 때문이다. 온은 자신이 상대방에 대해 알고 있는 만큼 상대방도 그러할 거라고 종종 착각하곤 했다.

"온입니다."

"온. 소리가 좋은 이름이네요."

나기는 차를 한 모금 마시고 이어 말했다.

"이상하지요. 온이 이렇게 정성껏 저를 보살피고, 여긴 데인보다 따뜻한데 기운이 영 돌아오지 않는 게요."

"손님은 많이 다치셨으니까요."

"아마도요. 그리고 오랫동안 밤에 익숙해진 탓도 있을 거예요. 어둠만 줄 수 있는 안락함에요."

왠지 지금 나기가 데인의 밤 풍경을 떠올리는 중일 것 같다고 온은 생각했다.

"온도 밤이 오는 게 두렵나요?"

온은 고개를 저으며 대답했다.

"밤은…… 캄캄한 거잖아요."

"그렇지요."

"그럼 무섭지 않아요. 지금도 제 방은 언제나 밤이니까요."

지하 쪽방에는 주기와 무관하게 빛이 들지 않았다. 매일 어둡고 서늘하며 습했다. 거기서 지내는 시간이 길어질 뿐이라고 상상하면 될 터였다.

온의 설명에 나기는 낮게 웃었다. 온은 왜냐는 뜻으로 눈을 동그랗게 떴다. 나기가 말했다.

"하지만 등불 없이는 그림 그리기가 쉽지 않을 텐데요."

갑작스러운 그림 이야기에 온은 화들짝 놀랐다. 루펜에게 보여 주었던 스케치가 나기의 손에 들려 있었다. 주머니에 넣어 둔 채로 지내다가 모르는 사이에 흘린 모양이었다. 온은 머릿속을 들킨 기분이 되어 얼굴이 빨개졌다.

"열어 봐서 미안해요. 그렇지만 훌륭한 솜씨였는걸요."

나기가 그림을 내밀었다. 온은 멋쩍게 다가가 그림을 받아 들었다. 건네고 받는 손이 가벼이 스칠 때 온은 나기에게서 캄캄한 데인의 밤이 아닌 타오르는 작은 불꽃을 보았다. 어둠을 환히 밝혀 주는 등불이었다.

설마 루펜이 말한 호론 저장고의 단서일까 온은 생각했으나 그건 아니었다. 나기가 떠올리고 있는 장소는 바로 이 독방이었고, 등불은 그림을 끼적이는 온의 곁에서 가만히 빛을 내는 중이었다. 그의 상상이었다.

그날 이후 온은 아주 잠깐 보았던 그 장면을 하루에도 몇 번씩 생각하게 되었다. 새로운 정보가 없느냐고 루펜이 닦달할 때, 그릇을 깨뜨려 린그에게 꾸지람을 들을 때, 엄마가 견딜 수 없이 보고 싶어질 때. 그 등불을 떠올리면 왠지 숨이 조금은 덜 막히고 눈물도 금방 말랐다.

첫 번째 밤의 조각이 나타난 날, 온은 제법 커다란 충격을 받았다.

여느 때처럼 빛이 잘 드는 복도를 걷던 중 이제껏 본 적 없던 어둠이 한순간에 모든 것을 집어삼켰다. 한 치 앞도 보이지 않는 깊디깊은 어둠의 급습이었다. 온은 발바닥이 바닥에 붙어 한동안 움직이지 못했다. 몸이 덜덜 떨렸고 들고 있던 쟁반 위 그릇들이 치르르 진동했다. 멀리서 우왕좌왕하는 소리가 들려왔다. 저택 사람들이 각자의 자리에서 동요하고 있었다.

무섭지 않을 거라던 장담은 아무 소용이 없었다. 첫 번째 밤의 조각은 겨우 이삼 분 정도였음에도 온에게는 한나절처럼 느껴졌다. 그 순간에는 나기의 등불을 떠올릴 생각조차 못 했다.

그렇게 10여 년 만에 나타난 밤의 조각으로 저택이 들썩이던 중, 새로운 손님의 방문 예고가 날아들었다. 루펜이 언급한 데인의 교섭인단이었다.

또 다른 데인 사람이 저택에 온다는 사실만으로 온은 마음이 어수선해졌다. 부디 교섭이 잘 이루어져 나기가 얼른 자유의 몸이 되기를 바랐지만, 막상 그가 떠나면 제게는 큰 슬픔이 밀려올 것 같았다.

위엄이 느껴지는 커다란 비행체를 타고 온 교섭인단은 총 일곱 명이었다. 온이 창문 너머로 본 그들은 모두 까만 머리카락에 창백한 피부를 가졌고, 조금 무심해 보이는 표정까지 나기와 닮아 있었다. 교섭인단은 비행체에서 내릴 때 긴 망토에 딸린 모자를 덮어써 얼굴에 그늘을 드리웠다.

루펜은 직접 나와 활짝 웃으며 환영의 인사를 전했다. 교섭인의 대표는 루펜과 비슷한 나이의 여자로 평생 한 번도 웃어 본 적 없을 것 같은 서늘함을 풍겼다. 교섭에는 경비대장인 주인과 루펜을 비롯한 라클 경비대의 고위직 일부가 함께 들어갔다. 저택 경비는 평소보다 삼엄해졌고 참석자 외에는 누구도 회의장 근처에 얼씬할 수 없었다.

교섭이 이루어지는 동안 온은 나기와 함께 있었다. 건강을 차차 회복해 가던 나기는 며칠 전부터 다시 기운을 잃었다. 복부의 상처가 덧나 버린 탓이었다. 점점 더해 가는 통증에 나기는 고통스러워했다.

어제는 보다 못한 온이 의무병을 불러 달라고 요청했으나 몇 시간이 지나도 아무 소식이 없었다. 그날 루펜에게 보고하러 갔을 때 온은 두려움에 떨면서도 왜 의무병을 보내 주지 않았냐고 물었다. 요즘 의무병은 이틀이 아니라 사나흘에 한 번 얼굴을 비출까 말까였다. 루펜은 온에게 되물었다. 호론 저장고의 위치를 알아냈느냐고. 온이 그걸 알아내기 전까지는 나기의 고통을 모른 체하겠다는 협박과 다름없었다.

온은 맹세코 그 답을 알지 못했다. 나기는 저장고에 대한 이야기를 꺼낸 적이 한 번도 없었고 온이 그의 기억에서 목격한 일도 없었다. 아직 모른다는 온의 대답에 루펜은 그만 나가 보라고 했다.

나기는 하루가 넘도록 고열을 앓았다. 온이 할 수 있는 일이라곤 곁에서 땀을 닦아 주거나 물을 떠다 주는 것뿐이었다. 온은 자신의 무력함이 원망스러웠다. 이제는 얼마나 큰 슬픔이 밀려오든 상관없으니, 데인 사람들이 하루빨리 나기를 여기서 구출해 주기만 바랐다.

"손님. 오늘은 의무병이 와 줄 것 같아요."

막연한 희망을 섣불리 내미는 건 좋지 않다고 생각하면서도, 온은 나기의 기운을 북돋아 주기 위해 그렇게 말했다.

"데인에서 손님들이 와 주셨으니까요. 저는 잘 모르지만 높은 분들 같아요. 그분들 말씀이라며 루펜 씨도 들어주지 않을까요? 아니, 어쩌면 잠시 후에 손님을 데인으로 곧장 모셔 갈지도 모르고요!"

"그렇군요."

나기가 힘없이 중얼거렸다. 어째서인지 그는 동족의 방문 소식에도 무덤덤하기만 했다. 온도 덩달아 시무룩해지고 말았다.

나기의 몸은 변함없이 뜨거웠다.

"이 열을 어딘가에 모아 두었다가 밤이 왔을 때 쓸 수 있다면 좋을 텐데요."

다시 땀을 닦으면서 온이 중얼거렸다. 나기의 증세가 악화된 후, 긴 침묵은 온을 괜히 불안하게 만들었다. 그럴 때마다 온은 침묵을 쫓아내고자 떠오르는 대로 아무 말이나 하곤 했다. 그런데 그 말에 나기가 나지막하게 웃었다.

"그거 좋은 생각인걸요."

여전히 미약한 목소리였다. 그러나 온의 불안을 누그러뜨리기에는 더없이 충분했다.

"정말요?"

"그럼요. 나중에 스승님을 만나면 연구에 참고하시라고 꼭 들려 드려야겠어요."

그 말에는 온도 웃음을 터뜨렸다.

나기의 말 한마디 한마디는 요즘 온을 위한 등불인 동시에 호론이었다. 매일 조금씩 커진 밤의 조각이 찾아올 때도, 온은 무서움을 밀어내기 위해 나기가 들려준 밤 이야기를 떠올렸다.

"밤이 오면 별이 뜬답니다. 아직은 잘 보이지 않아도 끝나지 않는 밤이 시작되면 아주 선명하게 보일 거예요. 별은 길잡이예요. 지금 내가 어디쯤 있는지 늘 친절히 알려 주지요. 때로는 가야 할 방향도요. 밝은 낮에는 결코 알 수 없는 것이랍니다."

그 말을 곱씹다 보면 온은 칠흑 같은 어둠 속에서도 저절로 고개를 들게 되었다. 그리고 언제부터인가 반짝이는 별들을 마주할 그 순간을 내심 기대하기도 했다. 나기의 이야기에는 항상 두려움의 무게를 덜어 내는 신기한 힘이 있었다.

오늘 역시 마찬가지였다. 한바탕 웃고 난 덕분인지 나기는 어느덧 평온한 잠에 빠져 있었고 온은 조심스럽게 그의 이마를 다시 닦아 주었다. 그러자 나기의 무의식이 온에게 별처럼 선명하게 펼쳐졌다.

나기는 정찰기를 조종하고 있었다. 라클의 공격으로 사망한 동료 올가도 함께였다. 이제는 온에게도 익숙해진 기습 당일의 꿈이었다. 나기가 매일 반복해 꾸는 끔찍한 악몽. 그런데 지금은 어쩐지 정찰기 바깥의 풍경이 그때와 달랐다.

두 사람이 공격당한 공동 구역은 황무지였으나 이번에는 낮은 산봉우리가 보였다. 밤인데도 불구하고 그림으로 그릴 수 있을 만큼 형태가 또렷한 건물도 나타났다. 정찰기의 착륙등이 그 일대에 빛을 드리우고 있었기 때문이다.

공터에 정찰기가 내려앉고 나기와 올가는 어디론가 향했다. 그들이 도착한 곳은 어느 오두막 앞이었다. 묵직한 문을 밀고 두 사람은 그 안으로 들어갔다. 이윽고 진풍경이 벌어졌다.

그곳은 호론 저장고인 동시에 광산이었다. 소중한 자원이 숨겨진 장소일 거라고는 짐작하기 힘들 만큼 초라한 입구를 지나 좁고 긴 통로를 따라가자 곧 거대한 구덩이가 모습을 드러냈다. 반짝이는 밤하늘 같은 그곳에서 일꾼들은 막 캐낸 호론 덩어리를 바구니에 정성껏 모으고 있었다. 나기와 올가도 동참했다.

그 모든 장면이 삽시간에 지나갔다. 거기가 저장고라는 사실을 깨닫자마자 온은 즉시 손을 뗐지만, 강렬하면서도 생생한 풍경은 잔상으로 남아 눈앞에 계속 아른거렸다.

가슴이 조마조마해졌다. 루펜이 바라던 답을 비로소 맞닥뜨리고 말았다. 나기에게 이 기억을 불러온 화근이 '이 열을 어딘가에 모아 두었다가⋯⋯'라고 말한 자신 같아서 온은 후회에 사로잡혔다. 이걸 알게 된 이상 루펜 앞에 서면 더욱 안절부절못할 게 분명했다.

그때 독방의 문이 열리며 망토를 입은 사람이 들어왔다. 서늘한 표정의 데인 사람. 온이 창 너머로 보았던 교섭인 대표였다. 온은 루펜이 나타났을 때처럼 얼른 뒤로 물러섰다.

"나기."

자신의 이름을 부르는 음성에 나기는 눈을 반짝 떴다. 그리고 방문자의 얼굴을 확인하고는 지금껏 온에게 드러낸 적 없는 안도의 표정을 잠시 내비쳤다. 범접 못할 어른 같기만 하던 나기가 그 순간만큼은 온에게도 아이처럼 보였다.

"오셨군요. 카논."

나기는 힘겨워하면서도 새로운 손님을 위해 몸을 일으켰다.

"네. 라클의 요구 사항을 검토하기 전에 우선 나기 님의 안위부터 확인하게 해 달라고 요청했습니다."

카논은 곧은 자세로 담담하게 말했다. 얼굴에 감정을 드러내지 않는 것이 나기와 비슷했다.

"그들의 조건은요?"

나기가 먼저 물었다.

"세 군데요."

그 세 군데가 무엇인지는 대답에 없었으나 저장고를 뜻한다는 것은 온도 추측할 수 있었다.

"하지만 우리가 그 요구 사항을 곧이곧대로 받아들일 수는 없겠지요."

"복귀하는 즉시 상부와 협상안을 공유하고 양측이 최대한 만족할 만한 결과를 도출할 겁니다. 그때까지 조금만 더 버텨 주세요, 나기."

"그럴게요."

두 사람의 대화에 온의 눈이 동그래졌다. 어째서 협상에 시간이 더 필요하다는 것인지, 이렇게 왔으면서 왜 지금 당장 나기를 데려가 주지 않는지, 거기에 이의를 제기하지 않는 나기의 태도까지 온으로서는 아무것도 이해할 수 없었다.

"만약의 경우, 귀환 경로는 알죠?"

"그럼요."

"그런데 건강이 그리 좋아 보이지는 않는군요."

"아닙니다. 이 시종 덕분에 매일 나아지고 있는걸요. 이름은 온입니다."

나기의 그 말에 카논이 온을 돌아보았다. 갑작스레 자신을 향한 시선에 당황한 온은 바싹 움츠러들었다.

"아, 안녕하⋯⋯세요. 손님."

"온."

카논은 온에게 다가가 오른손을 내밀었다. 악수라는 것을 해 본 적 없는 온은 그 손을 멍하니 바라만 보았다. 그러자 나기가 알려 주었다. 반가움과 안녕을 전하는 인사니 똑같이 손을 내밀어 가볍게 잡으면 된다고.

"고맙군요. 나기 님을 잘 부탁합니다."

그렇게 카논과 손을 잡은 잠깐이 온에게는 헤아릴 수 없는 긴 시간처럼 느껴졌다. 카논의 생각들 때문이었다. 미처 목소리가 되지 못한 그 모든 상념은 온을 깊은 슬픔으로 밀어 넣었다.

오랜만에 마주한 동족을 떠나보내고 나기는 이전보다 훨씬 지쳐 보였다. 그 모습에 온은 눈물이 차올랐다. 이내 훌쩍거리는 소리가 방을 채웠다.

"어째서 그대가 우나요. 온."

나기가 물었지만 온은 입을 열 수 없었다.

"카논이 다 말하지 못한 무언가가 있나 보군요. 그렇죠?"

이어진 질문에 온은 깜짝 놀라 눈물을 황급히 닦았다. 나기는 차분한 얼굴로 온을 보며 말했다.

"이제서야 털어놓지만⋯⋯ 온은 내가 애써 말하지 않아도 바라는 것들을 들여다보고 있는 것 같다고 생각했거든요. 그런 재능을 가진 사람들이 있다고 스승님께 들은 적이 있습니다.

내 짐작에 불과할 수도 있겠지만요."

심장이 쿵쿵 요동했다. 나기가 알아차렸을 거라고는 상상도 하지 못했다.

"손님……."

"그런데 그걸 나에게 전해 달라는 뜻은 아니에요. 괴롭거나 무거운 생각은 혼자 담고 있기에 힘겨울 때가 있으니, 만일 털어놓을 곳이 필요하다면 그렇게 해도 좋다는 겁니다. 들어 줄게요. 언제든지요."

온의 눈가에서 다시 눈물이 흘러내렸다. 엄마는 누구에게도 말해선 안 된다고 했다. 추궁받아도 모르는 척해야 한다고. 하지만 나기에게만은 그럴 수 없었다. 나기를 돕고 싶었다.

"교섭은 없어요, 손님."

온은 눈을 딱 감고 말해 버렸다.

"그러니까 데인의 교섭인단은……."

아까 카논과 손을 잡았을 때, 그 영원 같던 순간에 온은 똑똑하게 보았다. 교섭인단이 이곳에 도착하기 전부터 결정해 놓은 입장을.

"손님을 데리러 오지 않을 거예요."

살짝 벌어져 있던 나기의 입술이 닫혔다.

"손님을 내주고 시간을 끄는 거예요. 라클이 이대로 밤을 맞도록. 호론은 한 톨도 양보하지 않을 거예요. 그러니까 나기 님은…… 라클이 지쳐 포기할 시간을 벌도록 도와주는 데인의 인질이기도 한 셈이에요."

나기는 조용했다. 어느 정도 짐작하고 있었는지 큰 충격에 휩싸인 모습은 아니었다. 그 가만한 모습에 정작 온이 울컥해 버렸다.

"손님은 어째서 울지도 화내지도 않으세요!"

"진정해요, 온. 데인 사람은 원래 잘 울지 않으니까요."

나기가 오히려 온을 다독였다.

"우리는 혈육을 떠나보내도 몸이 고통스러워도 필요할 때가 아니면 눈물은 흘리지 않습니다."

"말도 안 돼요!"

"그렇지만 슬프지 않다거나 고통스럽지 않다는 뜻은 아니에요."

"그럼 차라리 항복해서 저장고의 위치를 말하고 라클 사람이 되세요. 그렇게라도 목숨을 지키세요. 네?"

"그건 안 됩니다."

나기는 단호하게 선을 그었다. 차마 다른 말을 덧붙이지 못하는 온에게 나기가 다시 나지막이 말했다.

"하지만 나를 염려해 준 건 진심으로 고마워요. 온."

밤의 조각은 성실하게 자기의 존재감을 키워 갔다.

이제 밤은 하루 중 몇 분, 몇 시간이 아니라 반나절까지 늘어났다. 저택은 긴 어둠에 적응할 준비를 하나둘 시작했다. 가장 먼저는 등불이었다. 밤이 찾아오면 주인의 공간이나 루펜의 집무실은 물론 중요한 층의 복도와 계단, 주방 등 저택 곳곳에 불이 밝혀졌다. 단, 나기의 독방은 예외였다.

최근 나기는 거의 방치되다시피 한 상태였다. 조금씩 깊어 가는 라클의 밤은 나기가 편안히 여기던 그런 어둠과 달랐다. 독방에 갇힌 지도 어느덧 반년이었다. 그의 건강은 하루가 다르게 나빠졌고 몸도 그만큼 쇠약해졌다.

온이 밝힌 대로 교섭인단은 라클에 재방문하지 않았다. 2차 교섭 일시를 정했다가 미루고 무산하기를 벌써 몇 번째. 시간은 계속 흘러갔고, 일이 진척되지 않자 루펜의 주름은 한층 깊어졌다. 루펜은 인내심을 발휘해 양도할 저장고를 두 군데로 줄인다는 협상안을 새로 내놓았지만 라클의 회신은 아직 도착하지 않았다.

하인들 사이에서는 루펜이 주인의 신뢰를 잃어 곧 저택을 떠나게 될 수도 있다는 소문이 돌았다. 아무 소득 없이 양측 관계만 악화시킨 책임이라는 것이었다. 소문의 진위는 온도 알 수 없었다. 다만 긴 밤이 더 가까워질수록 루펜이 점점 조급해한다는 것만은 분명했다.

매번 손님의 단조로운 일상을 반복해서 말할 뿐인 온에게 루펜은 꼬박꼬박 하루 세 번씩 윽박질렀다. 오늘은 반드시 알아내야 한다, 그렇지 않으면 나기가 무사하지 못할 것이다. 루펜도 알고 있었다. 온이 나기를 아끼고 의지한다는 것을.

온은 루펜이 두려운 동시에 나기가 걱정되었다. 밤의 주기는 이제 다시 무서운 것으로 되돌아가 있었다. 완전한 밤에 이르면 루펜은 일말의 자비도 없이 나기를 해칠 것 같았다.

뒤집힌 모래시계를 지켜보기만 하는 기분이었다. 온은 괴로움에 시달리며 악몽으로 매일 잠을 설쳤다. 자기라도 저장고에 대해 보고하는 것이 나기를 돕는 일 아닐까 몇 번이나 망설였다. 그러나 나기는 그러지 말아 달라고 했다.

"나를 즉시 구해 주지 않는다고 내 손으로 동료들을 위험에 빠뜨릴 수는 없습니다."

"손님더러 말하라는 게 아니에요. 제가 대신 한다는 거예요!"

"그러지 말아요. 부탁입니다. 온."

부탁입니다. 온.

만일 그 말이 아니었다면 온은 루펜에게 가서 모두 털어놓았을지도 모른다고 생각했다. 나기의 기억에서 본 호론 저장고의 모습을, 그가 칭찬해 주었던 스케치 솜씨로 슥슥 그려 루펜에게 내보였을지도 모르겠다고.

그러니까 이 저택에서 가장 작고 천한 자신에게 '부탁입니다.'라고 말하는 유일한 사람을 만나지 못했었다면 말이다.

"이 멍청한 녀석!"

루펜의 호통이 온의 귓가에 쩌렁쩌렁 울렸다. 밤이 낮보다 더 길어진 어느 날, 세 번째 보고를 갔을 때였다. 나기는 저녁 식사를 건너뛰었으며 열이 조금 있고 지금은 잠들어 있다는 말을 전하자 루펜은 갑자기 온의 멱살을 단단히 추켜잡더니 창가로 바짝 몰아붙이며 그렇게 소리쳤다.

온을 붙잡지 않은 손으로 루펜이 창문을 열어젖혔고 어디서 불어오는지 모를 강한 밤바람이 집무실 안으로 쏟아져 들어왔다. 창밖은 캄캄하고 서늘했다. 루펜에게 붙들린 온은 그 창턱에 비스듬히 몸을 걸친 모양이 되었다. 조금만 부주의하게 움직이면 언제라도 중심이 밖으로 기울 수 있었다. 루펜의 집무실은 저택의 6층이었다.

루펜이 큰소리를 내는 일은 드물지 않았으나 이런 행동은 오늘이 처음이었다. 온은 두려움으로 온몸이 얼어붙었다. 창밖의 어둠은 그야말로 아득하고 아찔했다. 별 따위는 찾아볼 겨를조차 없는 공포였다. 불어오는 바람이 방향을 바꿔 자신을 밀어버릴 것만 같아 겁이 났다.

"정말 실망스럽구나. 실망스러워."

"……루펜 씨."

온은 제발 자비를 베풀어 달라는 뜻으로 루펜의 양팔을 꽉 쥐었다.

"너 따위 꼬맹이에게 이 일을 맡긴 이유가 대체 뭐라고 생각하는 거냐."

"사, 살려 주세요."

온의 호소에도 루펜은 아랑곳하지 않고 분노를 터뜨렸다.

"나기가 여기에 와서 단 한 번도 저장고를 떠올리지 않았을 리는 없다. 자기의 몸값이니까. 그런데 모른다고? 응? 거짓말처럼 비겁한 일은 없어, 온. 알고 있는 것을 말하지 않는 일 역시 마찬가지야. 이래선 네 어미와 다를 게 하나도 없지."

"네?"

엄마라는 단어에 온이 반응하자 루펜의 눈이 희번덕거렸다.

"내 머릿속을 똑똑히 들여다봐라. 할 수 있다는 거 다 아니까."

그러고 싶지 않았지만 온은 그의 기억 속으로 빠져들었다. 루펜이 어째서 엄마를 언급했는지 온은 금방 깨닫게 되었다. 이것은 엄마의 마지막 기억이기도 했다.

엄마는 주인의 중대한 허물을 한 가지 알고 있었다. 당시 주인과 같은 계급에 있던 루펜은 경쟁자인 주인을 밀어내고 자신이 서측 경비대장 자리에 오르길 원했다. 루펜은 엄마에게 주인의 약점을 알려 달라고 했고 엄마는 응하지 않았다.

주인은 경비병이었던 온의 아빠가 전사하기 전까지 가장 존경해 온 인물이었다. 물론 주인도 완벽하게 고결한 사람은 아니었지만, 루펜의 평판은 그에 비할 바가 아니었다. 그는 자신의 필요를 위해서라면 아무리 친밀했던 사람이라도 쳐내는 데 거리낌이 없었다. 그런 사람을 돕는 것은 엄마 자신의 미래를 흔드는 일이기도 했다.

엄마는 침묵으로 일관했다. 그러나 엄마가 모종의 힘으로 주인의 업무에 때때로 조언하는 것을 알았던 루펜은 포기하지 않았다. 말하기를 거부해 오던 어느 날 엄마는 결국 오늘 온과 같은 상황을 맞이했다. 엄마의 중심이 흔들려 몸이 뒤로 기울어지는데도 루펜은 일부러 붙잡지 않았다. 온은 린그에게 엄마가 안타까운 사고를 당했다고만 들었을 뿐 자세한 내막까지는 알지 못했다. 그건 사고가 아니었다.

엄마의 추락을 무심히 바라보던 얼굴이 바로 앞에 있었다. 그는 엄마가 남긴 유일한 혈육에게 다시 기대를 걸고 있었다.

"명심해, 꼬맹아. 우리는 호론이 필요해. 너는 밤이 얼마나 차갑고 긴지 모른다. 그때는 춥고 무섭다고 울어도 소용없어."

"세상에, 루펜 씨!"

그때 야찬을 가지고 들어온 린그가 깜짝 놀라 소리쳤다. 달리 온을 도우려는 의도는 아니었지만 그 덕분에 온은 루펜의 손아귀에서 놓여날 수 있었다. 바닥에 발이 닿자 온은 다리에 힘이 풀려 그만 그 자리에 주저앉았다.

"딱 한 번 더 기회를 줄 테니 네 어미의 실수를 반복하지 마."

루펜은 책상에서 종이 몇 장을 집어 온에게 떠안겼다. 그다음 온을 일으켜 세워 집무실을 벗어났다. 기세에 놀란 린그는 길을 비켜 주었다.

루펜은 온을 앞세워 독방으로 향하는 계단을 올랐다. 이 구간은 등불이 없어 한밤처럼 어두웠고 온은 도중에 몇 번이나 넘어졌다. 독방을 지키던 경비병은 캄캄한 중에도 루펜이 나타나자 즉시 경례했다. 루펜은 대꾸하지 않고 벽을 더듬어 등불을 밝혔다. 두려운 얼굴이 다시 온의 앞에 또렷이 나타났다.

"네가 살 수 있는 마지막 기회다. 딱 30분이야."

맹수 굴에 먹이를 던지듯 루펜은 독방으로 온을 밀어 넣었다. 놀란 나기가 침상에서 몸을 일으켰다. 눈물로 범벅된 온의 얼굴이 불빛 아래 고스란히 드러났다. 나기의 표정이 곧장 굳어졌다.

온은 나기의 곁에 무너지듯 꿇어앉았다. 온의 손에 들린 빈 종이가 나기의 눈에도 들어왔다.

"바깥에 그가 있나요?"

온은 고개를 끄덕였다.

"시간이 많지 않겠군요. 그렇죠?"

온이 다시 끄덕이자 나기는 조심스럽게 온의 손등을 자기의 손으로 덮었다. 나기의 손가락은 마디마디가 앙상했다. 이내 그의 소리 없는 말이 온에게 전해졌다.

"미안해요, 온. 내가 좀 더 서두를 걸 그랬습니다."

"예……?"

그 말이 무슨 뜻인지 알 수 없어 온은 소리 내어 물었다. 나기가 검지를 자기 입술에 댔다. 독방에는 적막이 흘렀다.

"잘 들어요. 오늘 밤 온은 이 저택을 떠납니다."

더욱더 알 수 없는 말이었다. 나기는 그 어느 때보다도 진중한 눈으로 온을 바라보고 있었다. 동시에 온의 손등을 타고 나기의 기억 하나가 펼쳐졌다.

　지난번에 본 그 호론 저장고였다. 그 안에 있는 수많은 동료 중 한 사람에게 곧 나기의 초점이 고정되었다. 린그보다 나이가 많고 신중하면서도 부드러운 눈빛을 가진 여자였다.

　"그분을 그리세요. 얼른. 빛이 있을 때."

　온에게는 묻고 싶은 것이 산더미였지만 나기의 말대로 시간이 많지 않았다. 온은 연필을 꺼내 스케치를 시작했다. 나기에게 어떤 계획이 있을 것이라고만 믿었다.

　독방의 등불은 자꾸만 깜빡거렸다. 오랫동안 아무도 손보지 않아 노후한 탓이었다. 그래도 온은 그림 그리기에만 집중했다. 나타났다 사라졌다 하는 빛 속에서 부지런히 선을 이어 갔다.

　그림이 완성될 즈음이었다. 덜컹 소리와 함께 루펜이 방으로 들어왔다. 약속한 30분은 아직 지나지 않았으나 인내심이 먼저 바닥난 것이었다. 루펜은 뚜벅뚜벅 걸어와 그림을 낚아챘다. 그것 봐라, 이제야 비로소 그리는구나, 목숨 앞에선 장사가 없는 법이지, 라고 말하는 듯 기대감이 담긴 모습이었다. 그러나 그 내용을 확인하자마자 입가가 비틀렸다. 종이에 담긴 그것은 지형도나 조감도, 하다못해 구조물의 스케치도 아닌 누군가의 초상이었다.

　"뭐야…… 이게."

루펜이 허탈하게 중얼거렸다. 곧 폭풍이 몰아칠 것만 같은 예감에 온은 몸을 떨었다.

"이런, 나기."

루펜은 깊은 한숨을 내쉬었다. 그림은 벌써 바닥에 떨어져 있었다.

"데인 사람이 고집불통이라는 건 익히 알고 있지만 당신도 참 어지간하군요. 정말 어리석어요. 생의 마지막 밤을 이렇게 낭비하다니."

침상에서 일어난 나기는 말없이 루펜을 응시했다. 지금 그의 눈빛은 교섭인 대표 카논의 것보다 훨씬 더 서늘했다.

"물론 이 꼬맹이에게도 오늘은 그러할 거요. 아아, 혹시 데인 사람들이 후회라는 건 합니까? 내가 그러지 않았다면 좋았을 걸 하고 말입니다."

루펜이 온의 팔을 붙들며 빈정거렸다. 그의 집무실로 끌려가고 싶지 않아 온은 힘을 다해 몸부림쳤다. 그때, 독방의 등불이 요란한 속도로 깜빡이기 시작했다. 그러더니 일순 빛을 잃어버리며 밤의 조각이 독방을 완전히 장악하도록 했다. 온은 루펜의 손에서 놓였다.

이윽고 한 치 앞도 보이지 않는 어둠 속에서 엎치락뒤치락하는 거친 소리만이 들려왔다. 빛이 갑자기 사라진 직후의 두 눈은 무력하기만 했다. 기나긴 낮을 지내 온 라클 사람이 예고 없는 어둠에 적응하려면 시간이 제법 필요했다.

어찌할 바를 몰라 발을 동동거리던 온이 어둠 속에서 일어난 일을 알게 된 것은, 루펜이 낸 새된 소리에 바깥의 경비병이 문을 연 순간이었다. 복도의 등불이 나누어 준 빛으로 온과 경비병은 동시에 보았다. 어둠이 내린 사이 나기에게 제압당해 쓰러진 루펜을. 긴 밤이 친숙한 나기에게 이 암흑은 습관처럼 걸치던 망토와 다르지 않았다. 어둠은 나기의 편이 되어 주었다.

경비병은 즉시 나기에게 총을 발사했다. 나기는 의식을 잃은 루펜의 위로 고꾸라졌고, 경비병은 복도에 설치된 통신기로 주인에게 상황을 보고했다.

"손님!"

온은 나기의 곁으로 달려갔다. 도무지 멈출 것 같지 않은 피가 옆구리에서 흘러나오고 있었다. 앞치마를 풀어 지혈해 보려 했으나 온의 손으로 틀어막기에는 역부족이었다. 피는 자꾸만 솟아 나와 돌바닥에 천천히 고였다.

"온."

피투성이가 된 온의 오른손 위로 나기의 손바닥이 다시 덮였다.

"그림을 챙겨요."

그의 입술은 움직이지 않았지만 잿빛 눈동자는 온을 바로 향해 있었다.

"아까 말했지요? 오늘 밤 온은 이 저택을 떠날 거라고. 그림을 가지고 당장 여길 떠나서 서쪽 활주로를 찾아요."

"……서쪽이요?"

"데인으로 가는 방향이에요. 하늘의 붉은색 별을 따라가면 됩니다. 황야를 가로질러 네 시간 정도 걸어야 하는데 온의 걸음으로는 조금 더 걸릴지도 모릅니다. 활주로에 도착하면 트란바라는 사람이 있을 거예요. 온처럼 붉은 머리카락을 가졌고 비상 귀환을 돕는 사람이에요."

"트란바."

"그에게 소매의 이 자국을 보여 줘요. 그럼 온을 공동 구역으로 데려다줄 겁니다."

나기는 남은 힘을 다해 온의 오른손을 자기의 얼굴 가까이 끌어올렸다. 온의 소매 끝이 곧 나기의 눈가에 닿았다.

거기에는 눈물이 맺혀 있었다.

친밀한 동료의 죽음에도, 몸을 찢는 아픔에도, 기약 없는 희생에도 무덤덤해 보이기만 하던 나기의 눈시울이 붉어져 있었다. 닦아 낸 눈물은 물방울이 묻은 것처럼 온의 소매에 동그란 자국을 남겼다. 이런 다급한 때에 곧 말라 버릴 눈물이 무슨 소용이냐고 질문할 틈은 허락되지 않았다. 해야 할 이유가 곧 사라졌기 때문이다.

소매에 자리 잡은 눈물 자국이 점점 푸른빛을 내기 시작했다. 등불보다는 미약했으나 마치 빛나는 염료가 묻은 것처럼 그 자리에서 스스로 반짝였다.

"데인 사람의 눈물은 거스를 수 없는 전언입니다. 반드시 지켜져야 하지요."

온의 입이 벌어졌다.

"공동 구역에 도착하면 그림 속의 그분을 찾아요. 이름은 필리온. 제 스승이었습니다. 전언에 따라 온을 거두어 주실 거예요. 그분께 대신 내 존경을 전해 주세요. 자, 이제 가세요. 어둠이 깊을 때 얼른 빠져나가요."

온은 고개를 저었다.

"손님은…… 나기는요!"

간신히 들고나던 나기의 숨이 한순간에 밭아졌고, 눈이 감기며 고여 있던 눈물이 마저 흘러 떨어졌다.

"나기!"

그의 마지막 목소리가 온에게 전해졌다.

"그대에게 밤은 아직 이릅니다. 조금 더 낮을 살아요, 온."

붉은 별은 밤하늘 서쪽에서 반짝이고 있었다. 아무리 눈이 어두운 사람이라도 지나칠 수 없을 만큼 자기의 존재를 선명히 드러내는 중이었다.

온은 그 별을 따라서 달렸다. 저택에서 가장 작고 천했던 아이는 아무도 앗아 갈 수 없는 자기만의 호론을 가슴에 품고 모든 세상과 다름없었던 그곳을 벗어나 달리고 또 달렸다.

밤의 지평선은 끝이 없고 아득했다. 아무리 달음질해도 제자리라는 착각이 들 정도였다. 이런 밤도, 이토록 멀리 나온 일도 온에게는 처음인 까닭이었다. 하지만 두려움은 잠시 접어 둔 채 앞을 향해서만 나아갔다.

두고 온 슬픔은 조금 벅찼다. 나기의 마지막이 떠오르면 몇 번이고 울음이 다시 터질 것 같았다. 그럴 때 온은 그가 들려준 이야기들을 떠올렸다. 오직 온만 들을 수 있었던 불꽃같은 그 목소리를. 영영 잊히지 않을 다정한 밤의 조각을.

낮을 살아요. 온.

팔이 앞뒤로 세차게 흔들릴 때마다 오른쪽 소매에 맺힌 빛도 함께 흔들리며 온을 이끌었다. 밤을 달려 낮으로 가는 방향이었다.

화살 거두는
천사 틸리의
선택

1. 틸리와 블랭크

"틸리, 저 사람 화살 깃에 먼지가 굉장한데."

마임 연기가 한창인 길거리 배우에게 시선을 빼앗겨 있던 틸리가 고개를 돌렸다. 블랭크가 가리킨 방향으로 한 남자가 빠르게 지나갔다. 명중반의 기록에 따르면 그의 이름은 조르주. 남부 프랑스 출신이며 현재 런던에서 주재원으로 지내는 40대 인간이다. 이 광장은 그의 퇴근길로, 틸리는 마침 그가 지나치기를 기다리던 참이었다.

틸리는 마임 공연을 조금 더 보고 싶었지만 하는 수 없이 커다란 날개를 펼쳐 날아올랐다. 서두른 덕분에 저만치 멀어진 조르주를 순식간에 앞질러 그의 가슴에서 화살을 뽑을 수 있었다.

화살 깃에는 블랭크의 말대로 먼지가 잔뜩 엉겨 있었다. 천

사의 깃털을 좋아하는 투명 거미도 세 마리나 달라붙어 있었
다. 사랑을 계속하고 있는 인간에게 꽂힌 화살은 깃에 윤기가
흐르고 천사의 날개에서 방금 빠진 것과 다르지 않게 깨끗해
야 한다. 화살이 이런 상태가 되었다면 조르주의 사랑은 이제
끝났다는 뜻이었다. 사람이 살지 않는 집에 먼지가 쌓여 가는
것과 비슷했다.

조르주는 자기에게 어떤 일이 있었는지 모르는 채로 광장을
가로질러 사라졌다. 틸리는 수거한 화살을 허리에 맨 길쭉한 통
에 집어넣은 다음, 명단 마지막에 남아 있던 조르주의 이름을
지웠다.

"그렇게 한 번에 휙 뽑으면 아프지 않을까?"

어느새 곁으로 다가온 블랭크가 콧잔등을 찌푸리며 물었다.

"아니."

"아무 느낌이 없다는 뜻이야?"

"이미 시들어 버린 화살이니까."

틸리는 자꾸 물어 대는 블랭크를 귀찮아하면서도 꼬박꼬박
대답했다. 말을 걸어오는 존재에게 무심히 굴 수 없는 성격 탓
이었다. 블랭크도 그걸 알고서 늘 이렇게 달라붙었다.

틸리가 날개를 접고 걸음을 옮기자 블랭크도 단짝처럼 뒤따
랐다. 서머타임의 때늦은 노을이 광장을 짙게 물들이자 틸리와
블랭크의 흰 날개도 은은한 오렌지빛으로 빛났다. 그렇지만 광
장에 있는 어떤 인간도 그 둘의 광채를 알아차리지는 못했다.

"그럼 생생한 화살을 뽑을 때는 달라?"

"아직 사랑이 남아 있으면 살짝 바람 빠지는 느낌이 들기는 한대. 아무튼 천사의 화살 자체는 고통을 주지 않아. 아픈 건 사랑 그 자체지."

"호오. 아픈 건 사랑 그 자체라. 심오한 이야기군."

과장스러운 블랭크의 반응에 틸리는 아무 대꾸도 하지 않았다. 오늘의 마지막 화살을 수거했으니 그만 하늘로 돌아갈 시간이었다. 어차피 그사이 마임 공연도 끝나 버렸다.

틸리는 지상 업무를 마치고 천국으로 향하는 천사들의 통근 버스인 엔젤데커를 타야 했다. 빛나는 순백색에 하늘을 난다는 것만 빼면 인간들이 타고 다니는 빨간 더블데커와 비슷하게 생긴 버스였다. 가장 가까운 정류장은 세인트 폴 대성당 돔이었다. 틸리는 고개를 들어 그쪽 하늘을 살폈다.

"우리 그 심오한 주제에 대한 토론 좀 더 하지 않을래, 틸리 플레임?"

블랭크는 이대로 틸리를 보내 줄 마음이 없는 듯했다.

"너의 사랑 토니 말이야. 그 더블데커 운전사는 어떻게 지내? 응?"

블랭크는 마치 자신이 사랑에 빠진 당사자처럼 한껏 사랑스러운 미소를 지었다. 인간이었다면 이 천진난만한 얼굴에 속아 넘어갔을 수도 있겠지만, 천사인 틸리에게는 통하지 않는 수법이었다.

블랭크의 소속은 다름 아닌 지옥이었다. 지금은 자유롭게 모습을 바꾸는 재주로 하얀 날개와 헤일로를 달고 틸리의 동료 흉내를 내는 중이었다. 블랭크는 틸리가 지상에 내려와 화살을 수거할 때마다 불쑥 나타나 이것저것 묻고 참견하는 취미를 가진 악마였다. 인간의 고통과 불행이라는 주제에 열광하는 블랭크는 끝난 사랑의 뒤처리 담당인 틸리에게 여러모로 관심이 많았다. 틸리의 업무뿐 아니라 사생활에도 그랬는데 궁극적으로 바라는 것이 있어서였다.

빤히 보이는 그의 속내에 틸리는 무뚝뚝하게 대꾸했다.

"내 뒤를 잘 미행하고 있다면 벌써 알겠지만, 최근 나는 무척 바빴고 그 버스는 안 탄 지 좀 됐어."

"오, 설마 사랑이 끝난 거야? 천사의 사랑은 의외로 연약하네. 가엾은 토니."

블랭크는 탄식하는 연기를 펼치며 아까 전 마임 배우의 모습으로 변신했다. 얼굴 전체를 덮은 화려한 메이크업에 격자무늬 재킷까지 아주 그럴듯했다.

"지난번에도 말했는데 블랭크, 사랑이 아니라고."

"그럼 짝사랑이라고 해야 하나?"

"그것도 아니야. 호기심이겠지."

"난 그 둘의 차이를 도무지 모르겠어."

"넌 지옥 출신이니까. 천사는 지상의 불완전함……"

"지상의 불완전함을 더는 갈망할 이유가 없다, 라는 너희의 규칙. 알아, 안다고."

틸리는 블랭크가 자기의 말을 낚아채 떠들도록 내버려두었다. 악마의 현란한 속삭임은 지상직 천사라면 누구나 감당해야할 일상이었다. 요즘은 천사와 악마 들 간 직접 전투는 드물다지만, 끊임없는 유혹에도 흔들림 없이 천사의 항상심을 지키는일 자체가 틸리에게는 매일의 전쟁이었다.

"요즘 바쁜 건 그 녀석 상담 때문이야? 신입 천사 말이야. 이름이 스콧이었던가?"

"스콘이야."

"스콘? 스콧 아니었어?"

블랭크가 배를 잡고 웃었다.

"상상 친구 이름은 항상 귀엽다니까."

"본인은 싫어해."

"어쩔 수 없지, 아이가 붙여 준 이름인걸. 그건 일종의 계시잖아."

400년 경력의 속삭이는 악마 블랭크는 천사의 업무에 대해서도 잘 알았다. 인간이 어린아이일 때만 그 모습이 보이고 대화가 가능한 상상 친구는 천사의 지상직 업무 가운데 하나다. 이 바쁜 세상에서는 천사도 인간들 눈에 띄지 않게 해야 할 일이 많았다.

그때 구름을 헤치며 세인트 폴로 향해 오는 엔젤데커가 틸리의 시야에 들어왔다. 망설임 없이 날개를 펼치는 틸리에게 블랭크는 아쉬움에 젖은 소리로 말했다.

"또 봐, 틸리 플레임. 언제라도 네 호기심에 대해 이야기할 상대가 필요하다면 내가 있다는 거 잊지 말고."

"글쎄."

오른팔로 커다랗게 반원을 그리며 무릎을 굽혀 인사하는 블랭크를 뒤로하고 틸리는 하늘 높이 날아올랐다.

2. 틸리와 스콘

"몇 번이나 말했지만, 난 천국에 갈 생각 따위 이만큼도 없었다고요."

스콘은 틸리에게 힘없이 중얼거렸다. 누군가 이 이야기를 들었다면 스콘이 지옥 대신 천국을 잘못 말한 거라고 생각했을 그런 목소리였다.

두 천사는 런던 북서쪽 킬번에 위치한 다세대 주택의 공용 뒷마당에서 이야기를 나누는 중이었다. 180센티미터가 넘는 신장에 우람한 몸집을 가진 은발의 스콘은 틸리와 눈을 마주치지 않으려고 자기의 발등과 하늘만 번갈아 보았다. 그의 '작은 친구'인 엘리엇이 무언가 잘못했을 때 양육자나 선생님 앞에서 하는 행동이었다. 엘리엇은 그에게 스콘이라는 이름을 준 장본인으로, 지난달 이 뒷마당에서 일곱 번째 생일 파티를 가졌다.

스콘의 외모는 언뜻 상상 친구라는 일을 수행하기에 어울리지 않는 것처럼 보이지만, 아이들의 눈은 상상 친구를 또래의 모습으로 인식하기 때문에 전혀 문제가 되지 않았다. 틸리는 일곱 살 무렵의 작은 스콘이 지금의 엘리엇처럼 무척 귀여웠을 거라고 믿었다.

"스콘. 당신은 천국에 '간' 게 아니라 이미 '온' 거예요. 이것도 벌써 몇 번이나 말했지만 그건 스콘의 의지와 무관한 일이고요."

"죄를 그렇게나 많이 지었는데요?"

스콘은 매번 똑같이 정색했다.

"인간은 누구나 죄를 지어요. 저도 그랬어요."

"하지만 틸리는 20년이었죠. 나는 무려 62년을 지었다고요. 특히 데뷔하고 나서는 거짓말을 입에 달고 살았어요. 열받게 하는 녀석에게 존경한다고 하고, 꼴도 보기 싫은 놈한테는 잘부탁한다고 굽신거리고, 그야말로 비참한 거짓말이었죠. 그러면서 나를 걱정하는 크리스틴에게는 화를 내고……. 난 쓰레기예요. 살인 빼곤 십계명을 다 어겼을걸요. 그나마 영화 속에서는 아주 많이 했고요. 종신형 받는 재판 장면만 몇 번을 찍었는지."

스콘은 생전에 악당 전문 배우였다. 62세로 생을 마감하기 전까지 그리 유명했던 적은 없었다.

"아무리 생각해도 나는 천국에 어울리지 않는 인간이었다고요. 착하지도 않고 거룩하지도 않고, 매일 신과 천사를 원망하고 그 누구도 진심으로 사랑하지 않았어요."

자책을 이어 가던 스콘은 엘리엇의 그네에 앉아 날개를 축 늘어뜨렸다. 헤일로도 덩달아 삐딱하게 처졌다. 스콘처럼 천국의 삶에 적응을 어려워하는 신입 천사는 언제나 있었다. 천사 무리와 함께 섞여 있으면 자신만 유난히 사악하고 초라한 것처럼 느껴져 자괴감에 빠지는 것이었다. 인간의 우울증 내지는 가면 증후군과 비슷한 증상이라 할 수 있었다.

그런 천사는 대체로 혼자 일할 수 있고 인간의 희로애락과 함께하는 지상직을 자원했다. 스콘도 예외는 아니었다. 비행기 안에서 일하든 공항에서 일하든 똑같이 승무원이라고 불리듯이 경우도 이러나저러나 천사인 것은 마찬가지였다.

"틸리. 어쩌면 이 대심판은 신께서 잘못 생각하신 걸지도 몰라요."

대심판은 한 영혼의 목적지가 천국인지 지옥인지를 가르는 신의 결정이다. 신은 실수하지 않으므로 그것은 틀린 적도, 번복되는 일도 없었다. 스콘도 알고 있으면서 습관처럼 하소연을 늘어놓는 것이었다. 올해로 7년째였다. 하지만 천국에서의 7년은 찰나나 다름없고 스콘은 아직 그 찰나 속에 있는 신입이었다. 천사 150년 차인 자신도 때때로 울적해지는 순간이 있었기에 그런 스콘을 틸리는 충분히 이해했다. 그래도 오늘의 대화를 마치기 전 스콘을 한 번쯤은 웃게 해 주고 싶었다.

"그럼 지금이라도 타락해서 지옥행 티켓을 노려 볼까요?"

틸리가 속닥여 묻자 스콘은 킬킬 웃었다. 대천사가 알게 된다면 대노하고도 남을 성스럽지 못한 말이었지만 스콘은 이 농담을 좋아했다.

"그건 안 될걸요, 틸리. 엘리엇이 날 위해 매일 기도하고 있거든요."

작은 엘리엇은 매일 밤 자신과 상상 친구 스콘의 악몽 없는 밤을 위해 기도하고 잠자리에 들었다. *나와 스콘이 무서운 꿈을 꾸지 않게 지켜 주세요.* 작은 영혼의 기도는 무척 강력한 법이었다.

"나도 스콘을 위해 매일 기도하고 있어요. 그러니까 믿음을 가져요."

"당연히 믿죠, 주님은, 어떻게 안 믿겠어요. 천사가 돼 버렸는데."

"아뇨. 스콘 자신에 대한 믿음 말이에요."

틸리의 조언에 스콘은 한숨을 지으며 다시 기운을 잃었다. 틸리는 스콘이 설마 엘리엇에게도 이런 모습을 보이는 걸까 처음에는 걱정했으나 그건 아니었다. 엘리엇과 함께 있을 때는 함께 떠들고 뒹굴며 까부는 영락없는 일곱 살짜리였다. 그는 상상 친구라는 업무만큼은 진심으로 좋아했다.

"그만 들어가 봐야겠어요. 곧 엘리엇이 일어날 시간이에요."

멀리서 동이 터 오기 시작했다. 스콘이 하늘을 올려다보며 덧붙였다.

"그리고 대천사님께 전해 줄래요? 걱정은 감사하지만 나는 여기에 있고 싶다고요."

지난주 대천사는 틸리를 통해 스콘의 천상직 이동을 제안했다. 아이가 일곱 살 반이 되면 상상 친구와 작별해야 하므로 스콘도 다음 스텝을 생각해야 할 때였다. 대천사는 스콘의 무기력함을 염려하면서 업무 환경을 바꿔 보는 것이 좋지 않겠냐고 했다.

틸리는 그 대답을 듣기 위해 오늘 스콘을 찾아왔지만 결과는 예상한 대로였다. 스콘은 그 이유를 이렇게 말했다.

"저 위에 올라가면 나는 아마 모든 게 다 괜찮은 척, 평안한 척 연기하고 있을 거예요. 주님을 실망시키면 안 되니까. 하지만 난 이제 연기 생활에서는 은퇴하고 싶어요."

3. 틸리와 토니

"대천사님은 스콘이 다시 한번 생각해 주길 바라세요. 그래도 스콘의 결정은 달라지지 않을 것 같다고 넌지시 말씀은 드렸지만요. 스콘은 1년에 한 번 하는 부활절 모임에서조차도 혼자 조용히 있고 싶어 하거든요. 내 생각에는 스콘의 마음이 바뀌려면 시간이 더 필요해요. 적어도 62년보다는 많이요. 괜찮아요. 우리에게는 영원이라는 시간이 있으니까."

오랜만에 마주한 토니의 등을 향해 틸리는 실컷 말을 쏟아 놓았다. 언제나 그랬듯이 틸리만의 긴 독백이었고, 무대는 런던 시내의 밤을 관통하는 더블데커 211번이었다.

심야 버스의 운행 시간은 자정부터 오전 6시까지인데 그 사이에는 탑승객이 거의 없었다. 그래서 늘 비어 있다시피 한 운전석 바로 뒷자리는 틸리의 고정석이나 다름없었다.

천사는 아무리 오래 서 있어도 다리가 아프다는 감각을 느끼지 않지만 이 버스에 탈 때면 틸리는 꼭 그 자리를 사수했다. 사실 앉는 시늉을 할 뿐이라서 버스가 흔들리거나 커브를 돌 때 평범한 승객들처럼 몸이 기울어지거나 하지는 않았다.

틸리가 한 인간으로서의 삶을 마감하고 천사가 되었을 때는 더블데커라는 애칭을 가진 버스가 세상에 존재하지 않았다. 그래서 그 느낌이 어떨지 상상하려면 딱 한 번 마차를 타 봤던 기억을 떠올려야 했다.

"실은 나도 저 위보다는 여기가 편해요. 그래서 스콘의 마음은 대강 알아요."

교차로에서 토니는 핸들을 오른쪽으로 감았다. 잘못해서 건물 벽에 긁히지는 않을까 염려될 만큼 좁은 2차선 도로로 꺾어 들어가는 우회전이었다. 런던 시내는 매우 좁거나 크게 굽은 길이 곳곳에 많은 것으로 악명이 높았다. 덩치 큰 2층 버스가 절묘한 각도로 움직이자 틸리를 제외한 몇 안 되는 승객의 몸이 일제히 왼쪽으로 기울어졌다. 마치 열려 있던 서랍장이 도로 닫히는 것처럼 버스는 매끄럽게 나아갔다. 토니의 운전 솜씨는 섬세했다.

잠시 숨죽여 있던 틸리가 다시 이야기를 꺼냈다.

"그런데 스콘이나 나만이 아니라, 지상직 천사라면 다들 조금씩은 그럴 거라고 생각해요."

틸리는 토니가 돌아보며 '왜요?'라고 묻는 상상을 해 보았다. 그런 일은 결코 일어날 수 없음을 알면서도.

지난 몇 년간 토니를 지켜봐 온 틸리는 눈을 감고도 그의 모습을 정확하게 떠올릴 수 있었다. 그러나 토니는 자기의 뒷자리에 천사가 앉아 있다는 것도, 그 이름이 틸리인 것도, 코크니 악센트를 쓰는 것도, 붉고 곱슬곱슬한 긴 머리카락을 가졌다는 것도 영원히 모를 터였다.

"그렇잖아요. 나는 와자지껄한 엔젤데커도 좋아하긴 하지만…… 이 더블데커가 훨씬 편하게 느껴질 때도 있으니까요."

토니가 천천히 브레이크를 밟았다. 아무도 없는 정류장에 버스가 멈췄다, 내리는 사람도 타는 사람도 없었지만 토니는 문을 열어 잠시 기다린 후에야 다시 닫았다. 그리고 브레이크를 밟았던 속도와 마찬가지로 느긋하게 버스를 출발시켰다. 틸리는 이 순간을 무척 좋아했다.

5년 전 어느 겨울밤, 적막한 정류장에 211번 심야 더블데커가 멈춰 섰다. 틸리는 그 버스에 탄 한 승객의 화살을 거둬야 했다. 그날의 명단에 마지막으로 남은 사람이었다.

버스의 문이 열렸고 내리는 승객은 없었다. 물론 타는 사람도 없었다. 정류장에는 인간의 눈에 보이지 않을 틸리뿐이었다. 그런데도 버스는 꽤 오랫동안 문이 열린 채로 서 있었다. 평소의 틸리는 부드럽게 날아올라 차체를 통과하는 방법을 택했는데 그 순간에는 어쩐지 그 문으로 직접 들어가 보고 싶어졌다. 그렇게 틸리가 버스에 오르자 마침내 푸쉬익 소리와 함께 문이 닫혔다. 오직 그때만을 기다리기라도 했던 것처럼.

그 모든 것이 우연임을 알면서도 틸리는 자기도 모르게 미소를 짓고 말았다. 스쳐 지나가는 존재인 것이 익숙해진 탓에 한동안 잊고 지냈던 기쁨이 마음을 천천히 물들였다.

버스가 출발하고 틸리는 운전사를 가만히 바라보았다. 밤의 도로에 집중한 그의 첫인상은 무심한 듯하면서도 차갑게 보였다. 하지만 핸들을 잡은 손등의 곡선은 그의 눈가처럼 부드럽고 완만했다. 눈꺼풀은 느린 박자로 신중하게 깜빡였고 이따금 초록빛과 붉은빛의 신호등이 눈동자에 반사되어 은은히 빛났다. 명찰에 새겨진 이름은 토니. 화요일부터 일요일까지 211번 심야 버스 담당이었다.

틸리는 버스 2층에 탄 승객에게 수거해야 할 화살을 까맣게 잊었다. 호기심이 밀려온 까닭이었다. 어쩌면 반했다는 표현이 더 적당하겠으나 지상의 불완전함에 대한 갈망은 천사에게 허락된 일이 아니었다.

동료들에게 말하기 힘든 속마음이 쌓일 때면 틸리는 기도를 하기도 했지만 때로는 이 자리에 앉아 토니의 뒷모습과 긴 대화를 나누었다. 토니의 등은 언제나 변함없이 틸리의 이야기를 묵묵히 들어 주는 작은 벽이었다.

그러던 작년 여름의 어느 날이었다. 그의 등 한가운데 화살이 꽂혀 있었다. 깃의 색깔은 연한 푸른색. 토니가 누군가를 사랑하기 시작한 것이다.

가슴이 아닌 등에 꽂힌 화살은 짝사랑을 뜻했다. 끝났을 때보다 하는 동안 더 고통스러운 것이 사랑인데 그중에 최고는 단연 짝사랑인 것을 틸리도 잘 알았다. 토니는 담담하고 태연하게 운전하고 있었다. 그렇지만 그 속은 어떨지 모를 일이었다.

버스의 흔들림에 따라 파란 화살 깃이 파르르 떨렸다. 틸리의 마음도 덩달아 흔들렸다. 영혼 어딘가에 구멍이 났는지 바람 빠지는 듯한 기분이 들었다. 천사의 연민과 아주 사적인 아픔이 동시에 교차했다. 그의 등이 코앞에 있는데 아무 말도 나오지 않았다.

그날 이후 틸리는 토니의 버스에 오르기 전이면 마음을 한번 다잡았다. 그사이 화살이 시들어 수거반의 동료가 거둬 갔거나 화살의 위치가 가슴으로 바뀌었을지도 모르는 일이었다. 토니에게 일어날 수 있는 여러 가능성에 대비해야 했다.

그러나 화살은 매번 변함없이 토니의 등 한가운데에서 매끄러운 깃을 자랑하는 채였다. 토니의 사랑은 이루어지지 않았으나 끝나지도 않았다. 그때마다 틸리는 괜히 허탈해지면서도 이런 모습이 오히려 토니답다고 생각했다. 오늘 역시 마찬가지였다.

"스콘의 말로는 자기가 천국에 온 건 주님의 벌칙이래요. 그러니까 '네가 그렇게나 저주했던 대상으로 직접 살아 봐라.'라나요? 그런 건 절대 아닌데 말이에요."

인간이었던 스콘은 대체로 사랑에 실패했을 때 신과 천사를 저주했다. 그 시절 그의 가슴에서 화살을 뽑았던 천사가 바로 틸리였다. 천사가 된 스콘의 신입 상담자 역할을 틸리가 맡은 것도 그런 경력 때문이었다. 말했듯이 천사들은 꽤 많은 일을 한다.

"토니도 알죠? 이별을 겪을 때 인간은 다소 분별력을 잃는 거요. 그런 고통은 주님도 이해하세요. 스콘이 이 삶을 벌칙이라고 생각하는 건…… 글쎄요. 그는 원래 배우였잖아요? 어쩌면 직업적 강박 아닐까요? 천사도 일종의 해내야 할 역할로 생각하는 거요. 부담을 좀 내려놔도 될 텐데요."

버스가 다음 정류장에 멈췄다. 졸고 있던 승객 한 명이 용케 정신을 차리고서 부리나케 내렸다. 그의 가슴에 꽂힌 새것 같은 화살대와 새하얀 깃을 보고 틸리는 엷은 미소를 지었다. 사랑으로 충만한 사람을 보는 건 언제고 기분 좋은 일이었다.

"나도 이제 하얀 버스로 환승할 시간이네요. 오늘도 내 얘기만 잔뜩 해서 미안해요."

211번 버스를 떠날 때 틸리의 작별 인사는 늘 똑같았다. 아무도 듣지 못하는 천사의 음성으로 삐이 하는 하차 벨소리를 내고, 다음 정류장에서 문이 열리면 보통의 승객처럼 뒷문으로 총총 내렸다. 그러면서 토니가 자기의 이야기를 묵묵히 들어 주는 것처럼, 틸리 역시 그의 이야기를 들어 줄 수 있다면 좋겠다고 생각했다.

4. 틸리와 스펀지

"틸리 플레임, 맞지?"

엔젤데커에 막 오른 틸리가 아무 빈자리에나 털썩 앉았을 때였다. 이름을 부르는 소리에 돌아보자 활과 화살을 모두 갖춘 천사가 뒷자리에 있었다. 명중반이라고 불리는, 사랑에 빠진 인간에게 활을 당기는 천사였다.

"으응……."

틸리는 순간 머뭇거렸다. 이 천사를 스쳐 지나간 적은 몇 번 있어도 이름까지는 몰랐기 때문이다. 그나마 어렴풋하게 기억이라도 하는 건 그의 화려한 연청색 날개 덕분이었다.

명중반은 수거반과 같은 계급의 지상직이지만 왜인지 카리스마가 남달랐다. 이 천사의 경우 돋보이는 날개의 색깔도 한몫을 거들었다. 인간의 생김새와 성격이 각자 다른 것처럼 천사의 날개 역시 모양과 색깔이 제각기였다. 틸리의 것은 엔젤데커와 같은 차분한 흰색이었다.

"안녕. 나는 스펀지라고 해."

해수면처럼 반짝이는 날개에 잠시 넋을 잃었던 틸리는 그의 자기소개에 하마터면 웃음이 터질 뻔했다. 스펀지라니. 카리스마 명중반에게 어울리는 이름은 아니었다.

천사의 이름에는 세 개의 계보가 있었다. '엘'로 끝나는 고전적인 이름부터 틸리를 포함해 애쉬, 피트, 마이크 같은 평범한 이름, 그리고 스콘 또는 스펀지처럼 일반 명사가 이름이 되는 경우다. 마지막은 상상 친구 업무를 하며 얻은 이름일 가능성이 컸다. 스펀지도 그랬을 거라고 틸리는 추측했다.

"지금 속으로 웃은 거 다 알아."

"미안."

"괜찮아. 나는 이 이름을 좋아하니까."

스펀지는 허물없는 자매처럼 틸리의 옆으로 자리를 옮기며 명랑하게 재잘거렸다.

"부서 이동 전에 상상 친구로 일할 때 작은 친구가 지어 준 거거든. 그 애의 이름은 토니 오넬리였어."

별다른 생각 없이 스펀지의 수다를 듣던 틸리는 익숙한 이름에 화들짝 놀라고 말았다. 스펀지는 그런 틸리의 반응에도 아랑곳없이 계속 말했다.

"내 머리카락 색깔이 토니의 목욕 스펀지 색깔이랑 같아서 그렇게 된 거야."

작은 토니를 회상하며 스펀지는 함박 미소를 지었다. 틸리도 함께 웃었다면 좋았겠지만 그럴 수 없었다. 스펀지가 토니의 이야기를 꺼낸 것이 그저 우연인지 아니면 모종의 의도가 있는 것인지 구분할 수 없어서였다. 상상 친구가 아닌 특정 인간을 향한 천사의 애착은 엄격한 금기 사항이자 타락이었다.

"토니의 첫 번째 꿈은 소방차 운전사였는데 결국 더블데커 기사가 됐다니. 결론적으로 빨간색의 커다란 차를 몰게 된 건 똑같아서 엄청나게 신기했다니까."

"아아."

틸리는 말을 최대한 아끼는 동시에 귀를 한껏 기울였다. 아무리 미심쩍은 상황이라 해도 토니의 상상 친구에게 듣는 그의 어릴 적 이야기를 놓칠 수 없었다.

"토니는 수줍음을 정말 많이 탔지만 그만큼 신중하고 인내심도 좋았어. 고집쟁이의 면모도 조금 있었지."

틸리도 거기엔 동의했다. 버스 운전이든 짝사랑이든 하나를 지긋이 오래 해 나가는 걸 보면 정말로 그런 것 같았다 그런데 짝사랑이라는 단어를 떠올린 순간, 틸리는 중요한 사실 하나를 퍼뜩 깨달았다.

"아."

토니의 등에 꽂힌 화살의 깃이 스펀지의 날개 색깔과 똑같았다.

"그렇다면 네가 그 화살을……."

"맞아, 1년 전에 그걸 쏜 게 나야. 명중반 중에 마침 내가 제일 가까웠거든. 지상이나 천국이나 세상은 참 좁다니까. 안 그래?"

그러면서 스펀지는 20년 만에 토니와 재회한 그날을 회상했다. 토니가 사랑에 빠진 상대는 야간 근무를 마치고 퇴근하며 새벽에 식사하러 들르는 샌드위치 바의 직원인데 이름은 맨디고 이미 연인이 있는 사람이라고 했다.

스펀지는 잘 자란 토니를 다시 보게 되어 무척 반가웠다. 다만 시위를 당길 때는 이 화살이 금방 거두어지리라고 생각했다. 토니는 상대방을 멀찍이서 지켜보기만 할 뿐 가까이 다가갈 의지가 없어 보였기 때문이다. 그런 경우에는 화살에 먼지가 금세 끼기 마련이었다.

"하지만 그 화살은 아직 예쁘게 살아 있는걸."

"오, 역시 너는 토니를 알고 있는 거네? 그 화살의 상태까지 말이야."

아뿔싸. 틸리는 벼락을 맞은 것처럼 아찔해졌다. 어느 시점부터인가 너무나 많은 이야기를 해 버리고 있었다.

틸리는 입을 벌린 채 얼음장처럼 굳어 버렸다. 그와 반대로 스펀지는 완전 흥미진진하다는 표정이었다.

"그럼 너, 정말로 인간과 사랑에 빠져서 타락을 향해 달려가고 있는 거야?"

스펀지의 입에서 나온 엄청난 단어에 틸리는 정색했다.

"대체 무슨 말을 하는 거야, 스펀지!"

"그렇잖아? 수거할 화살이 있는 것도 아니고 옛 상상 친구도 아닌데, 천사가 단 한 명의 인간만 바라보고 있다면…… 뻔하지."

"혹시 날 미행이라도 했어?"

"아니, 블랭크라는 악마가 알려 주던데?"

스펀지는 오늘 지상에서 블랭크를 마주쳤다고 했다. 블랭크는 요즘 틸리 플레임이 안 보인다며 스펀지에게 같은 화살반이냐고 말을 붙여 왔고, 스펀지는 화살반이 아니라 명중반과 수거반이라고 단어를 정정하다가 그 모든 이야기가 시작된 것이었다.

틸리는 다음번에 블랭크를 만나면 가만히 두지 않겠다고 다짐했다. 블랭크는 호시탐탐 틸리의 타락을 노렸다. 천사 하나의 타락은 지옥에서 아주 큰 실적으로 인정받았다.

"상대는 악마잖아. 네가 설마 그 녀석 말을 다 믿는 건 아닐 테고, 농담도 정도껏 해."

틸리는 가까스로 침착함을 유지하며 말했다.

"그래서 당사자에게 직접 확인하는 거 아니겠어. 그게 정말인지."

스펀지는 여전히 틸리의 대답을 기다리는 중이었다.

틸리는 고개를 저었다. 타락은 결코 아니었다. 만일 타락의 영역에 진지하게 발을 들일 각오였다면 운전석 뒷자리에 앉아 혼잣말하는 정도로 끝나지 않았을 것이다. 모든 업무를 다 내 팽개치고 토니만 졸졸 따라다니며 오직 그만을 위한 축복과 위로를 아낌없이 쏟아부었겠지. 그래도 성에 차지 않아 결국 블랭크의 유혹에 굴복해 인간의 모습을 뒤집어쓰는 능력을 거래하고 토니를 만나러 갔을 것이다. 거기까지 이루어져야 엄연히 타락이라고 할 수 있었다.

틸리는 나약한 천사가 아니었다. 경거망동하지만 않으면 이 호기심은 결국 시간이 해결해 줄 거라고 믿었다. 틸리의 등에 꽂힌 보이지 않는 화살 깃에도 먼지가 수북이 끼고 투명 거미들이 둥지를 틀게 될 날이 올 거라고. 이 시간도 결국 찰나라고.

"그러니까…… 천사의 연민이야, 스펀지. 괴로워하는 모습을 보고 그냥 지나칠 수 없어서 잠시 머물러 주는 것뿐이라고."

틸리는 여기서 이 대화를 일단락하고 싶은 마음으로 말했다.

"그럼 그 화살을 거둬 보면 어때?"

그런데 스펀지가 뜬금없는 이야기를 꺼냈다.

"무슨…… 화살?"

"너는 수거반이잖아. 네가 직접 토니의 등에 있는 화살을 뽑으면 어떻겠냐고 물어보는 거야. 괴로워하는 모습을 보기 힘들다면 말이야."

틸리는 말문이 막혔다. 도대체 어째서, 무엇을 위해서냐는 표정으로 스펀지를 보았다.

"솔직히 명중반 장기근속하면서도 등으로 쏘는 화살은 딜레마거든. 이건 대체 누구를 위한 무엇을 위한 명중인지 말이야. 물론 한 인간이 짝사랑이라는 십자가를 겪으면서 성숙해진다는 것은 알고, 우리는 자유의지법에 따라 사랑이 자라난 마음을 발견하면 활을 당길 의무가 있으니 실행할 뿐이지만……."

스펀지는 쓸쓸한 표정으로 말했다.

"나는 명단을 작성할 수는 있어도 화살 수거 권한은 없어. 그런데 너는 할 수 있잖아. 토니라면…… 흉터가 남아도 잘 견뎌낼걸."

"……뭐?"

명단에 없는 사람의 화살 수거는 명백한 질서 위반이었다. 게다가 아직 시들지 않은 화살을 뽑으면 짝사랑으로 인한 괴로움은 가벼워져도 흉터가 남는 부작용이 생긴다. 말도 안 되는 일이자 아무에게도 도움이 안 될 일이었다.

스펀지는 어째서 이런 위험한 발언을 하는 걸까. 틸리가 생각한 이유는 딱 하나였다.

"너, 블랭크의 말을 믿는 거구나?"

틸리의 질문에 스펀지는 잠시 침묵을 지키다가 입을 열었다.

"정말로 타락할 생각은 아닌가 보네, 틸리 플레임."

"그걸 말이라고 해?"

"나는 네가 그 녀석에게 헤일로를 팔아넘길 각오는 한 게 아닐까 했는데."

"왜?"

"그 악마가 네 영혼 정도는 벌써 취한 것처럼 자신만만하기도 했고, 이런 경우는…… 결과가 대체로 그렇게 되니까."

틸리는 어처구니가 없는 한편 마음이 조마조마했다. 스펀지의 이다음 말은 '그게 사실이라면 대천사님께 보고하려고 했지'가 될 것 같았다.

스펀지는 주위를 한번 둘러본 다음 목소리를 확 낮추며 말했다.

"정말 그럴 각오라면 자매의 타락은 매우 안타깝지만, 나의 경험적 통계를 근거 삼아서 유용한 조언을 해 주고 싶었거든. 그런데 그게 아니라면 더는 할 말이 없지."

이건 또 무슨 소리인가. 타락을 결심한 천사가 있다면 말려야지 조언이라니. 이거야말로 대천사에게 보고해야 할 위험한 발언이었다. 그러나 제 마음에 솔직하지 못한 틸리 역시 무결하지 않기는 마찬가지였다. 스펀지도 알면서 눈감아 주는 것일지도 몰랐다. 틸리는 지금 생겨난 이 호기심을 지나쳐 보내는 대신 스펀지에게 슬그머니 묻는 방법을 택했다.

"명단에 없는 화살을 거두는 게…… 대체 무슨 의미가 있는데?"

스펀지가 씨익 웃었다.

"생각해 봐. 만일 네가 인간의 껍데기를 입고 지상에 떨어졌을 때 토니가 다른 사람을 사랑하고 있는 상태라면 좋겠어?"

명중반 장기근속 천사 스펀지의 시나리오는 치밀했다. 인간과 사랑에 빠져 악마와의 거래를 감행한 천사가 그 인간에게 꽂혀 있던 화살을 미리 제거해 두지 않아 이도 저도 안 된 사례가 꽤 많다는 것이었다.

스펀지는 그 이야기들을 하나하나 자세히 해 줄까 했으나 틸리가 단호히 거절했다. 여기서 이야기가 더 진척됐다가는 진짜 타락해 버린 기분이 들 것 같아서였다.

5. 틸리와 스콘

"그러니까, 이런 건…… 흔한 일인가요?"

미간을 찡그리며 묻는 스콘에게 틸리는 바로 대답하지 못했다. '이런 것'의 의미가 분명하지 않았다. 인간을 향한 천사의 짝사랑인지, 수거반 천사가 멀쩡한 화살을 임의로 뽑는 것인지. 아니면 타락을 독려하는 동료 천사인지. 그중에 무엇이냐고 틸리가 묻자 스콘은 셋 다라고 했다.

"아니, 그건 아닐걸요."

틸리는 그렇게 결론짓고 나서야 대답은 어차피 하나뿐이라는 사실을 깨달았다. 셋 다 흔한 일은 아니었다.

오늘 밤도 엘리엇네 뒷마당이었다. 스콘은 엘리엇의 그네에 올라앉아 바람에 몸을 맡겼고, 틸리는 작은 원형 트램펄린 위에 앉아 있었다. 스콘의 헤일로가 가까워졌다 멀어졌다 하며 규칙적인 포물선을 그리는 게 마치 반딧불이 날아다니는 듯 했다.

틸리는 대천사의 전언을 가지고 왔다가 본론은 미뤄 둔 채 제 속을 먼저 털어놓고 말았다. 다른 때 같으면 이런 고백은 토니의 등을 향해 했겠지만 오늘은 예외였다. 스콘이 먼저 걱정스럽게 물었기 때문이다. '틸리, 헤일로가 축 처졌는데 무슨 일 있어요?'라고.

틸리는 스콘에게 들르기 전 이미 211번 더블데커에 갔었다. 평소처럼 독백이나 늘어놓을 생각에서였다. 그런데 버스에 올라 토니의 얼굴과 푸른 화살 깃이 흔들리고 있는 등을 보자 이제껏 하지 않았던 질문이 꿈틀대기 시작했다.

이 화살을 정말로 거둔다면? 왜 지금까지는 그 생각을 하지 못했을까. 내가 매일 하는 일이 화살 수거인데 지나치게 익숙한 일이라 오히려 어둡게 보였던 걸까. 스펀지의 말처럼 화살을 먼저 거둔 다음 블랭크든 누구든 악마 하나와 거래를 한다면? 그 땐 토니의 등을 향해 일방적으로 고해하는 것이 아니라 정식으로 마주할 수 있게 된다. 눈을 맞추며 인사하고 대화할 수 있다. 어쩌면 서로 한눈에 반하게 될지도 모른다. 그럼 우리는 많은 것들을 함께할 수 있을 것이다.

마음이 크게 들썩였다. 블랭크가 어디선가 자신을 훔쳐보며 이젠 거의 다 됐다고 미소 짓고 있을지도 모를 그런 순간이었다. 돌아보면 근처에 그 녀석이 있을 것 같았다. 틸리는 도망치듯 211번 버스를 빠져나왔다.

틸리가 거기까지 이야기를 마쳤을 때 스콘의 눈동자와 헤일로는 아주 초롱초롱해져 있었다. 천국과 천사의 규율에 관한 이야기를 나누거나 부서 이동 상담 때와는 집중도가 확연히 달랐다.

"그래서 화살은요? 뽑았어요?"

"설마요. 그대로 있죠. 토니의 등에."

"이런."

메고 있는 화살통에 연청색 깃이 없다는 걸 확인시켜 주자 스콘은 실망한 기색이었다.

"이런이 아니라 다행이라고 해 줘죠."

"미안해요, 틸리. 하지만 궁금하잖아요? 그런 식으로 화살을 거두면 어떻게 되나."

그건 굳이 해 보지 않아도 수거반이라면 누구나 아는 지식이었다.

"부작용이 있어요. 아물지 않은 딱지를 억지로 떼어 내는 거랑 같거든요. 결국은 흉터가 남아요."

화살을 뽑는 즉시 짝사랑으로 인한 고통은 사라진다. 그 흉터라는 것도 인간의 눈에는 보이지 않는다. 하지만 남은 평생 불현듯 한 번씩 자각하게 되는데 흉터의 다른 이름은 바로 공허함이었다. 삶이 무의미하게 느껴지고 자신은 무쓸모하다는 느낌. 잘 지낼 때 자각하지 못하지만 내면이 약해져 있거나 힘겨운 일을 겪을 때 한 사람을 무너뜨리는 기폭제가 되기도 한다. 스콘은 천천히 고개를 끄덕이며 듣다가 입을 열었다.

"그런데 사람은 누구나 그런 순간을 맞닥뜨리지 않아요? 인생이 그런 거잖아요. 그렇게 못난 나를 감싸거나 때로는 견디거나, 아니면 에라 모르겠다! 하고 잊어버리면서 내일을 맞이하는 거."

스펀지도 아마 비슷한 견해였을 거라고 틸리는 생각했다. 인간은 대체로 부정적 감정을 다뤄 나가며 성장하니까. 토니처럼 묵묵한 사람이라면 더더욱 잘 견뎌 나갈지도 몰랐다.

"하지만 나는…… 토니의 고통이 더 깊어지게 만들고 싶지 않은걸요."

"이런."

스콘이 다시 탄식했다.

"정말로 토니를 좋아하는군요. 틸리."

"스콘!"

뒷마당에는 두 천사 외에 아무도 없었지만 틸리는 소스라쳐 놀라 사방을 훑었다. 스콘이 킥킥 웃었다. 그러고는 엘리엇과 놀 때처럼 짓궂은 표정을 하고 손으로 입에 지퍼 채우는 시늉을 했다.

"안심해요, 틸리. 그리고 나도 안심할게요."

"무슨 말이에요?"

"틸리가 나에게 이런 이야기를 털어놓은 건, 적어도 내가 이번에는 저 위로 올라가지 않아도 된다는 뜻 같아서요. 맞죠?"

스콘의 추측은 정확했다. 틸리는 오늘 대천사의 전언을 가져왔다. 스콘이 지상직으로 계속 있어도 좋다는 허락이었다. 그 이야기를 들은 스콘은 훨씬 편안해진 얼굴로 틸리에게 물었다.

"어디까지나 만약이지만 그렇게 화살을 뽑게 되면…… 틸리는 어떻게 되나요?"

"적어도 더는 지상직을 못 하게 되겠죠."

"그럼 우리의 뒷마당 모임도 끝이겠군요."

"아마도요."

"이건 그냥 노파심에 묻는 건데 설마 타락하지는 않을 거죠?"

"그렇…… 겠죠?"

틸리는 질문 비스무리한 그 말로 대답을 대신했다. 오늘 이 뒷마당에서 정체성에 대한 의심에 사로잡혀 있는 천사는 스콘이 아니라 자신 같았다.

사실 악마와의 거래로 인간이 되는 방법에는 맹점이 있었다. 처음에는 사랑하는 이와 함께한다는 사실만으로도 모든 것이 충만하겠지만 시간이 흐르며 밀려드는 거대한 괴리감이 문제였다. 타락을 선택한 천사는 인간의 진짜 육신과 영혼을 소유한 것이 아니라 흉내 내는 재주를 얻는 것에 불과하기 때문에 그들의 한계와 죄, 어리석음 같은 불완전함에 공감하지 못한다. 영생과 안식을 이미 맛본 존재로서 결코 넘을 수 없는 벽을 앞에 두고 살아가는 것과 마찬가지인 셈이다.

천사라면 누구나 아는 내용이었다. 그럼에도 불구하고 유혹에 흔들리는 그 순간만큼은 믿음과 이성이 제대로 작동하지 않기에 결국 타락을 택하고 마는 것일 테다.

틸리는 이제 그만 전언을 빙자한 고해성사를 끝내기로 했다. 엔젤데커를 타야 할 시간이었다.

"아무튼 엘리엇과 작별한 뒤에 만나게 될 아이를 위에서 곧 정해 주실 거예요."

"고마워요, 틸리."

"뭘요. 말씀을 대신 전할 뿐인데요."

"아니, 오늘 대화 말이에요. 평소와 다르게 꽤 즐거웠거든요."

"네?"

"난 틸리에게 아무 고민도 없는 줄 알았어요. 언제나 거룩하고 믿음직해 보여서요. 그야말로 천사답게."

틸리는 픽 웃었다. 신께 맹세코 자신은 그런 멋진 천사가 아니었다. 만일 그렇게 보였다면 업무적 특성이었을 것이다. 명중반이 쾌활하고 역동적으로 보이듯 차분하고 엄숙한 이미지는 수거반의 특징이었다. 사랑을 잃거나 잊은 사람들 앞에서는 자연히 그럴 수밖에 없었다.

"말도 안 돼요. 오늘 들은 대로 난 그렇게 대단하지 않아요."

"믿음을 가지라고요, 자매여."

틸리는 다시 한번 웃었다. 오늘 토니의 등을 대신해 이걸 들어 준 스콘이 고마울 따름이었다.

6. 틸리와 토니, 그리고 블랭크

211번 야간 더블데커의 승객은 2층 맨 앞자리에 앉은 50대 여자 한 명이었다. 이름은 올리비아. 틸리가 거둬야 할 오늘의 마지막 화살이 그의 가슴에 꽂혀 있었다.

오늘 틸리는 버스의 출입문으로 들어가는 대신 공중으로 날아올라 곧장 2층으로 향했다. 운전석의 토니를 보면 '천사답지' 않게 마음이 어지러울 것 같았다. 지난번과 같은 유혹에 시달리고 싶지 않았다.

올리비아는 얼마 전에 이혼했다. 배우자는 이미 오래전 그에게서 마음이 떠났으나 올리비아는 이제야 비로소 혼자 매달리는 일을 끝내기로 결정했다. 이혼 서류에 서명을 하고도 마음이 정리되기까지는 시간이 한참 걸렸다. 지금도 눈썹에는 눈물이 걸려 있고 마스카라도 살짝 번져 있지만 마음은 후련해 보였다.

화살은 완전히 메마르다 못해 쩍쩍 갈라져 있었다. 명중반의 기록에 따르면 벌써 20년이나 된 화살인데 끝에 매달린 흰색 깃은 천사의 날개에서 막 떨어진 것처럼 깨끗했다. 마지막까지 사랑을 지키고자 애쓴 흔적이었다. 바로 이런 화살이었다. 거둘

때 바람이 빠지는 듯한 감각이 찾아오는 화살은.

틸리가 화살을 뽑는 순간 올리비아는 코를 찡긋했다. 그리고 차창 너머를 지긋이 바라보다가 내려야 할 곳이 가까워지자 하차 벨을 누르고 아래로 내려갔다. 틸리도 날개를 펼쳐 버스를 떠나려 할 때였다.

"야경은 충분히 즐기셨나요, 부인?"

아래층에서 남자의 목소리가 들려왔다. 틸리는 바닥에서 한 뼘 떨어졌던 발을 도로 내려놓았다. 지금 이 더블데커에 타고 있는 남자는 토니 한 사람뿐이었다.

틸리는 계단을 따라 아래층으로 내려와 올리비아의 옆에 나란히 섰다. 저 앞에 운전 중인 토니의 등이 보였다. 틸리는 영혼 깊은 곳까지 긴장해야 했다.

"덕분에요."

올리비아는 살짝 목이 멘 소리로 대답하면서도 미소를 지어 보였다. 토니도 백미러로 눈인사를 건네며 대화를 이어 갔다.

"더블데커 2층 앞자리는 역시 야경 명소니까요."

토니의 자리에는 위층의 상황을 살필 수 있는 모니터가 있었다. 울면서 버스에 오른 승객이 내내 신경 쓰인 모양이었다.

"그러게요. 이런 시간에는 처음인데 독차지할 수 있어서 좋았어요. 낮에는 관광객들이 서로 앉고 싶어 하는 자리잖아요."

"야경이 보고 싶어지면 언제라도 또 타세요."

"그래야겠군요."

"골드스미스역입니다. 좋은 하루 시작하세요, 부인."

"고마워요. 기사님도요."

화살이 뽑히며 빠져나간 바람 정도는 괜찮다는 듯 올리비아
는 새벽의 어둠 속으로 성큼 걸어 나갔다.

"출발합니다."

토니는 문을 닫으며 평소에는 하지 않던 혼잣말도 했다. 틸
리는 혹시 운전사가 토니와 닮은 다른 사람으로 바뀐 것은 아
닌지 가까이 다가가 확인했다. 짧고 검은 곱슬머리에 완만하게
처진 눈가. 핸들을 한 번씩 톡톡 두드리는 왼손 검지. 신호등을
응시하는 무심한 표정. 그리고 등에 꽂힌 푸른 깃의 화살. 토니
가 맞았다.

"승객에게 말을 거는 건 처음 봤어요, 토니."

그뿐 아니라 틸리가 그의 목소리를 들은 것도 처음이었다.

"그냥 평범하게 굿나잇으로 할걸."

토니의 혼잣말이 이어졌다.

"새벽 3시에 좋은 하루 시작하라니 바보 같은 인사였어. 기분
도 울적해 보였는데."

인간이 후회라는 것을 할 때 보이는 몇 가지의 패턴이 있는
데 혼잣말이 그중 하나였다. 어떤 혼잣말은 기도가 되기도 하
지만 토니에게 그럴 의지는 보이지 않았다. 틸리는 그의 말이
외롭게 흩어지지 않도록 격려했다.

"아뇨, 나는 멋진 인사라고 생각한걸요. 당신이 올리비아를

웃게 했어요."

"차라리 아무 말도 하지 않는 게 나았을지도 몰라. 맨디에게도 그렇고."

"맨디요?"

토니가 짝사랑 중인 그 사람의 이름이었다.

"아무것도 해결해 줄 수 없는 내가 정말 싫어."

"무슨 일이 있었는데요? 말해 봐요. 내가 듣고 있어요."

틸리가 간청했다. 이제껏 토니의 등에 제 고민을 쏟아 놓았던 것처럼 토니도 그러기를 바랐다. 그저 털어놓기만으로도 마음이 조금은 가벼워질 때가 있으니까.

토니는 긴 한숨만 내쉴 뿐 평소처럼 입을 다물었다. 백미러에 비친 얼굴에는 미처 언어가 되지 못한 고통이 가득했다. 틸리는 자기의 고정석에 앉아 그의 어깨에 손을 올렸다. 그러나 어떤 온기도 전할 수 없는 손짓이었다. 아무것도 해 줄 수 없어 슬픈 건 틸리도 마찬가지였다. 적어도 지금 혼자가 아니라는 사실만 알아준다면 좋을 텐데. 천사의 헤일로는 그에게 나아감과 멈춤을 알려 주는 도로의 신호등만도 못했다. 토니에게 아무것도 전할 수 없었다.

토니는 다음 정거장에서 아무도 타지도 내리지도 않을 문을 열어 두고 나지막하게 중얼거렸다.

"차라리 처음부터 맨디를 몰랐다면 좋았을지도."

그건 틸리가 이루어 줄 수 없는 바람이었다. 토니의 눈가에 물기가 비쳤다.

"틸리 플레임. 그렇게 보고만 있을 거야?"

틸리와 토니 둘뿐이던 버스에 새로운 목소리가 등장했다. 블랭크였다. 그가 자기를 종종 미행한다는 건 틸리도 알고 있지만, 버스에서 직접 말을 걸어온 것은 이번이 처음이었다. 가장 좋은 때를 노리고 있다가 끼어든 것이었다.

"네가 그 고집을 아주 조금만 내려놓으면 지금 바로 토니를 위로해 줄 수 있어. 눈물을 닦아 주는 건 일도 아니고."

처음에는 멀찍이 들려왔던 블랭크의 속삭임이 조금씩 가까워졌다.

"흩어져 버리는 혼잣말로 끝나는 게 아니라, 진짜 위로다운 위로 말이지."

"……참견하지 마."

틸리는 돌아보지 않았다.

"들어 봐. 그 옛날에 주님께서 괜히 지상에 연약한 육신을 입고 내려오신 게 아니라고. 인간은 몰라. 직접 보고 듣고 만질 수 없으면 말이야. 심지어 그렇게 해 줘도 결국 의심하는 게 인간인 걸 너도 알잖아."

"시끄러워, 블랭크."

"토니가 맨디를 모르는 시절로 되돌아갈 수는 없어도, 너와 사랑에 빠지면 금방 잊게 될 거야. 안 그래? 토니가 웃는 모습을 보면 너도 행복하지 않겠어? 봐, 오늘도 목소리만 조금 들었을 뿐인데 너 영혼이 잔뜩 들떴잖아. 아니야?"

블랭크의 유혹은 교묘하기 그지없었다.

"틸리, 너는 인격적이고 아름다우니까 토니도 분명 네가 마음에 들 거야. 내가 장담해. 겸사겸사 오래전의 네 아픔도 치유하고 말이야."

블랭크의 목소리는 이제 틸리의 귓가에 있었다. 틸리는 토니가 자신을 향해 틸리, 하고 이름을 불러 주는 모습을 상상했다. 방금까지 그의 목소리를 들어서인지 무척 선명하게 떠올랐다. 영혼이 떨렸다.

"틸리, 거래하자. 너는 토니를 얻고 나도 큰 실적 좀 올리고. 서로 좋은 거 아니겠어?"

블랭크는 손을 내밀어 틸리의 얼굴을 가벼이 잡아 자신을 바라보도록 했다.

틸리의 눈앞에는 틸리가 150년 전 사랑했던 소년이 서 있었다. 얼굴과 손에 검댕이 잔뜩 묻은 열다섯 살의 말라깽이 소년이 다정하디다정한 눈길과 목소리로 틸리에게 속삭였다.

"천사의 헤일로 하나는 인간의 영혼 1만 개와 같거든."

틸리는 뺨을 어루만지고 있는 그 손 위에 자기의 손을 가만히 포갰다. 눈을 감자 체온이 더 생생하게 느껴졌다. 사람의 온기가 이토록 따스했다는 것을 너무나 오랫동안 잊어버린 채로 지냈다.

푸쉬익.

그 순간 토니가 다시 버스를 움직였다. 버스 출입문이 닫히는 소리에 틸리는 블랭크가 꾸며 놓은 환상에서 퍼뜩 깨어났다. 틸리는 즉시 머리 위에서 헤일로를 끌어 내려 블랭크를 향해 겨누었다. 날카로운 촉을 가진 화살 모양으로 변한 헤일로가 자신을 향하자 블랭크는 약삭빠르게 뒤로 물러났다.

"이런이런, 틸리 플레임. 진정하라고. 무섭게 왜 그래."

"당장 지옥으로 꺼져 버려."

"알았다니까. 나도 이제 퇴근 시간이야. 안 빼앗는다고. 적어도…… 오늘은 말이야."

이후 며칠간 틸리는 매일 밤 211번 더블데커에 들렀으나 토니의 목소리를 다시 들을 기회는 없었다. 토니는 다른 승객과의 대화도 혼잣말도 하지 않았다. 그저 온전한 화살을 등에 꽂은 채 묵묵히 앞으로 나아갔다 멈췄다를 반복할 뿐이었다.

7. 틸리와 스펀지

"이제 나랑은 이야기하고 싶지 않은 줄 알았는데?"

스펀지는 활 보관소에 나타난 틸리와 눈이 마주치자 그 말로 인사를 대신했다.

"그날은…… 그랬지."

틸리는 멋쩍어하며 말했다. 오늘도 스펀지의 날개는 역시 한 눈에 시선을 끌었다. 저런 깃으로 만든 화살이라 토니도 더욱 깊은 사랑에 빠진 것은 아닐까 하는 생각마저 들었다.

"이쪽으로 와."

스펀지는 활을 정리대에 봉인한 다음 틸리의 손을 잡고 보관소 바깥으로 나갔다. 틸리의 용건이 붐비는 장소에서 이야기할 주제가 아니란 건 대강 짐작한 것이었다.

"웬일이야? 명중반 지원하러 온 건 아닐 테고."

"응, 너희는 다 멋지고 용감한걸. 나 같은 천사에게 어울리는 일은 아니지."

생기 없는 틸리의 말에 스펀지의 눈이 휘둥그레졌다.

"왜 그래, 틸리 플레임! 네가 어때서."

"글쎄. 나는……."

질문이 아니라는 것을 알면서도 틸리는 대답을 찾으려 했다. 그리고 체념하듯이 말했다.

"타락했지."

"뭐? 아하하하."

틸리의 결론에 스펀지는 끝내주게 재밌는 농담이라도 들은 것처럼 목청껏 웃었다. 먼 곳에 떨어져 있던 천사들이 그 웃음소리를 듣고 눈을 맞추며 미소를 지어 보였다. 그들은 여기에 어떤 미담이나 축복의 말이 오가는 중이라고 생각했을 것이다.

스펀지의 날개에서 깃털 하나가 팔랑 떨어져 내렸다. 틸리는 무기력한 와중에도 그것만은 얼른 붙잡았다. 천사가 웃을 때

떨어지는 깃털이 화살 깃이 되기 때문이다.

스펀지는 틸리가 내민 깃털을 건네받고는 틸리가 꺼낼 말을 기다렸다. 틸리는 한참 뒤에야 입을 열었다.

"틸리 플레임은 내 진짜 이름이 아니야. 아직 인간이었을 때 나는 어느 테일러 하우스의 하청 재봉사였는데, 공방 인근에서 굴뚝 청소하던 소년이 지어 줬던 별명이지. 그 애는 이웃들 이름을 제멋대로 지어서 부르는 습관이 있었거든. 그래도 그 이름을 들을 때면 기분이 좋았어. 그 순간만큼은 끝나지 않는 일감에 파묻힌 내가 아니라, 왠지 다른 사람이 된 것 같았으니까. 헤이, 틸리 플레임. 좋은 아침이야. 틸리 플레임. 네 머리카락은 굴뚝에서 보는 노을 같아. 틸리 플레임. 꿈에서 만나면 또 인사해 줘."

그 청소부 소년은 열여섯 살이 되던 해에 굴뚝 안에서 추락해 세상을 떠났고, 틸리의 마음은 더 높은 곳에서 떨어져 내린 것처럼 산산조각이 났다.

매일 손가락을 바늘에 찔려 가며 해야 하는 산더미 같은 노동, 처음으로 좋아한 소년을 세상에서 떠나보내야 했던 어느 하루, 스무 살에 난데없이 앓게 된 폐결핵과 죽음. 틸리에게 삶이란 오늘의 고통을 지나 또 다른 고통에 다다르기를 반복하는 여정이었다. 그 캄캄한 터널 속에서 틸리 플레임이라는 이름만이 눈앞을 밝혀 주는 횃불 같았다.

"하지만 틸리, 지상의 그런 고통은 이제 너를 잡아먹지 못하잖아? 우리는 천국의 안식에 들어왔으니까."

"응. 그저 기억으로만 남아 있을 뿐이지."

천국에 도착한 틸리는 긴 안식을 누리다가 대천사의 권유로 화살 수거를 시작했다. 적성에 잘 맞아서 부서 이동 없이 계속 해 나갔기에 다른 이름을 얻을 기회는 없었다. 그러다 보니 틸리 플레임이라는 이름을 지금까지 그대로 쓰게 되었다.

"사실 오늘 블랭크의 속삭임에 흔들렸어. 껍데기뿐이라 해도 토니의 곁에 있다면 뭔가 해 줄 수 있을 것만 같아서. 뭐라도 말이야. 적어도 내가 보이지도 들리지도 않는 상태는 아닐 테니까."

"블랭크가 그렇게 유혹했군."

"역시 가장 큰 고통이 그거잖아. 내가 해 줄 수 있는 일이 하나도 없다는 무력감."

토니도 맨디를 향해 같은 고통을 느끼고 있는 것 같았다. 틸리는 그 자세한 내막을 알고자 지금 스펀지를 찾아온 것이었다. 사랑의 역사를 기록하는 것도 명중반의 일이었다. 스펀지는 기록장을 열었다.

"맨디의 연인은 폭력적인 사람이야. 말과 행동 모두. 맨디는 그에게 벗어나야 한다는 걸 머리로는 알고 있는데 마음이 따라가지 못해서 몇 년째 묶여 있어. 이런 것도 사랑의 한 형태라고 확신하면서. 그렇지 않으면 견디기가 힘드니까."

토니는 그런 상황을 알아채고 짝사랑 1년 만에 맨디에게 당신을 돕고 싶다고 겨우 고백했다. 하지만 맨디는 토니를 비웃었다. 당신이 대체 뭘 아느냐고. 네가 해결할 수 있는 건 아무것도 없으니 주제넘게 참견하지 말라고.

토니는 맨디를 단념 못하는 제 마음이 원망스러웠다. 이 문제를 해결할 수 없는 무능력함도 마찬가지였다. 토니는 지금 분명히 살아 숨 쉬고 있는 인간인데도 맨디에게 위로가 되어 주지 못했다. 틸리는 토니가 가엾었다.

"잠시만 기다려 봐, 타락 천사."

스펀지는 잠깐 자리를 비우더니 내일 자 화살 수거 명단을 가져왔다. 맨 마지막 줄에 토니의 이름이 쓰여 있었다.

틸리의 눈이 커다래졌다. 잉크가 다 마르지 않은 게 아무리 봐도 지금 막 써 넣은 것이었다. 틸리는 명단을 얼른 스펀지에게 돌려주었다. 만일 타락을 한다 해도 틸리 혼자서 해야 할 일이었다.

"이러려고 온 게 아니야, 스펀지."

"아아, 천사도 가끔은 실수할 때가 있지. 우린 주님이 아니니까."

"넌 명중반 일을 좋아하잖아? 지상직을 더는 못 하게 될지도 몰라."

"이봐, 틸리 플레임. 너무 앞서가지 말라고. 너 아직 화살 안 뽑았어."

그렇게 말하며 스펀지는 비스듬해진 틸리의 헤일로를 손으로 고쳐 수평을 맞춰 주었다.

"최종 결정은 네 몫이야. 이 고통을 어떻게 다룰지 말이야."

틸리는 명단 속 토니의 이름을 말없이 바라보았다. 이제는 잉크가 다 말라 있었다.

"오늘은 너와 토니와 맨디, 셋을 위해 기도할게."

스펀지가 파란 날개를 활짝 펼치며 날아올랐다.

"고마워, 스펀지."

"감사도 아직 일러. 결과를 보고 얘기하자고."

그러고는 저 높은 곳에서 푸른 점이 되어 사라졌다.

8. 틸리와 토니, 맨디 그리고 스콘

틸리는 야간 운행을 마친 토니의 뒤를 따랐다. 어스름한 새벽이었고 토니의 등에는 아직 화살이 그대로 꽂힌 채였다.

그가 집에 도착하기 전 화살 수거를 완료해야 했다. 틸리 계급의 천사는 인간의 초대를 받지 않은 이상 집 안으로 들어갈 수 없었다. 천사가 인간의 집에 머무르려면 상급 천사이거나 상상 친구이거나 진심 어린 기도로 부름을 받아야 했다. 스콘과 만나는 장소가 주택 공용 뒷마당인 것도 다른 이유가 아니었다.

지금 틸리는 화살 수거 명단을 들고 바로 그 뒷마당에 서 있었다. 토니를 따라오는 동안 언제 화살을 뽑을까, 정말로 뽑아도 될까 사이에서 갈팡질팡하다 결국 다다른 곳이 여기였다. 틸리는 깜짝 놀라 물었다.

"토니 여긴…… 설마 당신 여기에 살았어요?"

"틸리?"

질문은 토니의 등을 향해 했지만 대답은 스콘의 음성으로 들려왔다. 스콘이 주택 3층의 엘리엇네 집 창문을 통과해 틸리에게 곧장 날아왔다.

"갑자기 웬일이에요? 다음 아이가 벌써 정해지기라도 한 건가요? 나는 아직 마음의 준비가 안 됐는데. 아, 물론 엘리엇도요. 일곱 살 반이 되려면 시간이 남았다고요."

"아뇨, 스콘. 오늘은 그게 아니라……."

따져 묻는 스콘에게 틸리가 변명하는 사이 토니는 스콘의 몸을 통과해 점점 멀어져 갔다.

"토니?"

그때 낯선 여자의 목소리가 끼어들었다. 틸리와 스콘은 동시에 그쪽으로 시선을 옮겼다. 토니의 어깨 너머에 목소리의 주인공이 있었다. 토니를 발견한 여자는 유령이라도 본 것처럼 그자리에 굳었다.

"안녕, 맨디."

토니가 인사했다. 이 주택에 사는 사람은 다름 아닌 맨디였다.

"나는…… 막 퇴근했어요. 맨디는 출근이죠?"

어색한 미소와 함께 토니가 물었다.

"그렇지 않아도 좀 늦었거든요. 잘 가요. 토니."

맨디는 쌀쌀맞게 대꾸하며 토니를 지나쳐 갔다. 그러면서도 주변을 살피는 모습이 누군가 이 장면을 보기라도 했을까 두려워하는 듯했다.

"아아, 그렇군."

스콘이 가만히 중얼거렸다. 토니의 등에 꽂힌 화살을 보고 돌아가는 상황을 파악한 것이다.

"결국 화살을 거둘 셈이군요, 틸리."

"그것 말곤 내가 토니를 위해 할 수 있는 일이 없는 것 같아요."

토니가 오늘 맨디를 찾아온 것은, 틸리가 토니를 뒤따라온 것처럼 어떤 중대한 결의로 느껴졌다. 그게 뭐든지 토니가 스스로 후회할 일을 저지르거나, 위험에 빠지게 되는 것을 틸리는 바라지 않았다.

명단에 남은 이름은 이제 토니 하나였다. 곧 동이 틀 테고 더는 지체할 시간이 없었다.

"괜찮겠어요?"

"아마도요."

스콘의 확인 사살에 틸리는 자신에게 다짐하듯 대답했다.

"잠시만요, 맨디! 정말로 잠깐이면 돼요."

그런 틸리의 마음은 모르는 채, 토니는 왔던 방향을 되짚어 맨디에게 다가갔다. 맨디는 빠른 속도로 걸으며 차갑게 말했다.

"전에도 말했지만 당신의 마음은 받아들일 수 없어요."

"알아요. 그래서 온 게 아니에요."

성큼성큼 나아가던 맨디는 버스 정류장에 도착해서야 걸음을 멈췄다. 토니는 약간의 거리를 두고 맨디와 나란히 섰다. 그리고 틸리는 토니의 등 뒤에 섰다. 변함없이 매끈하고 곧은 화살대와 새벽바람에 흔들리는 연청색 깃이 눈앞에 있었다.

"그런데 맨디의 화살은 모양이 다르네요."

틸리의 곁에 선 스콘이 맨디를 보며 말했다. 맨디의 가슴에 박힌 화살은 원래의 곧은 형태는 오간 데 없이 이리저리 물결을 그리며 구부러져 있었다. 현재의 사랑이 애증이 되었을 때 나타나는 형태였다. 저런 화살은 금세 말라 비틀어져 당장이라도 수거 명단에 이름이 오를 것 같지만 의외로 그렇지 않았다. 사람의 감정이 아주 조금이라도 남아 있는 한 화살의 생명력은 유효했다. 사실 이런 경우 화살 스스로 더 큰 흉터를 만들 가능성이 높아 뽑아 주는 편이 오히려 나은데, 자유의지법상 멋대로 관여할 수 없는 일이라 천사들도 안타까워하는 부분이었다.

맨디의 눈은 버스 도착 알림판에만 고정되어 있었다. 89번 옆의 '2분 뒤'가 '1분 뒤'로 변하는 순간 토니가 입을 열었다.

"맨디 말이 맞아요. 나는 아무것도 해결해 줄 수 없어요. 당연히 맨디의 마음을 내가 바꿀 수도 없고요. 알아요."

"그럼 뭘 원해요?"

"아무것도요. 그저……."

도로의 왼편 저 끝에서 희미한 두 개의 빛이 나타났다. 89번 더블데커였다.

"당신이 덜 괴롭기를 바라요. 그뿐이에요."

그 말에 맨디는 비로소 토니를 바라보았다.

"그러니까 만약에라도 이야기하고 싶은 게 있다면 말이에요……. 좋은 일이든 나쁜 일이든 뭐든, 친구가 아무리 많아도 이야기할 누군가가 마침 하나도 없는 날이 인생에 한 번쯤은 있잖아요? 그럴 때…… 나라도 좋다면 들어 줄게요. 아무것도 해결해 줄 수 없겠지만 들을게요. 고통도 기쁨도요. 재미없는 농담도. 뭐든지요."

토니는 빠르게 쏟아내던 말을 멈추고 맨디의 눈을 가만히 들여다보았다.

"들어 주는 것만으로도 충분할 때가 있잖아요. 나는…… 그렇거든요."

틸리는 나도 그래요, 라고 대답하고 싶었다. 도무지 그의 화살에 손을 뻗을 수 없었다.

내내 싸늘하기만 했던 맨디의 눈시울이 붉어졌다. 어느덧 정류장에 다다른 89번 더블데커의 출입문이 열렸다. 맨디가 버스에 오르며 말했다.

"뭐예요, 그게. 천사도 아니고."

"아마 천사보다는 나을걸요. 적어도 보이고 들리니까."

토니의 대답에 맨디는 작게 웃었다. 토니의 얼굴에도 웃음이 번졌다. 틸리가 이제껏 본 적 없는 토니의 미소는 버스가 떠난 다음에도 한참을 머물러 있었다.

그 모습을 지켜보던 스콘이 강한 이의를 제기했다.

"천사보다는 나아? 너무하네, 토니. 너한테 안 보이고 안 들리는 것뿐이지 천사는 무척 바쁘다고! 너도 나중에 천국에 와 봐! 그렇지 않아요, 틸리?"

동의를 구하는 스콘의 목소리가 틸리에게는 닿지 않았다. 틸리는 화살이 꽂혀 있는 토니의 등을 두 팔과 커다란 날개로 감싸 안고 있었다.

"그동안 나의 이야기를 들어 줘서 고마웠어요. 신께 맹세코요. 잘 가요, 토니."

이제는 의지하지 못할 그 등을 부드럽게 다독이며 마지막 고백을 남긴 틸리는 양 날개를 펼쳐 힘껏 날아올랐다. 틸리는 지금 자신이 해야 할 일을 잘 알고 있었다.

89번 더블데커는 금방 따라잡혔다. 맨디는 2층 맨 앞자리에 앉아 있었고 입가에는 토니가 터뜨려 준 불꽃 같은 미소가 여전히 머물러 있었다. 그 미소가 사라져 버리지 않도록 틸리는 맨디의 가슴 깊이 박혀 있던 뒤틀린 화살을 주저 없이 뽑았다.

9. 스펀지와 블랭크

"안녕, 스펀지. 오랜만이야."

"응, 만나서 반가웠어, 블랭크."

스펀지는 블랭크가 더 가까이 다가오기 전 얼른 땅에서 발을 떼 하늘로 날아올랐다. 블랭크는 아랑곳하지 않고 능청스럽게 스펀지의 뒤를 따라 날았다. 오늘 블랭크는 머리에 뿔과 등에 검은 날개를 단 보통의 자기 모습이었다.

"천사들 바쁜 건 알지만 가끔은 좀 쉬엄쉬엄해."

"왜? 그쪽은 오늘도 이렇게 분발하고 있는데 내가 질 수 있나."

"분발이라니, 무슨. 그냥 잡담이나 하자는 거야."

"잡담 끝에는 내 헤일로를 얻고 싶겠지."

"그렇게 된다면 물론 영광이겠지만?"

"안타깝게도 그 영광은 내 취향이 아니라서. 잘 가, 블랭크."

"잠깐만! 뭐 하나만 물어보자고!"

블랭크가 다급하게 스펀지의 앞을 막아섰다. 급정거하게 된 스펀지는 블랭크를 노려보았다. 사실 스펀지는 지금 별로 바쁘지 않았다. 그렇다고 해서 말 많은 악마와 입씨름으로 시간을 낭비하고 싶은 건 아니었다.

"틸리 플레임 말이야. 그 화살반."

그 이름이 들리기 전까지는 그랬다. 이번에도 명칭 정정은 잊지 않았다.

"명중반과 수거반. 멋대로 통폐합하지 마."

"아무튼 그 틸리가 요새 안 보인단 말이지. 세상 시간으로 2년쯤 된 거 같아."

"그래?"

블랭크가 무슨 말을 할지 스펀지는 일단 들어 보기로 했다. 애가 타 보이는 악마의 모습이 약간 통쾌하기도 했다.

"타락한 걸까 싶어서 여기저기 찾아봤는데 도통 흔적이 없단 말이지. 혹시 틸리 플레임이라는 천사의 헤일로를 얻어 낸 동료가 있는지도 조사해 봤지만, 너도 알잖아? 악마들은 정보 공유에 야박하거든. 늘 실적에 쪼이니까."

"그 많은 죄악으로도 실적이 부족해?"

"내 생각에 이건 타락 같지가 않단 말이야. 왜냐면 토니의 근처에 틸리는 코빼기도 안 보여. 토니는 웬 다른 사람하고 잘 지내고 있더라고. 진짜 인간이랑."

그건 스펀지도 알고 있는 이야기였다. 토니와 맨디의 마음이 통할 수 있도록 도와준 장본인이 다름 아닌 틸리였다. 맨디의 구부러진 화살이 뽑히고 나서 가을의 문턱 즈음 찾아온 변화였다. 토니의 등에 있던 화살은 가슴으로 위치가 변했으며 맨디도 새로운 화살을 얻었다. 그 화살은 어떤 위반 사항도 없이 자유의지법에 따라 맨디의 영혼을 존중해 쏘아진 화살이었다. 스펀지의 손에 의해서.

"틸리가 타락한 게 아니라면 저 위에서 안 내려오고 있다는 건데. 설마 그런 거야?"

"궁금해?"

"왜 아니겠어. 오랜 친군데."

"걱정하는 거 같진 않네, 친구를."

스펀지의 말대로 블랭크의 눈은 불행과 고통에 관하여 듣고 싶다는 의지로 충만했다.

"천상직으로 옮긴 거야? 지상직은 아웃되고? 그렇다면 자원한 거야, 아니면 그렇게 된 거야? 아니면 그냥 안식년?"

"그게 왜 중요해? 어차피 앞으로 안 볼 텐데."

"아, 제발."

"안부는 전해 줄게. 틸리가 네 이름을 기억이나 할는지 모르겠지만 말이야."

"그러니까 저 위에 있다는 건 맞는 거지? 그렇지? 아직 아무도 틸리의 영혼을 갖지 못한 거지?"

여전히 희망의 싹을 뽑지 못한 블랭크가 스펀지를 닦달했다.

틸리는 명단에 없는 화살을 뽑은 책임으로 지상직을 그만두어야 했다. 그래서 일단 저 위로 올라가게 된 것까지는 맞았다. 다만 처벌의 개념이 아닌 여러 유혹에 흔히 시달리는 지상직 장기근속 천사를 위한 안식년이었다. 원칙을 어긴 지상직 천사에 대한 통상 절차 정도는 악마들도 알기에 여기까지는 블랭크도 추측할 수 있는 내용이었다.

아무 대꾸 없는 스펀지에게 블랭크가 다시 물었다.

"그럼 언제까지 위에 있는 거야?"

"뭐라고 하는 거야. 난 틸리가 위에 있다고 한 적 없는데."

"안부 전해 준다며! 그게 그 말 아냐?"

"글쎄, 너 좋을 대로 상상해."

"스펀지!"

스펀지는 블랭크를 떼어 내기 위해 지나가는 엔젤데커를 히치하이킹으로 세웠다. 명중반으로 일하는 마지막 날을 기념해 지상에서 조금 더 사색에 젖어 있고 싶었는데 본의 아닌 정시 퇴근이 되고 말았다.

하얀 버스에 오르자 스펀지의 인사이동을 알고 있던 자매와 형제들이 축복을 건네 왔다. 스펀지라면 언제 어디서든 천사다울 거라고. 스펀지는 고마워하면서 빛나는 미소로 화답했다. 사실 천사답다는 것은 대체 무엇인지 스펀지도 잘 몰랐다. 지난 몇 세기에 걸쳐 지상과 하늘 사이를 오르락내리락하면서도 늘 알 듯 말 듯 했다. 틸리 플레임도 비슷했을 거라고 스펀지는 생각했다. 그래서 지난 인사이동 선택지 중 틸리가 감히 '하강'을 골랐을 때도 스펀지는 그리 놀라지 않았다.

하강은 인간으로 새로 태어나는 일이었다. 다시 고통의 한복판에서 가장 연약한 존재로 생을 시작하는 것. 그 어떤 기억도 남아 있지 않은 채로 모든 것을 처음부터 느끼고 배우며 상처 입고 때론 상처를 주면서, 믿고 실망하고 울고 웃는 일을 해 나가는 것이었다.

엄연한 지상직으로 분류되어 있으나 이미 영생과 안식을 맛본 천사가 하강을 선택하는 경우는 거의 없었다. 이제부터 어떤 삶을 살게 될지, 천국으로 다시 돌아올 수 있을지 아닐지도 알 수 없었으니까.

하지만 틸리는 런던의 돌바닥 위를 달리는 더블데커의 흔들림을 생생하게 느껴 보고 싶어 했다. 멀미라는 감각이 찾아오면 창문을 열고, 옆자리에 앉은 모르는 승객과 오늘의 날씨를 찬미하거나 원망하는 인사를 나누고 싶었다. 그런 일을 해 보기 위해서는 틸리가 일단 인간으로 태어나야 했다.

지금 틸리는 엘레나라는 사람의 뱃속에서 무럭무럭 자라나는 중이었다. 새로 얻게 될 이름은 라일리. 예정된 생일은 5월 1일로, 스펀지는 그날 곧장 라일리를 찾아갈 계획이었다. 다시 상상 친구의 직무로 돌아가는 자신에게 그 아이가 말이 트였을 때 어떤 이름을 주게 될지 조금은 기대하면서.

큐레이션

『이토록 아름다운 세상에서』, 현대문학, 2022년 10월

"아시다시피 나는 로렌스 새들러입니다. 다들 로리라고 부르죠. 당신은요?"

로리 새들러의 음성은 오랜 시간 다듬어진 테너 바리톤의 음색을 듣는 듯했다. 울림이 좋은 목소리였다. 자정으로 향하는 밤, 친밀한 이와의 농익은 대화나 낮게 틀어 놓은 달콤한 음악을 닮았다. 물결처럼 은은하게 의식을 차지해 나가는 그런 목소리.

당연히 젠은 고객인 그의 이름을 알고 있었다. 굳이 그의 음성으로 재확인할 필요는 없었으나 마다할 기회가 없었을 뿐이다. 목소리의 매력에 사로잡힌 탓은 아니다. 로리가 젠을 암체어에 꼼짝없이 붙들어 놓았기에 듣지 않을 방법이 없었다. 끈이나 테이프 따위 없이도 로리는 젠을 그렇게 고정해 둘 수 있었다.

"의미 없는 질문이네."

젠은 턱을 들며 쏘아붙였다. 식은땀에 젖은 머리카락은 볼과 목덜미에 질서 없이 엉겨 붙었으며, 오한으로 몸이 떨리고 이가 맞부딪쳤다.

그런 젠을 로리는 3미터 떨어진 암체어에 마주 앉아 보고 있었다. 젠이 앉은 것과 한 쌍일 고풍스러운 오크나무 의자였다. 19세기 빈티지 제품일지도 모른다. 다리의 접합부는 수차례 보수를 거친 흔적이 있었음에도 바로 어제 광택제를 새로 칠했다고 해도 믿을 만큼 윤기가 흘렀고, 팔걸이에 새겨진 음각 장식엔 먼지 한 톨 없었다. 멋모르는 방문객이 보아도 이 암체어 세트는 주인이 아끼는 물건이었다. 총애까지는 아니라고 해도, 거기에 앉은 젠보다는 나은 대접을 받을 게 분명했다.

런던의 동남쪽, 라임 하우스 변두리에 위치한 이 아파트는 무례하고 외설적인 그라피티를 자랑하는 외벽으로 유명했다. 거주자들은 몸이나 마음이 병든 경우가 대부분이었고, 아름다움과 질서, 규범 같은 것에 관심이 적었다. 문패나 호수가 없는 채 방치된 가구도 많아서, 젠은 소포를 배달할 때마다 오배송이 없도록 특별히 신중해야 했다.

즉 군더더기라고 할 만한 게 없는 정돈된 이 집 안의 분위기 그 자체로 이상 징후였다. 현재 정신이 혼미한 젠에게도 그 불쾌한 결벽은 잘 보였다.

"이름 따위 벌써 캐냈을 거잖아."

젠은 확신했다. 불가해한 힘으로 타인의 몸을 통제하는 기분 나쁜 존재에게 그런 건 일도 아닐 것 같았다.

"아뇨. 그건 내 능력 밖의 일입니다. 정말이에요."

로리는 안타까움을 드러내며 다리를 꼬았다. 회색 후드티에 한쪽 무릎이 찢어진 청바지 차림인데도 고전적인 의자와 묘하게 조화를 이루는 모습이었다. 말쑥한 청년의 얼굴을 한 이 괴물의 나이는 어느 정도일까. 겉으로는 젠과 그다지 차이가 없었다. 그러나 긴 세월에 걸쳐 연마되었을 음성과 시선의 힘이 다소 어리숙한 인상의 외양쯤은 간단히 압도해 버렸다.

"그러니 협상 전 적절한 통성명은 필요하지 않을까요."

젠은 입술을 짓이겼다. 저 문 안에 사는 로리 새들러라는 인간은 뭐 하는 녀석일까. 의문이 드디어 해소된 날이지만 그 방식은 유쾌하지 않다.

"……제이니 온."

"배달부 제이니. 아니면 책 도둑 제이니. 반가워요."

상냥한 목소리만은 악수라도 청할 기세였으나 이내 젠에게 찾아온 것은 타오르는 통증이었다. 젠은 신음을 토했다.

반 시간 전 젠이 의식을 잃은 사이, 오른팔에는 송곳에 깊이 찔린 듯한 상처가 새겨졌다. 로리 새들러의 짓이었다. 그가 그 상처를 응시할 때마다 젠의 몸에는 통증이 동심원처럼 번져 나갔다. 그의 이빨 독과 함께.

로리 새들러는 괴물이다. 그것을 부정할 생각은 없다. 세상엔 차가운 이성으로 설명할 수 없는 일들이 많다는 것쯤은 젠도 안다. 젠이 악을 썼다.

"망할, 아프다고! 책 따위 보상하면 될 거 아냐!"

"내가 원하는 협상은 그게 아니에요."

로리는 상체를 앞으로 살짝 굽혔다. 젠은 그만큼 몸을 뒤로 빼고 싶었으나 의지대로 움직여지지 않았다. 할 수 있는 것은 눈빛을 좀 더 날카롭게 벼리는 것뿐이었다.

"절도죄를 처벌하고 싶었다면 경찰을 불렀겠지만, 사사로운 의문이 생겨 실례를 무릅쓰고 초대를 범했으니 그건 용서하세요."

초대를 범하다라, 서로 어울리지 않는 단어의 나열도 로리가 말하니 어쩐지 그럴듯했다. 그가 상처에서 시선을 거두자 젠은 짧은 한숨을 내쉬었다.

"배달부인 당신이 더 잘 알지만 내가 중개인에게 주문하는 상품은 모두 서적입니다. 분야는 무작위. 집필 시기도 언어도 천차만별에 가격도 그렇죠. 때로는 정식 출간물이 아닌 비밀스러운 책도 있었고…… 마치 예전의 금서처럼요."

젠은 그 '금서'를 훔친 적도 몇 번 있었다.

"아무튼 탐독가인 내겐 대부분 지루하거나 형편없이 느껴지지만 드물게 어느 페이지의 한 줄 정도는 새로움을 선사할 때가 있어요. 나는, 내가 모르는 이야기를 해 주는 책이 좋거든요.

희귀하면서도 짜릿한 무언가를 기대하는 겁니다."

강제해 앉혀 놓은 상황이 아니라면, 젠은 당장 로리를 향해 머저리라고 욕설을 던지고 자리를 박찼을 터였다. 젠은 칼리지 재학 시절에 오만한 문학도 몇을 알았고, 설탕 같은 말에 녹아 그중 두 명과는 데이트도 했다. 그때의 나는 젠에게 그 둘의 평가를 가혹하게 내렸지만 무언가에 깊이 몰입한 인간에게 조언이란 들리지 않는 법이었다.

젠도 머잖아 깨달았다. 설탕으로 만들어진 세계는 쉽게 깨진다는 것을. 그리고 그것을 최상의 달콤함이라 착각했던 과거를 반성했다. 젠은 현재의 절망에 침잠하지 않고 적어도 1분 전보다 나은 지금을 추구하자는 성미의 인간이었다.

"이 주소지 드나든 지도 2년이야. 벽난로나 염소는 안 보이니, 당신이 땔감이나 여물이 필요해서 책을 사들이는 게 아닌 건 알겠으니까 전주는 생략해."

로리가 웃었다.

"좋아요. 당신은 책을 골라 훔치더군요. 제이니."

그 말에 깜빡이던 젠의 눈꺼풀이 잠시 멈췄다.

"내겐 시간도 재물도 넉넉하고, 책 몇 권 행방 따위 알 바 아닙니다. 구미를 당기는 이야기를 탐색한 수고로움이 아쉽다면 아쉽지만, 오늘 이 초대를 통해 당신이 그걸 조금은 보상해 줄 수 있을지도요."

"⋯⋯내가?"

"당신에겐 내가 아직 모르는 금기의 책 같은 사연이 있을 것 같은데요. 지금 당신이 마주한 나라는 존재처럼."

로리가 근사한 미소를 짓자 벌어진 입술 사이로 날카로운 치아의 끝이 드러났다. 이 회색 후드 청년은 젠이 탐독해 온 어두운 소설에 빈번하게 출연하는 등장인물이다. 실제 대면하는 일이 있으리라곤 우리 둘 다 짐작도 못 했으나.

로리 나름대로의 정중한 제안에 젠은 킬킬 웃었다.

"이런. 뭔가 착각하는 거 같은데 당신들 이야기는 솔직히 지겨울 만큼 많아. 이제 뱀파이어 얘긴 한물갔다고. 금기라는 단어가 아깝지."

젠이 훔친 책 중 일부도 흡혈 체질을 다룬 주제였다. 로리는 자신 같은 종족을 서술한 이야기가 필멸자의 시선으로 어떻게 변주되는지 관심이 많은 듯했다. 돌이켜보자면 나르시시즘인 셈이다. 젠의 혹평에 로리의 얼굴이 싸늘해졌다.

"슬프게도 당신은 그 닮고 닮은 괴물 중 하나일 뿐이야. 어린 아이들도 다 아는 흔해 빠진 얘기인 거지. 모르는 이야기를 좋아하는 탐독가 로리 새들러 씨."

젠이 혀를 찼다. 인내를 지키던 로리가 느지막이 입을 열었다.

"처음엔 당신도 나 같은 체질이 아닐까 의심했어요. 제이니."

한낮에 배달 일을 하고 평범한 모양의 송곳니를 가진 젠에게 그런 의심을 품은 까닭은 아까 로리가 밝혔듯 책을 '골라 훔친'

탓이었다. 두껍고 빳빳한 갈색 포장재에 단단히 싸인 책을, 젠은 풀어 보지도 않은 채로 제목을 꿰뚫어 보고 제 입맛에 맞으면 슬쩍해 왔다.

"현관 외시경으로 보면 당신은 소포를 우편함에 넣기 전 겉포장을 살피더군요. 마치 내용물을 훤히 들여다보는 것처럼."

"그랬지."

젠은 당당히 대꾸했다. 순간 나는 로리의 애타는 표정을 얼핏 보았다.

"늘 책의 제목을 정확히 읽었어요."

제목을 한 번 읊조린 뒤, 젠은 그중 마음에 드는 것은 제 가방에 도로 넣고 태연히 복도를 벗어났다. 로리는 자신 같은 존재를 위해 봉사하는 중개인을 통해 한 주 사이에도 몇 번이나 책을 배달받았는데, 절도를 알게 된 후에도 분실 신고를 하진 않았다.

젊은 소포 배달부를 집요하게 관찰하던 로리는 머잖아 이 절도의 패턴을 발견했다. 다름 아닌 주제였다. 배달부는 그가 '괴물'이라고 칭하는 존재들에게 일관적인 관심을 보였다.

'흔해 빠진' 흡혈 체질 이야기를 비롯해 유전학으로 풀기 난해한 변이 생명체, 신학에서 금기 또는 외면하는 사악하거나 더러운 것들이 등장하는 서적들. 모두 일상이라 부르는 풍경의 너머였다. 로리의 소포는 젠에게 더할 나위 없이 적절한 큐레이션이었던 셈이다.

의도의 부재에도 닥쳐오고야 마는 것엔 두 가지가 있다. 사고 또는 운명.

그 둘은 비슷한 양상을 띤다. 그간 젠의 도둑질도 지금의 상황도 그와 다르지 않다고 나는 생각한다. 어느 쪽으로 바늘이 더 기울어질지는 좀 더 두고 보기로 했다.

"짐작하기 어려운 건 단 하나였어요. 당신이 책을 꿰뚫어 보는 방법."

로리의 사사로운 의문이자 어쩌면 자신을 만족시켜 줄 '모르는 이야기'가 그것이었다. 젠이 아무 대답도 안 하자 로리가 다시 말했다.

"사물의 이면을 보는 동족을 잠시 알았던 적이 있습니다."

비교적 최근이라며 18세기라고 했다. 성벽과 땅속을 꿰뚫어 보았다던 신화 속 린케우스처럼 그는 두껍게 채색된 유화를 볼 때 최초의 밑그림까지 볼 수 있었다고 한다. 그 이야기를 하는 로리는 무척 들떠 보였다. 그 동족이 당시에는 로리 새들러를 즐겁게 해 준 '모르는 이야기'였다.

"그쪽에겐 흔한 능력 아냐?"

젠이 빈정거렸다.

"오, 그는 특별했어요. 내 명예를 걸고."

로리는 '특별'에 강한 억양을 실어 일축했다. 그러나 불필요한 감정을 드러낸 것이 싫었는지 이내 사족을 덧붙였다.

"소설엔 과장도 생략도 많죠, 제이니."

상대의 의식을 통제하기는 그의 종족에게 드물지 않은 능력이지만, 그것을 형태 그대로 정확히 들여다보는 일은 다르다고 했다. 특히 대상이 사물일 경우에는 더욱더.

"나도 그를 알기 전까지 그런 능력은 없다고 생각했으니, 태양 아래를 돌아다니는 경우도 어쩌면…… 하고 가설을 세워 본 거지요. 물론 내 이빨의 독에 반응을 보였으니 동족이 아니라는 확인은 마친 셈이지만 말입니다. 하지만 당신은 다른 인간처럼 내게 의식까진 지배당하지 않네요. 뭐죠? 어떻게 한 거죠? 제목을 알아낸 방법과 관련이 있을 것 같은데. 말해 봐요. 내 흥미를 만족시킬 만한 이야기를 들려주면 목숨만은 살려 주죠."

그 협상에 젠은 입을 한 번 다시고는 이렇게 말했다.

"만약 책 도둑 제이니가 이 오크나무 십자가에서 죽음을 맞으면, 그 이야기도 덩달아 무덤 속으로 잠길 테지."

로리의 미간이 작게 꿈틀거렸다. 젠을 이 안으로 끌고 들어와 제 독에 중독시킨 저 괴물의 무자비함을 이미 목격했는데도, 겉포장만큼은 단아한 저 얼굴에 어울리지 않는 굴곡이라고 생각했다.

"알 수 있었던 이야기를 코앞에서 영원히 놓치는 기분이 어떨까 궁금하군. 어쩌면 새들러 선생님의 까다로운 취향을 만족시킬 수도 있었을 텐데."

젠의 이런 대담함과 능청스러움을 좋아해도 그게 우리를 위험하게 만든다면 사정이 다르다. 나는 젠에게 더 늦기 전에 빠져나갈 방법을 궁리해야겠다고 말했다. 그러나 젠은 들은 체도 하지 않았다. 젠은 내가 하지 말라고 하면 더 기꺼이 즐기는 버릇이 있다. 내가 아주, 아주 좋아하지 않는 천성이다.

꽤 짭짤한 용돈벌이가 된다는 이 비공식적이고도 수상한 배달 부업에 대해서도 나는 찬성하지 않았다. 안을 일일이 들여다보지 않아도 이 구역의 아파트는 충분히 기분 나쁘고 위험했다.

젠은 문 안에서 새들러 녀석이 널 지켜보고 있으니 이 짓은 그만두라는 내 경고를 여러 번 무시했다. 기어코 내게 포장 속 제목을 실토하게 하고 나서야 그걸 빼돌리든 우편함에 넣든 하고 새들러의 현관 앞을 벗어났다. 젠은 이런 아슬아슬한 순간의 흥분을 즐기며 위기에서 벗어난 순간 희열에 차올라 내게 말했다. 그거 봐, 페이지. 내 운이 얼마나 훌륭한지!

저 안의 왜소한 남자가 그 모든 과정을 보면서도 결코 문을 열어젖히지 않았던 이유는, 이 아파트에 제법 있는 병들고 음울한 인간 중 하나라 그런 줄로만 알았다.

하지만 그 게임도 오늘부로 종료다. 지금 젠에게는 시간이 많지 않다. 나는 젠이 무덤 속에 잠기기를 바라지 않는다. 가장 바라지 않는 바이다.

로리는 말로 대응하는 대신 젠의 팔을 강하게 움켜쥐었다. 마른 나뭇가지 같은 손가락인데도 굉장한 힘이었다. 뼈들이 으스러지는 소리가 젠의 비명 아래 겹쳐 깔렸다.

"그렇지 않아도 이 팔로 도둑질은 이제 힘들겠어요."

로리는 달빛이 도는 눈동자로 젠의 목덜미를 응시하며 중얼거렸다. 구슬림도 협상도 이제는 끝났으니 사냥감의 숨을 앗아 버리겠다는 의지는 그와 고집스레 눈을 마주하고 있는 젠 역시도 느꼈다.

도발은 그만둬, 젠. 게임은 물러날 공간을 살피면서 하는 거야!

"시끄러워. 이건 널 위해서이기도 하다고!"

젠이 내게 외쳤다. 그 말이 로리의 견고하던 의지에 흠집을 냈다.

한밤, 오직 제 편인 어둠 속에서 그 우월함을 한껏 뽐내던 그에게 미세한 균열을 일으켰다.

"무슨 뜻이죠?"

젠은 부러진 팔을 어쩌지 못해 앓는 소리를 내면서도 포식자를 멈춰 세우는 데 성공했다는 기쁨을 굳이 감추지 않았다.

"아, 그쪽한테 한 얘기가 아냐."

로리는 아주 짧은 눈짓으로 주변을 살폈다. 그 자신이 이 무대를 장악한 연출자여야만 하는데, 불청객의 방해를 받은 듯 성마른 빛이 언뜻 비쳤다.

세상엔 설명하기 어려운 일이 존재한다는 사실을 로리 새들러야말로 누구보다 잘 알고 있을 테다. 게다가 그는 새로움이라는 갈증에 평생을 시달려 온 괴물이었다.

"그럼, 누구죠?"

"나의…… 수호신?"

젠은 아직 성한 팔로 무성의한 성호를 그었다.

"헛소리."

"천사."

"제발, 제이니."

"그럼 나의 린케우스."

평소 젠이 나를 린케우스라고 부르는 일은 없지만 이번 고백은 진실에 가까웠다. 로리의 입을 잠시 다물리는 데도 성공했다.

유년 시절 흔히 갖는 '상상 친구'는 한 아이의 내면에 악이 선만큼 부피를 키우면 서서히 소멸하고 마는 존재이지만, 아주 드문 확률로 그 아이와 함께 평생을 자라나는 일도 있다.

바로 나처럼. 젠은 나를 페이지라는 이름으로 부른다.

나를 보고 들을 수 있는 존재는 젠 하나뿐. 나는 젠이라는 독자만을 위한 단 하나의 책인 셈이다.

"페이지는 당신이 예전에 알았다던 그 '특별한 녀석'처럼 사물의 이면을 보거든. 내게 제목을 알려 준 건 페이지야. 지금 내뒤에 있어. 인사라도 해."

젠이 아주 어린아이였을 때는 말 상대가 되어 주는 것으로 내 존재 이유는 충분했으나, 우리가 서로에게 벗어날 수 없음을 자각한 뒤로 피차 품은 괴물의 속성을 받아들여야만 했다. 젠은 나이 먹도록 달라붙어 간섭하는 나라는 괴물을. 나는 위태로움에 매혹당하고 마는 젠이라는 괴물을.

내 변변찮은 힘이 젠에게 도움이 될 때도 있지만, 가끔은 위험하거나 불쾌한 상황에 휘말리게도 하는데 그게 바로 오늘이었다.

로리는 젠이 비웃음을 담아 '특별한 녀석' 운운한 다음부터 이미 귀를 기울이지 않았다. 그것도 모자라 허공에 인사하라니. 린케우스라는 이름에 잠시나마 보였던 동요를 벌써 수치스러워하는 중이었다. 의심과 불신은 불멸과 필멸을 구분하지 않았다.

젠과 나는 안다. 우리의 이런 연결이 아주 희귀하다는 사실을. 그것은 인간이 태어나 갖는 배꼽 같은 흉터. 즉 제거할 수 없는 태초의 각인이다. 아는 것이 아니라, 모를 수가 없는 것이다.

나를 보지 못하는 로리에게 그것을 증명할 수 없음이 유감일 따름이었다.

로리 새들러는 마지막 인내심을 버리고 젠의 목덜미에서 생명을 취하기 시작했다. 오크나무 의자가 젠을 품은 그대로 중심을 잃고 넘어지며 다리 한쪽이 부서졌다. 카펫 위에서 사력을 다해 몸부림치는 젠을 구하고 싶었으나 그 바람은 나라는 괴물이 감히 넘볼 수 없는 능력이었다.

나의 실재는 젠을 통해서만 증명된다. 젠을 통한 시선의 간섭으로만. 젠이라는 매개 없이는 나 역시 소멸한다. 젠이 죽음과 거리를 좁혀 가자 나의 밀도도 빠르게 흩어지기 시작했다.

"소설로도 못 쓸 이야기네요. 아니면……"

젠의 피로 한껏 목을 축인 후 얼굴을 든 로리가 선홍빛이 된 입술을 이죽거렸다.

"엉성하고 재미도 없는 허풍이거나."

밭은 숨을 헐떡이는 젠에게 로리는 끝까지 설교를 늘어놓았다.

"마지막으로 한 가지 알려 주죠. 그간 당신에게 여러 책을 도둑맞았지만, 그거 알아요? 언젠가는 잊힌답니다. 내가 그걸 읽고 싶어 했다는 욕망을요. 책은 또 구하면 되니까 같은 싱거운 이유만은 아니에요."

"……그럼?"

남은 숨을 짜내며 젠이 물었다. 이제 시간이 얼마 남지 않은 사냥감에게 마지막 자비라도 베풀듯, 로리는 인자한 얼굴을 했다.

"한때여서예요. 욕망은 한때의 것이고 호기심도 실망도 마찬가지. 결국 전부 사라지죠. 그러니 당신이라는 시시한 책도, 죽음에게 도둑맞은 셈으로 계산하면 깔끔하겠어요. 그만 고통을 끝내죠. 해가 떠오르기 전에."

"……차라리 재생해 줘. 당신의 피를 내게 나눠 줘."

젠이 말했다. 이들 종족의 흔한 이야기처럼 그것이 실제로 가능한 일인지는 미지수였으나 젠은 늘 그랬듯 모험을 감행했다. 그러나 로리는 생각할 가치도 없다는 듯 바로 조소했다.

"이런, 난 반려를 만들지 않아요."

"자기애가 심하네. 로리. 네 반려가 되자는 게 아냐."

이 게임의 우위를 차지했다는 고양감에 들뜬 것도 잠시, 로리의 입가가 굳어졌다.

"이런 방식으로 나의 린케우스, 아니, 페이지와 작별하고 싶지 않은 거야. 고작 네가 믿지 못한다는 하찮은 이유로. 아……믿음이 적은 자여. 물론 내가 훔친 소설에도 어리석은 네 동족이 많긴 많았지."

젠은 마음껏 로리를 모욕했다. 성서를 인용한 것도, 삼류 소설 속 주인공과 로리 새들러를 동일선상에 놓는 언사도, 스스로를 사랑해 마지않는 고상한 괴물에겐 단어 그대로 오욕이었다.

혈액을 취하겠다는 기분마저 가셨는지 로리는 두 손으로 젠의 목을 감싸 쥐었다. 내가 젠 같은 존재였다면 눈을 질끈 감았겠지만 그 역시 나의 능력 밖이다. 나는 사물의 한 겹 아래를 보고, 또 그 아래를 볼 뿐인 괴물이다. 불투명한 포장 너머의 글자를 기어코 훔쳐보고 마는 고상하지 않은 괴물.

그렇게 나는 로리 새들러의 옷 주머니 속에 보이는 알파벳 두 개를 발견했다.

D. H.

"D. H.……?"

나의 음성을 따라 젠이 로리의 회중시계에 새겨진 각인의 철자를 읊조렸다. 귀가 예민한 로리에겐 그 작은 목소리를 놓칠 재간이 없었다.

로리 새들러의 약자는 아니니 그와 연이 있는 누군가의 이름이 분명하다. 어쩌면 제 명예까지도 기꺼이 걸었던, 바로 그 이름인지도 모른다.

"……방금 뭐라고 했지, 제이니?"

로리가 곧장 추궁했으나 한발 늦은 질문이었다. 젠은 이미 눈을 감았고 그 읊조림은 유언이 되었다.

그러니까, 그렇게 될 수순이었다. 만약 로리 새들러가 당장 제 손목을 물어뜯어 솟아오르기 시작한 피를 그대로 젠의 입에 흘려 넣지 않았다면.

젠의 이야기를 좀 더 끄집어내기 위해 마음을 바꿔 친히 나누기로 한 그 피는, 젠의 입 밖으로 넘쳐 턱을 따라 흐르기만 한 탓에 나는 로리의 수혈이 때를 놓쳤다고 여겼다. 젠이 요구했던 재생은 이미 늦었다고.

그러나 나의 오랜 친구는 언제나 그랬듯, 1분 전보다 나은 운을 지닌 존재였다. 이윽고 젠은 힘차게 목울대를 움직여 그 괴물이 앗아 갔던 제 생명을 도로 찾아오기 시작했다. 창백히 질렸던 피부가 서서히 혈색을 되찾아 가자 느슨해졌던 나의 밀도도 다시 단단해지기 시작했다.

잠시 후 젠이 눈꺼풀을 열었을 때 나는 다소 이질적인 느낌에 사로잡혔다. 어쩐지 내가 그전보다 더 또렷해진 듯한 감각이 찾아왔다고 하면 설명이 될까. 젠이 죽음에서 돌아온 이유도 있지만 그것만이 전부는 아니었다. 심지어 지금 젠은 나를 보고 있지도 않았다.

이건 매우 불편하면서도 낯선 감각이었다.

카펫에 고꾸라져 있던 젠은 기운을 차리자마자 자신을 재생시킨 창조주를 덮쳐 쓰러뜨렸다. 새로운 갈증을 아직 통제할 줄 모르는 젠에게 로리는 저항하지 않고 한동안 제 팔을 내어 주었다. 얼룩 하나 없이 깨끗하던 카펫이 더러워지는 건 아무래도 상관없다는 듯 로리는 바닥에 등을 댄 채로 나를 올려다보았다.

영원히 설득당하지 않을 것 같던 눈동자의 그가 키득대며 나를 똑바로 응시하고 있었다.

그렇다. 이 이질감은 나를 가졌던 장막이 한 장 벗겨지면서 찾아왔다. 젠이 아닌 다른 존재에게. 그의 몸을 차지한 젠의 피가 그것을 가능하게 한 것이다.

"이런…… 젠, 정말이었다니. 보여요. 그 페이지가!"

로리가 외쳤다.

"대니얼 히스. 나의 린케우스의 이름은 대니얼 히스였어요."

그러고는 새로운 린케우스를 향해 철자를 순순히 풀어 주었다. 마치 값비싼 대가를 기꺼이 치러 금서를 획득한 수집가처럼 상기된 얼굴이었다.

솔티 브라운 캐러멜

『어션 테일즈(The Earthian Tales) No.2:
Time Travel with You』, 아작, 2022년 4월

처음엔 한마디로 실망했습니다. 거짓말 좀 보태 스물아홉 평생 이 순간을 고대했는데 그 결과가 하필 당신이라니.

나를 올려다보는 일곱 살 당신의 두 눈을 마주한 순간, 좀 울고 싶었어요.

우리 집안 대대로 걸린 저주라고 해야 할지 숙명이라 해야 할지, 아무튼 우리 '안내자'에게 일생에 딱 한 번 찾아온다는 그 '시간 미아'가 나를 퇴사각 재게 하는 현 직장 상사, 네모 과장이라니. 그의 일곱 살 버전이라뇨.

그 부리부리함을 똑 닮은 눈에 처음엔 설마 했고, 온네모라는 이름에서는 확신했습니다. 국내 유일한 이름이라던 부연 설명을 잊지 않았으니까요. 딱딱한 식함은 별로니까 그냥 선배라 부르라고 할 땐 몰랐죠. 그렇게 까탈스럽고 융통성 없는 성격일 거라고는. 좋은 말로 엄격이지 완벽주의로 숨 막히게 하는 상사인 당신 때문에 사표를 품고 다니게 될 줄은.

"그러니까 당신은, 앞으로 이틀간 여기에 있을 거예요. 48시간이요. 그리고 규칙만 지키면 다시 원래 시간대로 돌아갈 수 있어요. 알겠죠?"

토요일 아침 선배가, 그러니까 작은 네모 선배가 내 자취집에 나타나자마자 나는 아버지가 당부했던 대로 안내자의 역할을 이행했습니다. 당황한 시간 미아에게 규칙 알리기. 아버지도 할머니도 증조할머니도 했던 일입니다.

영문 모르고 시간을 미끄러져 온 일곱 살 아이가 이해하기는 힘든 말이겠지만 말입니다.

"집에 돌아가야 해요?"

그런데 작은 선배는 울 듯한 표정으로 물었습니다. 지금 자신이 30년 후 미래에서 길을 잃었다는 사실은 자각조차 못 한 것 같았죠. 거기에 다른 주요 전달 사항인 '당신은 이곳에 머문 지 딱 48시간이 되는 그 순간, 제 곁에 붙어 있어야만 원래 시간으로 귀환할 수 있습니다. 나와 떨어져 있어서 귀환에 실패할 경우 당신의 몸은 순식간에 노화되어 그 자리에서 숨을 거둡니다.'까지는 차마 말할 수 없었습니다. 일단, 아이였으니까요.

우리 안내자에게는 어떤 이유로 시간 미아가 발생하는지 여전히 미지수예요. 그래서 미아가 나타나면 시간 여행 전 어떤 일이 있었는지 묻고 그 답을 기록해 두지만, 아직 이렇다 할 공통점은 발견 못했습니다. 미아가 되는 사람은 과거에서도 미래에서도 오고 나이나 성별도 다양한데, 우리가 알아낸 건 48시간을 넘겨서는 안 된다, 아직 그 하나뿐이에요.

"아니. 지금은 못 가요."

작은 선배와 키를 맞춰 앉으며 대답했습니다. 48시간은 여기에 묶였으니까요.

선배는 낡은 내복에 더러운 점퍼 차림이었습니다. 지금 여기는 여름이라 급한 대로 내 반소매 티셔츠를 꺼내서 갈아입도록 도와주었어요.

그리고 알았습니다. 작은 선배가 울상으로 왜 집에 돌아가야 하냐고 물었는지. 여기에 오기 전 무슨 일이 있었을지.

작은 선배의 몸 곳곳에는 푸릇한 멍이 물에 탄 잉크처럼 피어 있었어요.

입이 굳게 다물어졌습니다.

"근데 언니는 누구세요?"

말을 잃은 내게 작은 선배가 두려움 묻은 소리로 물었습니다. 당신 같은 사람을 보호하고 이런 일을 기록하는 안내자예요, 라고 해야 했지만 그 말이 무슨 소용이 있을까요.

"……그냥, 선배예요."

"그게 뭔데요?"

"길 잃어버렸을 때 도와주는 사람이요."

그 후로 이틀간 작은 선배를 돌봤습니다. 주말에 집에서 벌어진 일이라 천만다행이었죠.

먼저 병원이나 경찰서부터 가고 싶었지만 그럴 처지가 아니니 목욕을 시키고 꼼꼼히 약을 발라 주었습니다. 마트에서 선배가 입을 새 옷도 장만하고 OTT 가입한 이래 처음 키즈 콘텐츠를 보며 깔깔 웃기도 했어요. 근처 놀이터에서 구덩이를 파며 모래놀이도 했고요, 선배가 옷 더러워도 혼나지 않느냐고 묻기에 괜찮다고 했습니다.

먹음직한 케이크에서 시선을 못 떼는 선배를 데리고 들어간 예쁜 카페가 노키즈존이었다는 걸 알고는 기분이 상해서 돌아나왔지만, 우리는 지지 않고 길 건너 편의점에서 달콤한 것들을 바구니에 잔뜩 담았어요.

"신기해! 단맛 났다가 짠맛이 나요, 선배."

"그렇네요. 단맛도 나고 짠맛도 나네요."

월요일 아침, 우리는 이달의 신상품 '솔티 브라운 캐러멜'을 나란히 입에 굴리고 있었습니다. 48시간이 되는 시점은 월요일 오전. 당연히 출근은 못 했습니다. 일이 생겨 오후에 가겠다고만 연락해 놓았죠.

캐러멜이 모두 녹자 어제 사 둔 옷 나머지를 꺼냈습니다. 알록달록한 내복, 보라색 티셔츠, 청바지, 빨간 점퍼를 차례로 작은 선배에게 껴입혔습니다. 갑옷처럼요.

겨울 재고는 저렴해서 마구 골라잡았는데 컬러 매치는 실패였어요. 나름 유명한 홍보대행사 디자인팀 소속으로서 좀 굴욕이었죠. 그래도 작은 선배는 새 옷이 예쁘다며 눈이 휘둥그레져 몇 번을 웃었는지 몰라요. 지금의 선배라면 절대 결재 안 해 줄 텐데, 생각하니 어쩐지 나도 웃음이 나왔습니다.

그러고 보니 지난 이틀 우리는 참 많이 웃었어요.

마지막으로 옷장 구석에서 여름잠을 자던 머플러를 꺼내, 작은 선배의 목과 어깨를 꽁꽁 감쌌습니다. 그리고 회사에서라면 결코 있을 수 없는 일이겠지만, 꼭 안아 주었어요.

"선배, 더워요."

내 어깨에 눌린 작은 입이 먹먹한 소리로 말했습니다.

"조금만 견딜래요? 돌아가면 약간 추울 거예요."

"이제 집에…… 가요?"

차마 눈을 마주할 수 없어서 나는 대꾸 없이 선배를 좀 더 세게 끌어안았습니다. 48시간 규칙은 거스를 수 없어요.

"그래도 다시 만나요. 만날 거니까, 우리는. 꼭 기억해야 해요. 알았죠?"

두 팔 안에 아무것도 붙잡히지 않을 때까지 그대로 있었습니다.

이걸 감히 달콤한 기억이라 불러도 괜찮다면 앞으로 작은 선배의 모든 짭짤한 순간을 조금이라도 견디게 해 주면 좋겠다고, 어느 겨울 길을 잃을 때 이 여름을 떠올려 주면 좋겠다고 기도하면서요.

비록 지금처럼 귀엽진 않아도 당신은 괜찮은 어른이 될 테니까.

내가 분명히 알고 있으니까.

"1시까지 들어온다고 들었는데."

미처 가라앉히지 못한 통통 부은 눈으로 전철역 계단을 오르고 있을 때, 네모 과장의 차디찬 목소리가 담긴 전화를 받았습니다. 1시 1분에요. 30년의 시차를 건너 등줄기가 서늘해지는 순간이었어요.

"다 왔어요, 선배님! 뛰어가고 있어요!"

아아, 거친 내 숨소리가 안 들리는 걸까요. 나는 시간 미아가 된 당신을 돌보고 배웅하느라 금쪽같은 월요일 오전 반차를 희생했는데 너무해. 역시 빡빡하다 이 사람. 지금은 전혀 귀엽지 않아. 지난 주말 난 뭘 한 거지. 속으로 외치며 다시 울고 싶어진 순간이었어요.

"안 뛰어도 되니까 천천히 와. 어디 아픈가 했는데 괜히 걱정한 거 같네."

처음 듣는 선배의 나긋한 말에 조금 놀라고 말았습니다.

걸음이 절로 멈췄습니다.

"……안 아파요."

"그래. 혹시 길 잃어버리면 전화하고. 후배님."

그렇게 말하고는 전화를 끊는 선배의 말끝에 어쩐지 작은 웃음이 묻은 듯한 건, 내 착각이었을까요?

음, 어쩔 수 없을지도요. 주말 내내 들리던 작은 선배의 웃음소리가 귓가에 희미해지려면 꽤 긴 시간이 필요할 테니까요.

액정에 떠 있는 '네모 선배' 네 글자를 잠시 바라보다가 다시 걸음을 옮겼습니다.

출구 바깥은 한낮의 해가 눈부시게 선명했어요.

적어도 오늘은, 길을 잃지는 않을 만큼이요.

스왈로우 탐정 사무소 사건 보고서

『영원히 행복하게, 그러나』, 고블, 2023년 12월

친애하는 베이퍼 부인께.

먼저 부인의 안녕과 건강을 기원하며, 이 보고서를 직접 가지고 찾아뵙지 못한 저를 너그러이 용서해 주시길 간청드립니다. 그리고 베이퍼 부인이 계실 인디콜 행성까지 저를 대신하여 동료 폴이 무사히 도착했기를 또한 간절히 바랍니다.

그렇습니다. 저는 지금 인디콜이 아닌 다른 행성에 몸을 의탁하고 있습니다. 다소 놀라셨을지도 모르겠다는 생각이 듭니다. 사실 인디콜을 벗어난 의뢰는 수락할 생각이 없었지만, 부인의 의뢰를 조사하며 마야의 뒤를 쫓다 보니 어쩐지 조금 멀리까지 오고 말았습니다.

이 보고서를 작성하고 있는 곳은 파이로프 행성입니다. 별자리를 읽듯 말하자면 인디콜이 우리 소행성대의 머리, 파이로프는 꼬리이지요. 그것도 꼬리의 가장 끝이요. 그리고 저는 지금 마야와 손을 단단히 맞잡은 채로 찰싹이는 그 꼬리에 매달려 있습니다. 조금은 위태롭게요.

파이로프 행성에 대해 조금이라도 알고 계신다면 벌써 한격정에 사로잡혀 계실 것만 같아, 이것만은 분명히 말씀드리고 보고를 시작하겠습니다. 이 슈엘이 만난 마야는 부인께서 말씀하셨던 작고 연약한 아이가 아니라는 것을요.

— 마야는 너무나 작고 연약해요, 탐정님.

스왈로우 탐정 사무소에 의뢰인으로 찾아오신 그날, 부인께서 마야의 실종과 경찰 당국의 불성실함을 토로하며 눈물을 훔치던 모습이 지금도 생생히 떠오릅니다.

부인께선 인디콜 정착민 6세대로, 인디콜 성민(星民)의 절반 이상을 차지하는 '초기 인간족'이었습니다. 저와 같은 혼종 인간족과 달리, 은하계에서 가장 존중받고 영향력 있는 종족이지요. 초기 인간족 다수가 그 지위를 지키기 위해 혈통 유지를 아주 중요하게 생각한다는 사실은 모든 은하계가 알 것입니다. 하지만 때로는 클론을 가족으로 맞아들이기도 하더군요. 베이퍼 부인께서도 그 방법으로 마야와 가족을 이루었다고 이야기하셨습니다.

그런데 신중한 주문 끝에 도착한 클론은 부인의 요청 사항과 차이가 있었다고 하셨지요. 초기 인간족의 외형으로 여섯 살 남짓의 여자아이를 원했는데, 도착한 클론은 열일곱 살에 다다

랐고 학습된 언어도 달랐습니다. 부인의 선대부터 전해 온 언어도, 은하 공용어도 말하지 못했어요. 부인이 모르는 낯선 언어로 이야기했습니다.

부인은 오배송이거나 설정 오류가 틀림없다고 판단하고 제조사에 연락했습니다. 처음엔 당연히 교환을 요구할 작정이었다고 하셨지요. 하지만 부인이 작성해 둔 글과 도표에 호기심을 보이며 서재를 거니는 새 식구를 가만히 보고 있자니 마음이 변하셨다고 했습니다.

— 비록 외형은 맨 처음 바라던 작은 여자아이가 아니었지만, 나에겐 결국 연약한 아이나 마찬가지였어요. 그래서 나의 말을 가르쳐 주고, 정성껏 돌봐 주고 싶어졌어요.

초기 인간족은 언어의 서투름을 연약함으로 인식하는 경향이 있지요. 자신의 언어를 모르는 성민에 대해서도요. 부인의 그 말에 날개족인 저는 사실 불쾌감을 느꼈지만 드러내지는 않았습니다. 소유한 클론에게 이러한 책임감을 보이는 초기 인간족을 처음 보았기 때문이었습니다.

부인의 의뢰는 간단했습니다. 실종된 마야를 찾아 달라는 것이었습니다.

마야와 가족이 된 후 인디콜의 두 계절을 보낸 어느 날 마야가 사라졌습니다. 부인이 이웃집에 급한 왕진을 다녀온 사이의 일이었죠. 부인이 오랫동안 가꾼 앞마당 정원에 때마다 물을 주는 일은 이제 마야의 몫이었는데, 물뿌리개 호스는 완전히 잠기지 않은 채로 내동댕이쳐져 있었습니다.

그날 세 개의 태양과 달이 모두 뜨고 지는 동안에도 마야는 돌아오지 않았습니다. 두려운 예감에 부인은 경찰 당국에 도움을 요청했습니다. 하지만 경찰은 클론은 실종이 아닌 분실 신고 대상이며, 제보를 기다려 달라고만 할 뿐이었습니다. 그리고 최근 소유자에게서 탈출한 클론이 범죄 집단에 협력해 가짜 신분을 얻으려는 통계가 늘고 있다는 언급도 했습니다.

—마야는 그럴 아이가 아니었어요. 호기심이 넘치는 성격이기는 해도, 그 아이는 우리의 정원을 제 몸처럼 아끼며 돌봤어요. 꽃과 나무들에게 하나하나 이름을 지어 주었다고요.

경찰 당국을 통해 마야를 되찾을 가능성은 미미해 보였습니다. 그래서 부인은 망설인 끝에 탐정 사무소를 찾아온 것이지요.

—어째서 스왈로우 탐정 사무소를 고르셨나요?

제가 물었습니다. 저는 실종자보다는 장물을 찾는 데 전문인 탐정이었고, 인디콜에는 저 외에도 유능한 탐정이 많으니까요.

—탐정님은 몇 개의 언어에 능통하다고 들었어요.

부인의 대답은 사실이지만, 탐정이라면 대부분 가진 기본적인 자질이기에 대단한 칭찬은 아니었습니다. 그리고 우리는 계속 은하 공용어로 이야기하는 중이기도 했고요.

—그리고 특히 마야의 언어를 잘 아실 것 같았어요.

그렇게 덧붙이며 부인께서는 벽에 걸린 제비를 형상화한 사무소의 문양을 눈짓으로 가리키셨습니다. 제가 혼종 인간족 중에서도 날개족임을 벌써 알고 있다는 의미였죠. 네, 저는 제비의 유전자를 가지고 있습니다.

—마야에게 학습된 초기 언어는 새의 언어였어요. 그러니까, 날개족의 언어요. 당연히 날개는 없지만요. 탐정님처럼요.

귀가 솔깃해졌습니다. 날개족의 언어를 쓰는 클론이라니.

부인은 마야와 함께하는 두 계절 동안 은하 공용어를 마야에게 부지런히 알려 주었지만, 반대로 마야의 언어를 배우지는 않았습니다. 그게 날개족의 언어라는 것조차 약 처방을 위해 방문한 환자가 귀띔해 주어 알게 된 사실이었지요.

—그는 소행성대를 활발히 누비는 무역상이었는데, 마야에게 듣는 귀가 많을 때는 날개족의 언어를 사용하지 않는 게 좋겠다고 조언했어요. 어서 네 어머니의 언어, 그러니까 은하 공용어를 배우라고 격려하면서요.

이유는 저도 잘 알았습니다. 인간과 새의 혼종인 날개족은 인디콜에서는 이방인이자 소수 종족이니까요. 즉 환영받지도 보호받지도 못하는 종족이며 범죄의 표적이 되는 일도 흔합니다.

그래서 날개족은 초기 인간족처럼 위장하는 데 능숙합니다. 날개족의 몸은 초기 인간족에 가까워 옷으로 감싸면 크게 다른 티가 나지 않습니다. 딱딱한 촉감의 피부, 손가락이 넷인 손도 장갑을 끼면 적당히 감춰지지요. 태생적으로 가졌던 날개도 제거하면 초기 인간족 틈에서 있는 듯 없는 듯, 회색처럼 살아갈 수 있습니다.

그렇습니다. 누군가는 비겁한 삶이라 할 테지요. 하지만 어디에나 마음 놓고 드리울 수 있는 그림자 같은 그 색깔은 탐정에게 꽤 유용한 자산이 되어 주기도 합니다. 아마 부인께서도 그 정도는 알아보셨을 테지요.

—아이가 무사했으면 좋겠어요. 마야를 되찾고 싶어요.

부인께서는 적지 않은 사례를 약속하셨습니다. 의뢰를 수락한 저는 곧장 조사에 들어갔고 그로부터 몇 개의 계절이 지나고 말았습니다.

그 시간을 가능한 한 빠짐없이 전달하고 싶은 욕심이 크지만, 시간이 넉넉하지 못해 중요한 부분만 서둘러 작성하는 상황을 미리 양해를 부탁드리고자 합니다.

부인께서도, 저 슈엘도 가장 먼저 우려한 부분은 역시 납치였습니다. 소행성대에서 제일 평화롭고 안정적이라는 인디콜에도 결국 여러 유형의 범죄가 존재합니다. 특히 납치는 은하 공용어를 모르는 성민, 또는 일상 적응 초기 클론을 표적으로 삼는 경우가 많습니다.

경찰 당국이 말한 탈출하는 부류는 일상에 완벽히 적응하다 못해 더 많은 권리를 원하게 된 클론에게 해당하는 경우이니 마야에게 대입하기에는 무리가 있는 추측이지요. 냉정히 판단했을 때, 암암리에 끊이지 않는 클론 불법 매매의 확률이 더 높았습니다.

조사를 위해 가장 먼저 향한 곳은 암시장이었습니다.

초기 인간족이 인디콜의 대륙 대부분을 차지해 버린 것에 비하면 암시장의 크기는 점 하나 정도에 불과할 만큼 작습니다. 하지만 시장과 그 주변에 형성된 마을에는 저와 같은 존재들이 많이 있습니다. 바로 자신의 약점을 제거하거나 감추고서 살아가는 혼종 인간족들이요. 그림자로 지내며 낮과 밤의 온갖 비밀을 기척도 없이 듣는 데는 도가 텄다고 할 수 있겠지요.

그뿐 아니라, 은하 공용어 따위 아랑곳하지 않고 소수만 쓰는 모어를 고집하는 성민도, 버려졌거나 탈출해 신분을 바꾼 클론도, 세관을 거치지 않은 물건을 몰래 유통하는 장사꾼들도 모두 이곳에 보이지 않는 울타리를 만들어 살아갑니다. 자신만의 안락하고 정돈된 삶이 있는 초기 인간족이라면 찾을 일 없는 동네일 것입니다. 오히려 피하고 싶은 곳에 가깝겠지요.

하지만 경찰 당국은 모르고 있거나 알리지 않고자 하는 정보가 필요할 때는 이곳을 찾지 않을 수 없습니다.

첫 실마리를 찾은 곳은 '버드 아이 뷰Bird Eye View'라는 이름의 펍이었습니다. 첫 한 주일, 암시장 내의 식당과 술집, 수리점, 야품점, 인력 사무소 등을 부지런히 드나들며 마야의 사진을 보여 주고 수소문했지만 소득이 전혀 없어서 8일째 암시장

조사는 중단하기로 했습니다. 이름이 떠오르는 클론 전문 기자 몇 명을 찾아가 오프 더 레코드를 파내 보는 게 어떨까 궁리하며 맥주를 마실 때였지요. 그러고 보니 버드 아이 뷰라니, 결과적으로 그 이름값을 톡톡히 해낸 장소가 되었군요.

거기서 로잔을 만났습니다. 로잔은 조금도 눈에 띄지 않을 만큼 수수한 옷차림의 청년이었습니다. 그러나 손목 끝까지 꼼꼼히 채운 장갑과 남들보다 약간 넓은 미간으로 저와 같은 날개족인 것을 한눈에 짐작할 수 있었습니다. 머리카락은 주황빛이었는데 딱새의 유전자를 가진 것 같았습니다.

로잔은 일행 없이 바에 앉아 펍 주인의 등을 향해 제 짧은 인생의 모든 무용담을 공용어로 늘어놓던 중이었습니다. 바의 대칭점에 앉아 있던 제게 클론이니 미등록이니 매매니 같은 단어가 들려왔기에 자연히 신경이 기울 수밖에 없었지요.

사실 범죄를 저지르거나 그런 방향으로 가담할 인상은 전혀 아니었기에 대부분 허풍일 거라고는 생각했습니다. 그중 가장 수상쩍은 이야기는 자기가 얼마 전까지 '혜소'의 어떤 건설 현장에서 우대받으며 일했다는 내용이었지요.

부인께서도 아시겠지만 혜소는 소행성대 중 두 번째 큰 행성으로 인디콜의 뒤를 이어 폭발적인 개발이 진행되고 있습니다. 땅 아래와 위 모두, 건설 사업이 성황을 이루는 중이지요. 미래를 내다보고 이미 투자를 시작한 인디콜 부유층도 적지 않다고 들었습니다.

원래 혜소는 날개족이 번성했던 고향이지만 개발에 밀려 대부분 살길을 찾아 다른 행성으로 뿔뿔이 흩어졌고 일부만 혜소의 보호 구역에서 버티고 있지요.

아무튼 날개족을 우대한다는 드문 일자리의 진위와 클론 불법 매매 현황에 관하여는 들어 둘 필요가 있을 것 같았습니다.

— 어서 와, 인디콜에.

로잔의 맥주잔은 비어 버린 지 오래라 컵 안에는 거품의 흔적만 말라붙어 있었습니다. 풍성한 거품의 새 맥주를 주문해 주자 아직 앳된 티도 다 벗지 못한 로잔이 "고마워요, 낯선 동지."라며 천진하게 웃었습니다. 오랜만에 듣는 새의 언어였죠.

— 누나는 날개를 뗀 지 얼마나 됐어요?

로잔이 제게 물었습니다. 무례한 말은 아닙니다. 날개를 제거한 날개족에게는 친근함이나 신뢰를 표하는 인사와 다름없는 질문이거든요. 저는 약 10년 전의 날짜를 말했고, 로잔은 겨우 한 해 전의 날짜를 이야기했습니다.

날개족은 은하법에 따라 종족 간 공정을 위해 성년이 되면 날개를 제거해야 합니다. 우리 소행성대에서는 당국의 허가를 받은 비행체만 비행할 수 있으며, 성민 개인은 결코 비행할 수 없으니까요. 그것이 은하법의 공정입니다.

아주 간혹 날개를 유지하는 경우도 있긴 합니다. 천문학적인 세금을 부과할 능력이 되거나, 남은 삶을 수배자로 살 배짱이 있거나 둘 중 하나는 가능해야 하지요. 물론 저도 로잔도 그중 어디에도 해당하지는 않았습니다. 로잔은 날개를 꺾자마자 보호 구역의 가족을 떠나 건설 현장 일자리를 얻었습니다. 저는 어디에서도 환영받지 못하는 축에 속하는 날개족의 어떤 점을 고용주가 우대했는지 물었습니다.

—쉽게 날 수 있으니까요! 다른 종족이나 클론에겐 어림도 없잖아요?

로잔은 당연하다는 듯이 대답했습니다. 하지만 아무리 날개족이라고 해도 이미 날개는 떨어져 나간 후인데, 이해하기 힘든 이야기였습니다. 순간 제가 잊어버린 새의 언어 표현 중 하나인가 싶어 좀 더 자세한 설명을 요구했습니다.

—날개는 없지만 뿌리는 남아 있으니까 인공 날개에 금방 적응하거든요.

—인공 날개?

—제가 배치받은 곳은 고층 빌딩이었는데요. 지상에서 100층까지 사이사이 끊임없이 자재를 배달해요. 리프트로 옮기기도 하지만 긴급하게 필요한 게 생겼을 때나, 조심스럽게 다뤄야 하는 소재는 날개족이 일하는 게 훨씬 빠르고 안전하거든요. 알잖아요? 업자들은 늘 일정에 쫓기는 거요.

날개족 고용인은 출근하면 회사에서 제공하는 탈부착식 인공 날개를 받아 착용하고, 퇴근하며 반납한다고 했습니다. 최근 그 회사 독점으로 은하 연합의 허가를 받아 도입한 방식이라고 마치 자신이 개발하기라도 한 듯 자랑스레 말했지요.

— 괜찮은 일 같은데 왜 그만두고 인디콜에 왔어?

신나게 떠들던 로잔이 순간 머뭇거리다 무용담과는 거리가
먼 사실을 털어놓았습니다. 업무용 날개를 반납하려고 잠시 내
려둔 사이 어떤 녀석이 그걸 가로채려다가 실패했다고요. 날개
를 부주의하게 관리한 책임은 로잔에게 있었기에 결국 자기가
징계를 받아 해고당했다고 억울함을 토로했습니다. 그래서 헤
소에서는 써 주는 곳이 없어서 인디콜까지 온 것이었습니다.

— 혹시 거기서 일하는 클론도 많아?

넌지시 물으며 맥주 한 잔을 더 주문해 주었습니다. 로잔은
최근 갈 곳을 잃은 클론이 일자리를 찾아오는 경우가 늘었다
고 했습니다. 클론은 건설 현장 각층에서 쉬는 시간도 없이 온
갖 허드렛일을 한다고 하더군요. 그리고 공용어조차 모르는 채
로 일하는 클론은 아무리 봐도 불법 매매로 흘러들어 온 미등
록 아닐까 의심스럽다는 말도 덧붙였습니다. 보수는 모두 매매
업자가 가로채는 착취의 형태로 입국한 것이지요.

공용어조차 모르는 클론이라는 말에 저는 당장 마야의 사진
을 꺼내 보였습니다. 로잔은 기함했습니다.

— 이 애예요! 이 애 때문에 제가 해고당했다고요! 내 날개를
가로채서 도망치려고 했어요. 어차피 클론이라 날개 뿌리도 없
으면서, 호기심만 많아 가지고!

정보를 얻기 위해 구직자 행세를 한 적은 종종 있지만, 건설 현장은 처음이었습니다.

'사포'는 소행성대에서 가장 유명한 기업이지요. 정면을 응시하는 두꺼비의 단호한 얼굴을 회사 로고로 사용하고 있습니다. 안전하고 튼튼한 새집을 짓는다는 게 모토라고 하지만, 제게는 솔직히 원주민을 몰아낸 곳에서 개발 호재를 노리는 탐욕의 눈빛으로만 보였습니다.

면접은 현장 입구에 마련된 간이 건축물 사무소에서 아주 짧게 끝났습니다. 인디콜에서 혜소까지 가는 데만 이틀하고도 반나절이 걸렸는데, 면접은 겨우 1분이었습니다. 면접관은 처음엔 날개족인 제게 약간의 호기심을 보였지만 결국 퇴짜를 놓았습니다. 이유는 제가 '말을 너무 잘한다'는 것이었어요. 말을 잘하는 사람은 이 일을 오래 하는 데 맞지 않는다나요. 그래서 물었습니다.

─오래 하지 않고 도망치는 인력이 많은가 보군요.

이쪽에서 질문을 하자 통통한 면접관의 얼굴이 회사 로고와 비슷한 표정으로 굳어졌습니다. 실제로 면접관은 두꺼비와 인간 혼종의 양서족으로 매끄럽고 단단한 피부와 큰 풍채를 자랑하고 있었지요.

─요즘 젊은이들은 인내심이 부족한 편이랍니다.

─종족에 따라 다른가요? 그러니까 초기 인간족? 날개족? 지하족? 아니면 클론?

—이런. 우린 종족을 차별하지 않아요. 그리고 클론은 대부분 미등록이라 고용이 불법이지요. 우리 '사포'는 정직한 회사입니다.

—실례했군요. 삶의 터전을 짓는 일인데 당연히 정직하게 하시겠지요.

—역시 말씀을 유창하게 잘하시네요. 이보다는 좋은 일자리를 구하는 게 맞겠어요.

그만 말하라는 뜻을 알아듣고 사무실을 나왔습니다. 고개를 들어보니 고층 건물이 열 채 가까이 지어지는 중이었는데, 그 높이가 벌써 첫 번째 해에 닿을 듯 길게 뻗어 올라 있었습니다. 어느 건물의 어디쯤 마야가 있을지 짐작도 되지 않았지요.

세 개의 해가 모두 질 때까지 현장 울타리 밖에서 기다렸습니다. 퇴근하는 무리에 조용히 섞여 거기서 멀지 않은 '토드 스킨Todd's Skin'이라는 식당 겸 여관에 자리를 잡았습니다. 잠시 인디콜의 버드 아이 뷰에 앉아 있는 듯한 향수가 몰려왔습니다. 여러 종족이 고독과 허기를 달래기 위해 모인 공간에만 흐르는 특유의 안락함이 있거든요.

거기서 한 계절을 숙식하며 드나드는 손님들에게 마야에 대해 묻고, 현장 주변을 맴돌며 비슷한 얼굴이 있는지 살폈지만 구체적인 단서는 얻을 수 없었습니다. 그럼에도 버티는 이유는 하나였습니다. 초기 인간족인지 클론인지 구분하기 어려운 제 또래의 현장 노동자가 마야의 사진을 보고 눈동자를 고정시킨 채 말을 더듬었습니다. 마야를 알고 있다는 반응이나 다름없었지요. 그 노동자는 그날 이후로 코빼기도 보이지 않았어요. 토드 스킨에도, 현장 근처에서도요.

하루는 늦은 밤까지 현장을 맴돌다 토드 스킨으로 돌아오는 길에 누군가에게 둔기로 습격을 당했습니다. 수상한 기척을 느끼고 아슬아슬하게 몸을 틀었습니다. 둔기가 머리는 비껴 갔지만 등을 직격타로 가격했습니다. 저는 휘청거리다 쓰러지는 바람에 놈을 놓치고 말았어요. 그만 캐고 다니라는 경고임이 분명했습니다. 저는 사포의 불법 행각을 파헤치고 싶은 게 아니라 그저 마야를 찾고 싶을 뿐인데 말이지요. 저들에겐 그게 그거처럼 보이겠지만요.

피를 흘리며 토드 스킨으로 들어갔을 때 이미 아래층 식당은 마감되어 캄캄했습니다. 평소에는 모습을 잘 드러내지 않는 주방 요리 보조 티T가 문을 열어 주다가 깜짝 놀랐지요. 머리를 다치지는 않아 다행이었으나 날개의 뿌리가 있는 등은 날개족에겐 급소이기에 고통이 상당했습니다. 티는 제 상처를 소독하고 거즈 붙이는 것을 도우며 입을 열었습니다.

—그자는 아무것도 알려 주지 않을 거예요. 손님. 그자뿐 아니라 현장의 누구도요.

그간 어쩌다 눈이 마주쳐도 인사 한마디 없던 티였습니다. 저는 무슨 뜻이냐고 물었습니다.

—사포의 현장에서 클론은 존재한 적이 없어야 하니까 있어

도 있다고 말할 수 없죠. 적어도 거기서 계속 일하고 싶다면요. 그러니까 모두 헛수고예요. 봐요. 탐정님도 위험해질 뿐이고요.

그 순간 티 역시 클론인 것 같다는 느낌이 들었습니다. 하지만 부러 확인하지는 않았습니다. 묻는다 해도 알려 주지 않을 테고 중요한 문제는 그게 아니었으니까요.

— 역시 일부러 저를 피하는 거겠죠?

— 덕분에 여기 손님도 많이 줄었어요. 당신과 마주치고 싶지 않으니까. 사실 주인아주머니는 그만 당신이 나가 주었으면 해요.

외지에서 온 날개족인 데다 성가신 탐정. 두 배로 환영 못 받는 존재라고 해도 할 말은 없었습니다. 다른 머물 곳을 찾아야 할 것 같았습니다. 현장 근처에 운영 중인 숙소는 토드 스킨이 유일했으니, 비용이 좀 더 들고 거리가 멀어도 주거지 구역에서 빌릴 방을 찾아야 했습니다.

— 고마워요. 솜씨가 상당하네요.

제 칭찬에 티는 내심 기쁜 듯이 상처를 치료하는 법을 친구에게 배웠다고 수줍은 목소리로 말했습니다. 그러나 곧 그 말을 후회하는 얼굴이 되었습니다. '친구'라는 단어가 제게 어떤 단서를 주었다고 생각한 모양이었죠. 그건 사실이기도 했고요.

잠시 어색한 침묵이 흘렀지만 저는 모르는 척, 추억을 회상하듯 입을 열었습니다.

— 저에게도 이 일을 알려 준 친구가 있었어요. 하고 많은 일

중에 탐정이라니. 제가 이런 일을 하게 될 줄 누가 알았겠어요. 처음엔 그저 어머니를 도우려던 것뿐인데.

저를 보는 티의 눈에는 벌써 호기심이 어려 있었습니다. 저는 탐정 경력의 첫 번째 일이라고 해도 좋을 그 사건을 티에게 들려주었습니다.

제 어머니인 디쿠아는 인디콜의 관세청 건물 청소부였는데, 어느 날 몰수품을 훔쳤다는 억울한 누명을 쓰게 되었습니다. 몰수품이 있던 방의 청소 담당자였다는 사실 외에 어느 증거도 없었는데 말입니다.

저는 날개를 꺾고 열두 계절이 흐를 때까지도 등의 상처가 아물지 않아 자주 앓아눕곤 했습니다. 차별받는 날개족인 것도 모자라 툭하면 아프기 일쑤니 당연히 제대로 된 일자리는 구할 수 없었죠. 평소 어머니와는 의견이 맞지 않아 자주 다투기까지 해서 착한 딸이라고도 할 수 없었습니다. 그렇다고 이 억울한 상황을 참고 있을 수만은 없었어요.

야시장 근처에서 언뜻 본 적 있던 탐정 사무소를 무작정 찾아갔습니다. 나이가 지긋하고 거만한 눈빛의 날개족 탐정이 그곳에 앉아 있었습니다. 저는 몰수품의 유통 경로를 찾아내면 진범도 밝히고 어머니의 무죄를 증명할 수 있을 테니 도와 달라고 했습니다. 그러나 그는 수임료가 없으면 사건을 맡지 않는다고 차갑게 대꾸할 뿐이었어요.

─수임료도 없이…… 의뢰했다고요?

티가 눈이 동그래져 물었습니다. 당연히 제가 무모해 보였겠지요.

—아뇨. 화폐보다 더 나은 수임료를 제시했어요. 조수가 되겠다고 했거든요. 이 사건을 시작으로 앞으로 당신이 수임하게 될 아흔아홉 개의 사건까지. 그 정도면 괜찮은 수임료 아니냐고요.

탐정은 여전히 싸늘했습니다. "수임료를 안 내는 것도 모자라서 무료로 탐정 수업까지 받으려 하다니, 어처구니가 없군." 그런데 어쩐지 싫은 표정이 아니었지요.

그는 몰수품의 행방을 찾아 어머니의 누명을 벗기는 것을 시작으로 나에게 탐정으로 살아가는 기술을 알려 주었습니다. 그는 제가 스승이라 부르는 걸 싫어했어요. 다른 누군가에게 소개할 때도 언제나 '친구'라고 했지요. 은퇴할 때까지 변함없이요.

—그때까지 저는 내가 날개족이라는 사실이 항상 부끄럽기만 했어요. 하지만 그는 그런 수치심을 잊게 해 줬죠. 그가 없었으면 지금의 나도 없었을 거예요. 멋진 친구였어요.

당신이 친구 이야기를 해서 나도 옛 친구 생각이 나 이야기하고 싶었을 뿐이라며 그만 자리를 정리하는데 티가 문득 물었습니다.

—오늘 떠나실 건가요?

—네.

저는 짧게 대답했습니다. 이제 그만 떠나 달라는 메시지를 전한 자신의 말을 까맣게 잊기라도 한 듯, 티는 체념 어린 표정을 지었습니다. 저는 티에게 이렇게 덧붙였습니다.

─하지만 여기를 떠나는 거지 헤소를 떠나는 건 아니에요. 마야를 찾기 전까지는요. 그 애는 이런 곳에서 저 두꺼비들에게 착취당하고 있어선 안 돼요. 베이퍼 부인에게 듬뿍 사랑받고, 돌봐 주어야 할 향기로운 꽃들이 많아요. 마야가 이름 지어준 꽃들 말이에요. 종족을 불문하고 멋진 친구들도 잔뜩 사귀어야죠. 그 애에게 삶을 돌려줄 거예요.

다시 찾아온 침묵 속에서 티는 저를 가만히 응시했습니다. 그러고는 지금까지 말하던 공용어가 아닌 서투른 새의 언어로 숨죽여 물었습니다.

─탐정님은 언제 날개를 꺾으셨나요?

헤소의 날개족 보호 구역 방문은 저에게도 처음이었습니다. 제 할머니는 헤소 출신이지만, 초기 인간족에게 땅을 빼앗기고는 어머니와 인디콜에 정착하셨죠. 똑같은 수모라면 차라리 외지에서 당하는 게 낫다면서요.

보호 구역은 숲과 작은 집이 조화롭게 서로에게 자리를 내어준 마을이었습니다. 이곳을 알려 준 토드 스킨의 티는 예상대로 미등록 클론이었습니다. 학대하는 주인으로부터 도망쳐 신분증을 사기 위해 돈을 모으는 중이라고 했습니다. 원래 공용어밖에 몰랐지만, 마야에게 새의 언어를 조금 배웠다고 했어요.

네. 마야에게서요. 부인께서 지금 보신 이름이 맞습니다. 바로 그 마야예요.

이 슈엘은, 보호 구역에서 마야를 찾았습니다.

마야는 보호 구역의 가장 변두리에 있는 늪지대의 허름한 집에서 날개족 노파, 아직 크림색 날개를 달고 있는 남자아이와 함께 머물고 있었어요. 낯선 방문객인 저를 보자마자 요리하고 있던 달궈진 프라이팬을 쳐들고 무서운 기세로 저주를 퍼부었죠. 물론 새의 언어로요.

순간 진심으로 무서운 한편 웃음이 터지고 말았습니다. 왜냐하면…… 마야는 부인께서 묘사하셨던 작고 연약한 아이와는 전혀 달랐기 때문이었습니다. 마야는 클론이고 부인처럼 초기 인간족의 외형이지만 제가 느낀 첫인상은 매였어요. 등에서 마치 그 머리카락 색깔과 같은 잿빛의 날개가 당장에라도 뻗어 오를 듯한 기세였습니다.

— 대체 왜 웃지?

마야는 유창한 공용어로 제게 물었습니다. 한 언어를 배울 만큼 시간이 훌쩍 흐른 것이었습니다. 부인의 곁을 떠나고 벌써 일곱 계절이 지났으니까요.

저는 새의 언어로 대답했습니다.

— 안녕, 마야. 저는 날개족이자 혜소 출신 디쿠아의 딸, 슈엘

이라고 합니다. 그리고 베이퍼 부인의 대리인이기도 하죠.

저는 봉인이 단단히 지켜진 부인의 편지와 의뢰서, 토드 스킨의 티가 서명한 보증서를 방패 삼아 내밀었습니다. 그제야 마야는 프라이팬을 천천히 내려놓았습니다. 그리고 이 슈엘을 한참 응시하다가 잠시 아이처럼 엉엉 울음을 터뜨렸습니다. 저는 부인을 대신해 그 등을 감싸 안고 가만히 쓸어 주었습니다.

지금부터는 모두 마야에게 직접 들은 이야기, 그리고 마야와 제가 함께한 일입니다.

토드 스킨의 티는 가게를 벗어나 현장으로 종종 음식과 차 배달을 갔는데, 거기서 마야와 처음 마주쳤습니다. 가져갔던 뜨거운 차를 쏟는 바람에 화상을 입은 티의 응급 처치를 우연히 본 마야가 도운 것이었습니다. 의사인 엄마에게서 어깨너머 배운 것이 많았다고요. 티가 말했던, 상처를 돌보는 법을 알려 준 친구가 바로 마야였어요.

우려대로 마야는 길을 잃은 여행자인 척 새의 언어로 말을 걸어 유인하는 클론 매매단에게 납치를 당했습니다. 그 뒤 밀수선에 갇혀 헤소로 끌려와 건설 현장에 불법 투입되어 착취당하며 긴 시간을 지내야 했습니다. 정말이지 끔찍한 일이지만 신분증이 없는 존재이니 사포에서는 비용도 가책도 없이 마음껏 부려 먹을 수 있었겠지요. 모두가 자신의 안위를 지키기 위해 침묵하는 이 무덤 같은 행성에서요.

지상의 경비가 삼엄해 제가 면접을 위해 들어갔던 입구로 탈출하기에는 어림도 없었다고 합니다. 방법은 공중뿐이었습니다. 로잔에게 들었듯이 노동자용 날개도 훔쳐 보았지만 날개의 뿌리가 없는 클론에게는 안타깝게도 무용지물이었지요.

— 그래서 '나비'를 노렸어요.

— 나비요?

마야는 제 이해를 돕기 위해 종이에 '나비'의 모습을 그렸습니다. 날렵하고 세련된 외양의 경비행기였습니다.

그 빌딩의 소유주인 사포 회장은, 정기적으로 공사 진행 상태를 확인하러 올 때 딸과 항상 동행했다고 합니다. 그때마다 나비를 이용했습니다. 경비행기를 좋아하는 소중한 딸의 취미도 즐기게 하고, 현장 감독까지 동시에 진행하는 게 회장의 일상이었습니다.

사포의 건설 현장은 소행성대 곳곳에 널려 있기 때문에 그는 매우 바쁜 사람이었습니다. 겨우 30분 남짓 다녀갈 뿐이지만, 관리자들은 모두 그 둘의 뒤꽁무니를 따라다니며 쩔쩔매느라 다른 일은 안중에도 없었습니다. 그 패턴이 몇 차례 눈에 익자, 마야는 그 틈을 노리기로 했습니다.

회장 부녀가 현장을 도는 사이에 마야는 딸의 경비행기에 잠입했습니다. 시찰을 마친 후 다시 출발하기 위해 기체에 탑승한 사포의 딸은 처음엔 눈치를 채지 못했지만, 이륙 준비를 하자마자 하중이 달라졌음을 깨달았습니다. 뒤에서 고개를 내민 마야를 보고 사포의 딸은 소스라치게 놀라 비명을 질렀습니다.

뭐라고 변명할 새도 없이 경비대가 사방에서 우르르 달려오기 시작했습니다. 마야는 머리를 감싸 쥐고 어쩌면 다시 만나지 못할 엄마를 부르며 몸을 웅크리는 일 말고는 할 수 있는 것이 떠오르지 않았습니다. 탈출하려다 붙잡힌 클론의 처분에 대해서 모두 쉬쉬해도 마야가 전혀 모르는 것은 아니었습니다. 이름조차 붙여지지 않은 소행성으로 끌려가 당하는 혹독한 일들에 대해서요.

그러나 이내 주변이 잠잠해졌다고 합니다. 사포의 딸은 언제 진정했는지 경비대에게 오해가 있었다며 돌려보내고 다시 이륙 준비를 시작했습니다. 그리고 고개를 돌리지 않은 채 이렇게 물었다고 해요. "네 엄마는 어디에 있는데?" 공용어라 정확한 뜻은 몰랐지만, '엄마'라는 단어만은 새의 언어와 발음이 비슷했기에 마야는 어째서 사포의 딸이 자신을 돕기로 했는지 어렴풋이 짐작할 수 있었다고 합니다.

고작 경비행기로 베이퍼 부인이 계신 인디콜에 갈 수는 없었습니다. 마야는 지도를 그려 이 보호 구역으로 데려다 달라고 했습니다. 헤소에서 새의 언어를 쓰는 사람들이 헤소에서 가장 안전하게 지낼 수 있는 곳이 모여 있는 장소가 보호 구역임을 티에게 들은 기억이 났기 때문입니다.

─그렇게 두 계절 전에 여기에 도착했고, 이분들이 저를 받

아주었어요. 라본 할머니와 폴에게 공용어를 매일 배우고 있고
요. 저는 보호 구역 내 숲을 날개족들과 함께 지켜요.

마야는 제게 그 둘을 차례로 소개했습니다. 이렇게 말씀드리
면 베이퍼 부인께서는 조금 섭섭하실지 모르겠지만 마야는 이
미 이 보호 구역의 한식구였어요. 지난 시간의 아픔은 이곳에
서 선물 받은 온기와 결합해 마야를 견고하게 해 준 것 같았습
니다. 그건 눈빛만 봐도 알 수 있는 것이었어요.

이 보고서에도 몇 번이나 언급했듯이 마야는 약하지 않습니
다. 어쩌면 부인도 이미 알고 계신 것일지도 몰라요. 정원의 꽃
과 나무에게 이름을 주고 제 몸처럼 돌봤다고 하셨지요. 무언
가를 기꺼이 돌보고 지키는 이에겐 저마다의 보석 같은, 혹은
새의 부리 같은 단단한 마음이 있으니까요. 저는 그런 마야에
게 조금 경탄했는지도 모르겠습니다.

하지만 엄마를 그리워하는 마음은 그와 다른 차원의 문제겠
지요. 제가 베이퍼 부인에 대해 말할 때만은 마야의 눈시울이
몇 번이나 부풀었어요.

―탐정님과 동행한다면, 인디콜로 돌아갈 수 있는 건가요?

마야의 물음에 저는 고개를 끄덕였습니다. 다름 아닌 그 일
을 하기 위해 온 탐정인걸요.

물론 그 계획대로 진행되었다면 이 보고서보다 저희가 먼저
부인 앞에 도착했어야 하겠지만요. 그렇지 못하게 된 까닭은,
그날 세 번째 일몰 직후에 닥친 비극 때문이었습니다.

일명 보호 구역 검문, 헤소의 경찰 당국이 성년이 지나도록 날개를 제거하지 않은 날개족을 찾아내 처벌하는 단속입니다. 라본 씨는 헤소의 보호 구역에서 몇 개의 계절마다 한 번씩 불시에 닥치는 일이라고 설명했습니다. 저는 물론, 마야도 이곳에서 처음 맞닥뜨리는 일이었습니다.

마을에 들이닥친 경찰들은 집집마다 방문해 거주민의 상태를 집요하게 검문했고, 성년을 넘기고도 여전히 날개를 가지고 있다면 전기 충격을 가해 일시적으로 의식을 잃게 한 뒤 가차 없이 연행해 갔습니다. 먼 곳에서 난폭한 소리와 울부짖는 소리가 뒤섞여 간헐적으로 들려왔습니다.

폴은 성년이 되려면 아직 한 계절이 더 남았기에 원칙대로라면 문제가 없었습니다. 하지만 집 안의 모두는 바짝 긴장해야 했습니다. 마야 때문이었습니다. 헤소 경찰은 사포와 끈끈한 유착 관계로 악명이 높습니다. 도망친 미등록 클론을 발견했을 때 그냥 넘어간다는 보장은 어디에도 없었습니다.

발소리가 가까워지자 마야와 저는 벽장으로 황급히 숨었고 간발의 차이로 검문이 시작되었습니다. 정확한 내용은 들리지 않았지만 공용어, 새의 언어, 쥐의 언어가 번갈아 오갔습니다. 헤소의 경찰은 지하족, 그중에서도 들쥐족이 가장 높은 비중을 차지하고 있습니다.

그런데 어느 순간 "안 돼요!"라고 외치는 라본 씨의 처절한 목소리가 들렸습니다. 저는 반사적으로 튀어 나가려는 마야를 꽉 붙들었습니다. 그래도 마야는 고집스레 몸부림치며 결국 벽장문을 열었고, 라본 씨는 바닥에 주저앉아 울고 있었습니다. 폴이 보이지 않았습니다.

신분증을 내놓으라는 경찰의 요구에 폴이 잃어버렸다고 답하자 그대로 끌려 나갔다고 라본 씨가 말했습니다. 우리가 숨어 있어서 신분증을 보관해 둔 벽장문을 차마 열 수 없었기 때문이었습니다.

마야는 그대로 바깥으로 달려 나갔고 저도 그 뒤를 따랐습니다. 우리는 의식을 잃은 날개족 아이들을 짐 더미처럼 쌓아 놓은 차량 컨테이너에 뛰어올랐습니다. 사위가 너무나 캄캄했고 누가 누구인지 구분하기도 어려웠습니다. 폴을 불러보았지만 대답은 돌아오지 않았습니다. 그때 갑자기 컨테이너의 문이 바깥에서 굳게 닫히고 말았습니다.

어둠이 드리우자 두려움과 허탈감이 동시에 밀려왔습니다.

이런 일을 제 어머니와 제게 겪게 하지 않고자, 제 선조는 고향을 버리고 인디콜까지 이주해 간 것일 텐데요. 삶은 늘 바람처럼 이루어지지 않는 법이겠지요.

끝도 없이 이어지는 어두운 차량과 함선의 불친절한 흔들림이 드디어 끝났나 싶을 때, 마야와 저, 그리고 연행당한 날개족들이 도착한 곳은 파이로프 행성의 어느 차가운 동굴 속 감옥이었습니다. 어째서 혜소의 구치소나 날개 제거 기관 따위가 아닌, 자원 채굴을 위한 행성으로만 알고 있는 파이로프에 와 있는지 당장은 누구도 알 수 없었지요.

철창 사이로 흘러들어오는 습기에 온몸이 으스스했습니다. 날개족들은 서로의 날개에 몸을 파묻으며 서늘함을 달래야 했습니다. 끌려온 날개족 중에는 저를 제외하고도 이미 날개를 꺾은 성인도 몇몇 있었습니다. 아이들을 빼앗기지 않으려고 경찰에게 반발하다 공무 집행 방해로 덩달아 오게 된 것이었지요. 아이들은 모두 두 날개 사이에 무거운 추가 달린 족쇄를 매달아야 했습니다.

스무 명 남짓의 아이들은 하나같이 폴과 비슷했습니다. 그러니까 성년을 한참이나 넘긴 거주민은 없었다는 뜻입니다. 고작한두 계절이거나, 아니면 폴처럼 억울한 경우였습니다. 어째서이렇게까지 해야 했는지 마야도 저도 이해할 수 없었습니다.

이곳의 감독자라며 나타난 자는, 억센 머리카락과 뾰족한 코를 가진 '지하족', 즉 언서와 인간의 혼종이었습니다. 그리고 그곁에 날개족 통역사가 있었습니다. 여기에서 지하족을 위해 긴시간 일해 온 것으로 보이는 그 통역사가 감독자의 말을 전했습니다. 우리는 불법 행위에 대한 첫값을 치르기 위해 지하족을 돕는 업무에 배정될 거라고요.

대체 무슨 일이냐고 마야가 나서서 묻자 감독자는 빙그레 웃으며 날개족은 앞으로 이 광산의 주요한 자원이 될 거라고 했습니다. 왜인지 그 말은 통역사가 통역하지 않았고 지하족의 언어를 아는 저만 알아들을 수 있었습니다. 물론 그 의미까지 아는 데는 시간이 좀 더 소요되었지만요.

며칠 후 지하족이 폴을 포함한 날개족 아이 둘을 골라 감옥 바깥으로 끌고 나갔습니다. 그리고 시간이 얼마나 지났을까요. 폴은 온몸과 날개가 더러워진 채로 끌려 돌아왔습니다. 우리 앞에 풀썩 쓰러진 폴은 어째서인지 숨을 쉬기 어려운 듯 호흡이 가빴습니다. 함께 갔던 다른 아이 노그는 없었습니다. 노그와 함께 보호 구역에서 끌려 온 날개 없는 형제가 폴에게 매달려 그 아이는 지금 어디에 있느냐고 재차 물었습니다.

마야는 일단 그를 떼어 내고 응급 처치를 시작했습니다. 차마 음식이라고 부르기도 힘든 우리의 식사 뭉텅이가 담겨 있던 낡은 주머니가 도움이 되었습니다. 주머니를 입가에 밀착시켜 주자 마치 풍선을 불었다가 도로 바람을 삼키는 것처럼 폴은 숨쉬기를 천천히 반복했습니다. 이윽고 호흡이 안정된 폴은 눈물을 뚝 떨어뜨리며 이렇게 대답했습니다. "죄송해요. 노그는 구하지 못했어요."라고요.

파이로프는 '이그로'의 최대 매장지입니다. 신의 자원이라고 불리는 이그로는 소행성대 건설 산업에서 빠뜨릴 수 없는 물질로 알려져 있는데, 실제로 이그로가 발견되기 전까지 파이로프는 이름조차 없던 행성이었지요.

이그로는 경량이면서도 견고함이 뛰어난 물질이지만, 채굴 시 무색무취의 강력한 유독 가스가 발생한다고 알려져 있습니다. 파이로프의 광부는 가스에 노출되는 줄도 모르고 작업을 이어 가다가 급성 발작을 일으켜 사망하는 일이 많다고 합니다.

몇 개의 연구소에서 독성 감지 장치를 개발했다고 하지만 실효는 없었습니다. 아무리 정교하게 설계해도 독성 감지 시점을 광부들이 제때 탈출할 수 있을 만큼 빠르게 당기지 못했다고 하더군요.

그러던 어느 날이었습니다. 폭발적인 이그로의 수요를 맞추기 위해 여러 종족의 광부들이 한시적으로 파이로프에 동원되었던 적이 있습니다. 바로 그때 지하족 광부들은 날개족이 극미량의 독성에도 즉시 민감하게 반응한다는 사실을 알게 되었습니다. 날개족의 의식 소실이나 호흡 곤란 반응은 그 어느 기계의 감지력보다 빠르고 정확했습니다.

이번에도 노그가 가스 중독으로 쓰러지자마자 광부들은 곧장 탈출했고 지하족의 피해는 없었습니다. 폴은 호흡 곤란에 시달리는 와중에도 의식이 없는 노그를 끌고 나오려 했습니다. 그러나 "한 마리라도 아껴!"라는 외침과 함께 누군가의 손에 붙잡혀 끌려 나오고 말았다는 것입니다.

폴은 자꾸만 "죄송해요, 죄송해요." 사죄했습니다.

―네 잘못이 아냐, 폴.

마야가 폴의 눈물을 닦아 주었습니다. 그러자 폴의 얼굴에 묻어 있던 검댕이 마야의 손으로 옮겨 갔습니다. 조금 기운을 차린 폴이 결박된 날개 때문에 불편한 몸을 이리저리 비틀자 마야가 족쇄의 추 방향을 바꿔 주었습니다.

그때였습니다. 마야의 손이 닿은 족쇄의 이음매에서 미세한 산화 반응이 일어났습니다. 마야의 눈이 휘둥그레졌습니다.

— 슈엘, 이것 봐요.

그리고 제 도움을 구했습니다. 시력만은 초기 인간형 클론보다 날개족이 좀 더 믿을 만할 테니까요. 특히 이런 어둠 속에서는요.

족쇄를 자세히 들여다보았습니다. 방금 마야가 만진 곳 이외에도 여기저기 희미한 산화의 흔적이 있었습니다. 채굴 중 날려온 분진 속의 무언가가 족쇄의 물질과 반응하는 것이 분명했습니다.

마야와 우리 날개족 모두는 폴의 몸에 달라붙은 분진을 최대한 족쇄로 옮겨 묻히기 시작했습니다. 이음매의 두께가 아주 조금씩 깎여나가는 것이 보였습니다.

통역사가 다음 동행을 고르러 올 때마다 마야는 자신이 가겠다고 가장 먼저 자원했지만 두 번 연달아 묵살당했습니다. 그동안 우리는 끌려 나갔던 아이들 넷 중 둘을 잃었으며 깊이 애도해야 했습니다. 그런 한편 살아온 아이 둘의 호흡을 진정시키고, 주머니에 한 움큼씩 숨겨온 분진으로 폴의 족쇄를 거의 느슨하게 만들 수 있었습니다. 하지만 다른 열다섯 개의 족쇄는 아직 단단히 잠겨 있는 채였지요.

그리고 다음 차례로 제가 지목당했습니다. 통역사가 처음으로 날개 꺾은 날개족을 고른 것이었습니다.

—나도 가게 해 줘!

마야의 고집도 변함없었습니다. 통역사도 이번에는 져 주기라도 하는 듯 수긍했지요.

마야와 저는 손을 잡고 걸어 나갔습니다. 현장은 감옥에서 꽤 멀리 떨어진 곳에 있어서 가는 데만도 상당히 지치고 말았습니다.

그래도 두 가지 약속은 잊지 않았습니다. 첫 번째는 유독 가스가 퍼지면 날개족인 제게 먼저 반응이 찾아올 테니 나를 꼭 구해 줄 거라고 했던 마야의 약속. 그리고 두 번째는 서로 하나씩 가진 빈 주머니에 분진을 최대한 채우자는 것이었습니다.

동굴 입구에서 몸수색이 있었습니다. 광부들은 우리의 옷에서 음식을 담았던 주머니를 찾아내 무엇이냐고 추궁했습니다. 발작이 찾아올 때 쓰는 응급 장치니 '한 마리라도 아끼고 싶다면' 그냥 두는 편이 이익일 거라고 제가 대꾸하자 더 이상 대수로이 여기지 않았습니다.

우리는 안으로 들어갔습니다.

채굴 현장은 상상했던 것보다 훨씬 열악한 곳이었습니다. 낮고 좁은 통로, 그리고 끝없는 어둠. 광부들은 작은 손전등 하나만 쥐여 준 채 우리를 먼저 들여보냈습니다. 파 놓은 동굴에 새던 유독 가스가 모두 빠져나갔는지 앞서 확인시키는 작업이었습니다. 이 광맥은 이그로 매장량이 압도적으로 풍부해 결코 포기할 수 없는 경로라고 했습니다.

— 슈엘.

몇 걸음 앞의 어둠 속에서 마야가 새의 언어로 말했습니다.

— 네, 마야.

— 나 사실, 정말 무서워요.

이번에도 용기 내 앞장섰고 그동안 늘 초연한 얼굴이던 마야의 목소리가 작게 떨리고 있었습니다.

— 저도 그래요.

실은 저 역시 마찬가지였습니다. 아직 아무 일도 일어나지 않아 다행이라고 생각하면서도 마치 폭풍전야 같아서 두려워지는 마음이 교차하는 중이었지요.

— 하지만, 무섭다는 말을 들어 줄 누군가가 곁에 있으니, 정말 무서운 건 아닐지도 몰라요.

— 그럴까요.

— 어쩌면요. 혼자였다면 얼마나 끔찍했겠어요.

— 하긴요. 맞아요.

그때 동굴 입구 쪽에서 "새들이 괜찮은 거 같은데."라고 말하는 소리가 들렸습니다. 우리는 그들이 이쪽으로 오기 전 서둘러 바닥에 쌓인 분진을 모아 음식 주머니를 채워, 옷 속에 꽁꽁 묶었습니다.

이어진 광부들의 작업은 오래 진행되지 못했습니다. 조금 더 파낸 지점에서 시큼한 냄새가 침투해 왔고 제 호흡이 가빠지기 시작했거든요.

숨을 들이쉬기가 점점 어려워지고 머리는 아찔했습니다. 제가 중심을 잃자 마야는 당장 탈출해야 한다고 외쳤습니다. 이제 '새들'과의 손발이 제법 맞기 시작한 광부들은 재빠르게 달아났지요. 그 후의 동굴 속 제 기억은 없습니다.

정신을 차려 보니 동그랗게 모인 아이들의 얼굴이 저를 걱정스레 내려다보고 있었어요. 제가 쥐어 짜낸 목소리로 "안녕." 하고 말하자 몇 아이는 울음을 터뜨렸고 몇 아이는 활짝 웃었습니다. 같은 안도의 마음으로요.

아이들 너머에 있던 마야는 저를 와락 끌어안았습니다. 호흡이 진정되고도 한참 눈을 뜨지 않아 걱정했다며 얼굴이 눈물범벅이었지요. 저에겐 그저 한 마디밖에 떠오르지 않았습니다.

— 고마워요.

기운을 되찾은 후 가져온 분진을 꺼내 아이들의 모든 족쇄를 끊었습니다. 아주 고요하게, 마치 이 안에서는 무력감을 키우는 것 외에 다른 일은 벌어지지 않는 듯이요.

탈출은 지하족의 인부들이 오늘치 음식을 가져올 때를 노리기로 했습니다. 우리의 숫자는 날개족 아이들이 열다섯, 날개 꺾인 어른은 셋, 그리고 마야와 저였습니다. 날개가 있는 아이들은 비행할 수 있지만 어른은 그럴 수 없기에 아이들 다섯이 어른 하나를 담당해 날기로 했습니다. 안전하게 균형을 유지하면서 비행 속도도 떨어뜨리지 않으려면 최소한 다섯은 필요했습니다.

그렇게 광산을 벗어나 곧장 행성 터미널로 전속으로 날아 은하 연합군에게 도움을 구하기로 했습니다. 다름 아닌 자수를 통해서요. 성년이 지나고도 날개를 제거 못한 사실과 파이로프 광산의 착취 상황을 동시에 알리고 중앙 정부가 있는 인디콜에서 적법한 재판을 받고자 요구하는 것입니다. 파이로프를 안전하게 벗어날 수 있는 방법은 그뿐일 것 같았어요.

과연 성공할 수 있을지 무모한 계획이지만 주저할 이유도 없었습니다.

지금 날개족 아이들은 머리를 맞대고 상세한 작전을 의논하는 중입니다. 그사이 저는 이 글을 마무리해야 합니다. 그래야 의논을 마치는 즉시 여기를 떠날 폴에게 이 보고서를 대신 전해 달라고 부탁할 수 있을 테니까요.

아마 지금쯤 부인께서는 궁금해하실 것입니다. 날개가 없는 마야와 저는 어떻게 탈출하면 좋을지요.

그 계획은 마야가 가지고 있습니다.

가스 중독으로 의식이 혼미한 저를 채굴 현장에서 이끌고 나올 때, 마야가 희망을 발견했습니다. 바로 인공 날개예요. 기억하실까요. 앞서 적었던, 로잔이 사포 현장에서 일할 때 지급받았고 마야가 훔치려 했던 그 날개 말입니다.

그 인공 날개가 지금 이 동굴 바깥에 있습니다. 마야에게 들은 바에 따르면 아까 채굴 현장에서 탈출할 때 통역사가 소식을 듣고 급히 날아왔는데, 다름 아닌 그 날개를 달고 왔다는 것입니다. 그리고 그걸 동굴 바깥의 사무소에 벗어 두었다고요.

날개족들이 무사히 날아오른 것을 확인하는 대로, 우리는 그 인공 날개로 이곳을 벗어나려고 합니다.

제가 아직 아이였을 때 공터에서 몰래 날던 그 감각은 이제 까마득하고, 인공 날개를 써 본 일도 없지만, 이 슈엘에겐 날개의 뿌리가 있으니 조금은 서툴러도 결국 비행할 수 있다는 것을 압니다. 자재의 하중도 견딜 만큼 튼튼한 날개니 마야를 안고 날아가는데도 문제는 없을 겁니다. 제가 지치지만 않는다면요. 지쳐서는 안 되겠지요.

조금은 무섭습니다. 과연 탈출에 성공할 수 있을지.

하지만 이 두려움을 나눌 마야가 있습니다. 그건 우리가 혼자가 아니라는 뜻이지요. 이곳에 오기까지 마야도 저도 혼자가 아니었듯이요.

곧 인디콜에서 뵙겠습니다. 베이퍼 부인.

그 순간까지 마야와 저를 위해 기도해 주시겠어요?

머나먼 파이로프,
그러나 마야의 곁에서
슈엘로부터

캐트닙
네트워크

『데드볼』, 황금가지, 2025년 1월

1.

이건 내가 어떻게 이름을 얻었는가에 대한 이야기야.

이 이야기의 주인공은 나니까 먼저 내 소개부터 할게. 사실 나는 이름이 아주 많아. 그렇지 않기 힘든 묘생이지. 길고양이 거든. 나는 단 하루 사이에도 아주 많은 사람을 만나고 그들이 나를 부르는 이름도 아주 다양해.

대체로 인간들은 나를 '야옹아' 내지는 '고양이야' 하고 부르지만, 면식이 생기면 자기 좋을 대로 이름을 붙이는 사람들이 꽤 있어. '치즈야', '인절미야', '누룽지야', '감자야' 등등. 털 색깔을 보고 자기가 좋아하는 음식을 갖다 붙이는 경우가 많아. 내가 좋아하는 음식들은 결코 아닌데 말이야. 인간이란 자기중심적이야. 아니면 상상력이 부족하다고 해야 할까. 뭐, 그들의 잘못은 아니지. 완벽한 종족이란 없으니.

아무튼 승주가 내 눈에 들어왔던 것은 그런 이름이 아닌, 특이한 이름으로 나를 불렀기 때문이야. 겸사겸사 이 이야기의 조연을 소개하지. 나승주. 여성. 29세. 배우 또는 무명 배우. 어느 쪽으로 불러도 좋다고 했어.

아, 여러분이 오해하지 않았으면 좋겠어. 내가 딱히 길집사들의 신상에 관심이 있는 편은 아니야. 길집사라는 단어에서 이미 눈치를 챘는지도 모르지만 나에게 그들은 한 덩어리로 이루어진 세계와 같아. 그들에게 내가 '야옹아'이듯, 나에게 그들은 '길집사야' 정도인 거지.

그들 개개인의 이름은 무엇인지 어떤 성격의 사람인지 내겐 별로 중요하지 않다는 말씀이야. 날 괴롭히거나 쫓아내지 않는 이상 적당히 야옹 소리를 들려주며 잘 보내는 데 지장은 없으니까.

뭐랄까. 길집사는 내게 소통의 대상이라기보다 환경에 가깝다고 해야겠지. 내가 이 지구별에서 한 묘생을 지내는 데 불편함이 덜하도록 먹을 것과 몸 뉠 곳을 제공해 주는.

승주는 나를 '이소야'라고 부르며 스틱형 간식을 흔들어 보였어. 우리의 첫 만남이었어.

불광천 둔치의 높다란 한구석, 나를 '감자야'라고 부르는 길집사 중 하나가 만들어 준 나무 상자 집이 있는데, 그 위에 올라가 늘어지게 누워서 초여름의 밤바람을 모처럼 만끽하던 중이었지. 멀지 않은 곳에서 자라는 캐트닙의 향이 솔솔 풍겨 와 마침 기분이 좋았거든. 길집사들에게 사료도 간식도 넉넉히 얻어먹어 배도 불렀고 말이야. 승주가 그 와중에 끼어든 거야. 눈치도 없지.

그런데 건방지다고 해야 할까 대담하다고 해야 할까. 내가 별로 안 좋아하는 닭가슴살 맛 스틱을 흔들며 난생처음 들어 보는 이름으로 날 유혹하려고 하더라고. 인간이었다면 어처구니가 없다고 웃었을 거야. 나는 웃음소리를 내지 않으니 뾰족한 송곳니를 드러내며 긴 하품을 하고는 폭신한 두 손 위에 턱을 올리고 눈을 감았어. 나는 너에게 관심이 없다는 의향을 온몸으로 전달하면서. 치즈도 감자도 누룽지도 아닌 이름이 약간 신선하긴 했지만. 그래도 닭가슴살 맛은 그다지 당기지 않거든.

"야, 이소야."

열 번쯤 불러도 꿈쩍 안 하면 그냥 퇴장할 만도 한데 승주 이 녀석은 좀 끈질겼어. 아니나 다를까 바람이 방향을 바꾸자 맥주 냄새가 나더라고. 여름밤이라, 인간들이 맥주 한잔하기 좋은 계절이긴 했어. 이 둔치에도 삼삼오오 모인 자리에 푸슉푸슉 맥주 캔 따는 소리가 심심치 않게 들려. 오늘은 미세먼지 주의보 때문에 한산한 편이었지만.

"뭐야, 이름이 별로 맘에 안 드나?"

승주는 간식을 제 에코백에 거두고서 내 상자 집 곁에 털썩 엉덩이를 내려놓았어. 내겐 갑작스러운 상황이라 화들짝 놀라

털이 바짝 곤두서고 말았지. 나는 얼른 상자 집 위에서 뛰어 내려와 승주와 적당한 거리를 벌렸어. 그런데 내가 자리를 비운 틈에 승주는 내 상자 집 위에 턱을 괴며 몸을 기대는 게 아니었어? 푸우 하고 한숨을 쉬면서.

"이야옹!"

항의의 뜻으로 크게 울었지만 꿈쩍도 안 하더라고. 비킬 생각이 없어 보였어. 무례하지 참. 그리고 곧 시작된 것이 승주의 자기소개였어. 이름은 뭐고, 어디 살고, 몇 살이고 주절주절 신상을 읊더니 신세 한탄으로 이어졌지.

"이번 오디션도 말아먹고 말이야. 아, 내가 배우거든? 누구나 알 만한 작품에 출연한 적은 없지만…… 무명이지만. 그래도 배우는 맞다고."

인간들은 좋은 일이 있을 때나 나쁜 일이 있을 때 술을 마시곤 하던데, 승주가 오늘 맥주를 마신 이유는 후자 같았어. 아, 그렇다고 내 집을 독차지한 상황을 용서한다는 뜻은 아니고.

그만 좀 비켰으면 했지만 이제 승주는 팔꿈치를 괴는 정도가 아니라 양팔로 내 집을 완전히 끌어안은 채 온 상반신을 의지하고 있었어. 착 달라붙는 복장에 기다란 카디건만 대충 걸친 모양을 보아하니 인간들이 즐겨 하는 요가를 하다 온 모양인데, 운동 후에 맥주 마시면 운동의 의미가 없다고 들은 것 같은데 말이야.

인간은 모순덩어리긴 하지.

"'이소'는 말이야 내 활동명에서 따온 건데, 내 필모 이름이 이소민이거든? 어때? 이름이 좀 별로인가? 그래서 너도 나한테 안 오고, 배역도 안 오는 건가? 이름 탓이야? 이름에 벌써 '소' 자를 쓰는 유명 배우들이 너무 많아서 그렇다고 하던데! 역시 작명소 얘기를 들었어야 했나 봐. 그런데 배우가 쓰던 이름을 중간에 바꾸는 게 얼마나 치명적인지는 알지? 그건 안 돼. 인기 없던 작품이라도 작품은 작품이니까. 그리고 솔직히 난 이소민 이란 이름이 좋다고. 흑. 이소, 이소!"

독백을 저렇게 길게 할 수 있다니 배우가 맞기는 하군 생각 했어. 그건 인정. 하지만 나는 이제 좀 자고 싶은데 도무지 길집 사……라고도 하기 뭐한 불청객이 내 집을 차지하고 있으니 말 이지. 아무래도 다른 곳에서 밤을 지내야 할 상황 같았어.

조금 귀찮기는 해도 어려운 일은 아니야. 다른 거처가 없는 건 또 아니거든. 캐트닙 네트워크 덕분이지.

아, 이제는 캐트닙 네트워크 소개를 할 차례 같군. 그건 고양 이들을 위한 시간 산책 환경이야. 장치가 아니라 환경이라는 표 현을 사용한 이유는 누군가 만들어 낸 게 아니라 원래부터 존 재해 오던 거라서야. 인간에겐 생소한 개념일 테니 조금 더 자 세히 설명해 줄게.

불광천 한쪽에는 캐트닙이 자라는 구역이 있어. 거기서 허리 를 꼿꼿이 펴고 우아한 뒷걸음질로 네 바퀴 원을 그리면(스텝 이 절대 꼬여선 안 돼!) 시간의 틈이 열리면서 여기와 다른 곳으로 이동할 수 있지. 어디로든 갈 수 있지만 기본적인 조건은 있는데, 캐트닙 구역에서 출발하듯 도착하는 곳도 캐트닙이 있는 곳이어야 해. 들어가는 문과 나오는 문의 조건은 같아야 하지. 그래서 캐트닙 네트워크야.

간식의 종류가 다양하다는 점에서 승주가 있는 이 세계도 나쁘지 않지만, 낮의 산책이나 소풍을 떠나고 싶을 땐 주로 이동하는 편이야.

내 생은 인간에 비해 짧은 데다 아직 다섯 해도 살지 않아서 인간 세계의 역사는 잘 몰라. 처음에는 모든 어린 고양이들이 그렇듯 무작위로 여행했어. 산책이란 새로운 길을 발견하고 탐색하는 묘미도 있는 거니까. 그렇게 이곳저곳을 기웃거리다가 마음에 드는 몇 곳을(인간에게는 몇 시대라고 하는 편이 자연스러울까?) 추렸어. 요물이라며 내쫓지 않고 환영하며 손짓하는 사람들이 있는 산책로를.

내가 선호하는 산책로는 자동차와 높은 건물이 없는 시대야. 길 구석구석까지 햇볕이 잘 들고, 차나 자전거가 갑작스레 나타나지 않고, 사람들이 짚을 엮어 만든 신발을 신고 다니는 곳. 가끔은 자기가 먹을 것을 아끼고 쪼개 나누어 주는, 고양이의 성품을 닮은 느긋한 사람들이 있는 곳. 시대는 다 다르지만 안진사네, 곰쇠네, 정 대감네가 그래. 기분 좋게 턱을 쓰다듬어 주는 훌륭한 손재주도 가졌지.

공중에 제멋대로 점을 찍는 나비를 쫓으며 맘껏 뛰어오르고 싶을 때는 어디로 가야 할지도 잘 알아. 미세먼지 없고 캐트닙 향 진동하는 환상적인 들판 말이야. 인간의 표현을 빌리자면 친환경인 곳들.

뒷걸음질 네 바퀴를 하기 전에는 늘 고민하게 돼. 좋아하는 몇 군데가 동시에 떠올라도 이 몸은 한 군데에만 있을 수 있으니 택일해야 하니까.

자, 어디로 갈까. 밤이니까 활기찬 산책로보다는 적당히 아늑한 곳이 좋겠는데.

결정에는 긴 시간이 걸리지 않았어. 마침 야식으로 북어포가 먹고 싶어졌고 그걸 구할 수 있는 곳은 딱 한 군데거든.

나는 상자 집 앞을 벗어나 캐트닙 구역으로 달렸어. '야, 너 어디 가! 내 말 안 끝났는데.'라고 외치는 소리가 들렸지만 돌아보지 않았지. 그저 내가 밤 산책을 마치고 돌아오기 전까지 나승주인지 이소민인지가 내 집에서 나가 주기만을 바랄 뿐이었어. 가엾은 인간을 위해 오늘 밤 정도는 이 몸이 양보해 줄 의향이 있으니까 말이야.

사박사박. 내 발바닥이 풀잎을 누르는 소리는 언제 들어도 황홀해. 특히 캐트닙 구역에서 그 향에 취해 뒷걸음질로 원을 그릴 때, 스텝이 엉키지 않게 집중하는 순간은 마치 그 사박거리는 울림이 세상에 남은 유일한 음악처럼 들리지.

한 바퀴, 두 바퀴, 세 바퀴.

두 살 이후로는 웬만해서 스텝이 어긋나는 실수는 안 해. 아주 우아하게 일정한 지름의 원을 네 번 그릴 수 있고, 이번에도 당연했어.

비로소 네 바퀴째에 도달하면 제 궤도를 그리던 하늘의 별이 멈추고 내 머리 위로 나비의 날갯짓보다 약간 더 강력한 바람이 느껴져. 열린 문틈을 빠져나가는 바람이라고 해야 할까. 시간과 시간, 공간과 공간 사이의 문틈이지. 나는 그곳으로 성큼 뛰어들어 가. 도약이야. 도약하며 그 틈을 통과할 땐 아주 재미있는 당김이 온몸을 감싸. 인간 아이들이 미끄럼틀을 타는 것과 비슷한 즐거움일 거야.

출구에서의 착지 역시 출발할 때와 마찬가지로 우아하게 할 계획이었어. 저쪽 캐트닙을 밟는 소리만 사뿐하게 들려오기만을 기다리면서…… 그런데.

"윽, 차가워!"

바로 곁에서 들리는 목소리에 꼬리를 부풀리며 얼른 돌아보았어. 이소민 아니, 나승주가 허리를 문지르면서 어둠 속을 두리번대고 있는 게 아니겠어. 너무 놀란 나머지 꼬리만이 아닌 온몸의 털이 정전기가 인 듯 곤두섰어.

있잖아.

나는 혼자 하는 산책을 좋아해. 낮이든 밤이든 그건 변함없어. 시간 여행의 힘을 빌린 산책도 마찬가지고. 다시 한번 강조하지만 호불호가 분명한 이 몸은 나 홀로 산책을 좋아한다고.

근데 산다는 게 다 그런 걸까. 예측 불가능한 일이 벌어지곤

하는 거 말이야. 시간 산책에 인간을 데리고 오다니. 이런 걸 컴패니언이라고 하던가?

"하……"

나는 긴 한숨을 쉬고 말았어. 부풀었던 털을 다시 가라앉혔지. 캐트닙 향으로 마음을 다스렸어. 이미 일어난 일인데 후회한들 뭐가 달라지겠어. 내 과오였지. 주변을 제대로 살피지 않고 도약한 내 탓이었던 거야.

"어쩔 수 없지."

"으헉!"

주변을 살피며 몸을 일으키던 승주가 내 목소리를 듣더니 다시 주저앉고 말았어. 그렇지 않아도 이슬 때문에 풀들이 축축할 텐데, 엉덩이가 꽤 차가울 것 같았어.

승주는 나를 한참 응시하더니, 나와 비슷한 자세로 앞을 향해 몸을 숙이며 눈높이를 맞추고는 물었어.

"……말을 해?"

목소리가 떨리고 있었지.

"어라, 내 말을 알아듣는 거야?"

승주가 천천히 고개를 끄덕였어. 동행을 데려온 건 처음이지만 내 말을 곧장 알아듣는 인간과 대화하기도 처음이라 나도 약간은 놀랐어.

"흠, 그렇군. 이런 것도 가능했군."

"'흠, 그렇군.'이 아니…… 야, 어디 가, 야옹아!"

빙글 돌아 목적지를 향해 가려는 나를 승주가 부르며 따라왔어. 조금 성가시기는 했지만 내가 데려왔으니 다시 돌아가기 전까지는 에스코트할 작정이었어. '이소'라는 이름을 망각할 정도로 놀란 것 같기도 했고.

같은 9시 무렵이라고 해도 이 시대에서는 바깥에 활동하는 사람이 거의 없어 거리는 한적하기만 했어. 그런데도 승주는 목소리를 잔뜩 낮춰 내게 속삭이듯 물었어.

"어, 어디 가는 거야?"

그렇지. 고양이와 대화하는 인간을 다른 사람들이 어떻게 볼까, 생각하지 않을 수 없는 거겠지. 주변을 의식하기 시작했다니 술도 조금은 깼던 모양이야. 그건 다행이었지.

"북어포 먹으러."

"북어……포?"

내 말을 그대로 받으며 승주는 주변을 다시 살폈어. 긴장했는지 자꾸만 고개의 방향을 좌우로 바꾸고 어깨를 움츠리고서 거의 발끝으로 걷는 모양이 얼마나 초라하고 비굴해 보이던지.

좀, 고양이인 내 체면도 생각해 주면 좋을 텐데 말이야. 동행이 저런 몰골이면 내 체면이 어떻겠냐고. 그렇지 않아도 거리에 몇 안 되는 사람들이 전부 승주를 흘긋거렸어. 저거 왜 옷을 입다 말았어, 미친년일세. 침을 퉤 뱉고 가는 취객도 있었고. 하지만 내게 문제는 요가복이 아니었어.

"좀 평범하게 걸을 수 없어?"

"야옹아, 지금 이게 평범한 상황이 아니잖아. 여기 대체 어디야!"

그렇게 물으면서도 승주는 제 나름의 대답을 찾는 중인 것 같았어. 여기가 어디인지, 어디쯤인지. 차량 하나 없는, 잊을 만하면 등장하는 희미한 가로등에 고요하다 못해 적막한 도로. 아스팔트 아닌 먼지 이는 흙바닥. 높은 건물은 기껏해야 두세 층. 도무지 눈에 익지 않는 옷차림, 두 가지 언어가 혼재된 간판과 벽보.

"영화…… 세트인가."

배우 또는 무명 배우에게 이곳은 그렇게 보이는 모양이었어. 하긴, 나도 길 가다가 문이 열린 식당에서 텔레비전을 볼 기회가 있는데, 그중에 영화 채널을 좋아해. 거기서 이곳과 비슷한 풍경을 본 것 같기도 했어.

하지만 분명한 건 이 산책에 우리를 비추는 카메라 따위는 없다는 거야. 조명도 없고 배우도 없어. 바닥에 굴러다니는 신문이 주는 힌트에 따르면 여기는 쇼와 18년, 즉 1943년 6월이고 경성이라는 도시의 종로야. 그리고…….

"현실 중 현실이지."

"너 되게 사람처럼 말한다?"

"네가 고양이처럼 말하는 게 아니고?"

"뭐?"

"기다려. 오래 안 걸리니까."

인간들이 보는 영화 중에 그런 거 있지? 첩자인 사람이 미행을 따돌리고 안전 가옥에 들러서 지령을 받거나 하는 거. 모든 비밀과 주도권을 손에 쥔 사람.

승주에게 저 말을 하는 내가 어쩐지 그런 캐릭터가 된 기분이 들어 살짝 우쭐해졌어. 솔직히 여기서 승주를 데리고 벗어날 수 있는 존재도 나 하나뿐이니, 이 몸이 막중한 책임을 지니고 있기는 했지. 승주는 잠자코 기다리는 수밖에 없고.

"……서 사진관?"

도착한 곳에 붙어 있는 간판을 승주는 굳이 소리 내 읽으며 확인했어.

맞아. 서 사진관이야.

이곳의 주인은 밤늦은 시간에도 일하느라 깨어 있을 때가 많거든. 나무가 삭아 벌어진 문틈으로 미끄러져 들어가 야옹 소리를 몇 번 내면 '나비구나!'라며 유등을 밝히고 나를 맞으러 나와. 포슬포슬하게 잘 말라 식감 쫄깃한 북어포도 언제나 준비해 두고 말이야.

고양이를 존중할 줄 알고 기본적인 예의가 있는 사람이지. 자동차와 자전거가 있어도 내가 이 시대 이곳을 잊지 않고 찾는 이유라고 할 수 있어. 대체 불가능한 것의 가치를 고양이는 아주 잘 알지.

"나비구나!"

약간 허스키하지만 점잖고 나긋한 말투가 언제 들어도 기분 좋은 목소리야. '나비'라는 흔해 빠진, 그리고 정체성을 교란하는 이름으로 나를 불러도 아무렇지 않을 정도라니까. 사진관의 실내가 밝아지며 정민의 얼굴이 나타났어.

서정민. 소개하지. 이 '서 사진관'의 주인이야.

여성이지만 이 시대의 다른 여성들과는 좀 다른 옷차림을 하고 있어. 이곳은 길고 풍성한 치마를 입는 사람들도, 발목과 종아리가 보이는 화려한 치마를 입는 사람들도 뒤섞여 있는데 나는 정민이 길든 짧든 치마를 입은 모습은 본 적이 없어. 항상 바지와 윗도리가 붙은 길쭉하고도 펑펑한 옷을 입고 있거든. 아마도 사진관 일을 하기에 그게 편해서 그런 것 같은데, 정민의 짧은 곱슬머리와도 잘 어울려서 나는 멋지다고 생각해.

옷차림이 편한 덕분에 나를 맞아 줄 때도 망설이지 않고 바닥에 철퍼덕 앉아서 손바닥 위에 준비한 북어포를 내밀지. 나는 그 따뜻하고 다정한 접시 역시 북어포만큼이나 좋아해.

정민이 작업실에서 달고 나온 시큼한 약품 냄새가 처음엔 싫었지만, 이제는 꽤 익숙해졌어. 그 냄새가 다가오면 발소리보다 먼저 정민의 존재감을 느낄 수 있을 정도야. 정민은 사진관 안쪽에 있는 컴컴한 밀실에서 사진을 현상한대. 정민이 카메라를 가지고 그 안으로 들어가면 나올 땐 종이로 된 사진을 들고 있어. 내가 출발한 시간에서는 사람들이 나를 휴대전화로 찍은 다음 바로 사진을 확인하는데 말이야. 이곳은 방법이 완전히 달라.

"야, 이소! 저기요!"

한참 정민의 손바닥을 핥고 있는데 바깥에서 문을 두드리는 소리가 났고 정민이 고개를 들었어.

내가 잠시 승주를 잊고 있었어. 승주는 삭은 문틈으로 들어올 수 없는 덩치니까 말이야. 예기치 않은 손님의 방문에 놀란 정민은 바깥에서 문을 두드리는 사람이 반쯤 헐벗은 사람인 걸 보고 얼른 문을 열어 줬어.

"감사합니다. 야, 이소! 사람을 혼자 바깥에 세워 두고 너."

"아, 이 고양이 주인이십니까?"

"니이야옹?"

주인? 어처구니가 없어 되물었지. 씹던 북어가 목구멍에 걸리는 줄 알았어. 정민은 집사라는 단어를 모르는 걸까. 물론 승주가 집사인 것도 아니지만.

승주도 제 처지를 아는지 도리질을 쳤어. 주인이라니. 주인이라니. 당치도 않아. 주인이라니. 고양이에겐 주인이 없어.

"아뇨, 그냥 아는 고양이…… 이 이…… 에이취!"

"잠시만 계십시오. 그 차림으로는 감기 들겠습니다."

아무리 스타일이 남다른 정민이라고 해도 말이지, 승주의 요가복은 여기 사람들에게 입다 만 것처럼 보였을 거야. 정민은 안쪽에 있는 자그만 창고 같은 방을 뒤지더니 승주에게 옷가지를 내밀었어. 빌려 드릴 테니 입으셔도 된다고. 도톰한 천으로 지은 투피스 치마 정장이었어.

어라, 정민이 이런 세련된 옷도 가지고 있나 싶었는데, 사진관에 걸려 있는 사진들을 보고 금방 깨달았어. 다름 아닌 사진 촬영용 의상이었던 거야. 그 옷을 입고 찍은 여성들 사진 몇 장이 벽을 장식하고 있었지.

그 옷으로 갈아입은 승주가 창고에서 나왔을 때, 나는 솔직히 깜짝 놀랐어. 의외로 굉장했다고 해야 하나. 뭐랄까, 이 시대의 무언가로 분한 인물 같았달까. 그러니까, 그래, 배우 말이야. 승주가 배우라는 게 비로소 실감이 났어. 거울 앞에서 제 모습을 비춰 보고 있는 승주를 바라보고 있는 정민도 나와 같은 생각인 것 같았고.

"정말 잘 어울리십니다."

고객을 위한 사탕발림이 아닌 감탄 섞인 칭찬이 분명했지. 도무지 승주한테서 눈을 못 떼더라고. 그 칭찬에 승주도 우쭐해진 표정이었어. 여기가 어디인지, 제 처지가 지금 어떤지는 까맣게 잊은 듯 거울 앞에서 몸을 이 각도 저 각도로 틀어 보는 게 아니겠어.

"감사합니다. 레트로네요."

"예?"

"레트로요."

같은 인간끼린데도 의미가 잘 안 통하는 모양이었어. 어쨌든, 이제는 제대로 된 옷이 생겼으니 돌아갈 때 적어도 미친년 소리는 듣지 않겠다 싶어 그 점은 안심했지.

"이건 꼭 세탁해서 돌려 드릴게요."

"천천히 주셔도 괜찮습니다."

"야, 가자. 이소. 너 가는 방법 아는 거지? 그렇지? 그렇다고 말해."

"크으으아……."

대답 대신 하품을 했어. 분위기 파악 못 하고 이렇게 달달 볶는 동행이라니. 북어포 한 조각 더 먹고 소화도 좀 시키고 가면 좋을 텐데 말이야.

"저 실례가 아니라면!"

내 마음을 읽기라도 한 걸까. 그때 정민이 끼어들었어.

"괜찮다면 여사님, 제가 사진 한 장 찍어도 되겠습니까?"

등불이 반사된 반짝반짝한 눈으로 정민이 물었어.

"사진사 된 입장에 그냥 보내기 영 아쉬운 모데루라 그렇습니다! 그러니까…… 옷값이라고 생각해 주시면…… 어떨까요, 여사님."

승주가 눈만 깜빡이며 대답을 안 하자 정민은 조바심을 내며 그렇게 덧붙였어. 아니나 다를까 승주의 얼굴이 울상이긴 했어. 왜지? 배우라면 '네가 너무 멋지니까 사진 찍어도 될까?' 라는 요청을 받을 때 기분이 좋아져야 하는 거 아니야?

"그거는 좀……."

"예?"

"제가 여사님은 아니거든요. 그래도 아직 스물아홉인데."

"아니, 연배만으로도 인생 대선배님이신데 어찌 여사님이라 부르지 않을 수 있겠습니까."

정민에겐 승주를 향한 칭송이 분명했지만, 승주에겐 의문의 2연패였지. 내가 알기로 정민은 이제 겨우 열아홉인가 스물이 되었어. 이곳은 원래 그의 나이 차 많이 나는 오빠가 사장이었는데 언제부턴가 그는 사라지고 정민만 남았지.

아무튼 카메라 앞에 서는 게 배우의 과업이니, 정민은 소원대로 승주의 사진을 찍을 수 있었어. 팔걸이가 있는 커다랗고 푹신한 의자에 다리를 꼬고 앉아서 한 손으로는 나를 쓰다듬으며 카메라를 강하게 응시하는 포즈였어. 나는 사진 찍히는 건 별로라(그 '펑!' 하는 소리가 싫어.) 모델이 될 생각은 요만큼도 없었는데, 승주가 계속 같이 하자 하는 바람에 내키진 않았으나 그 무릎에 올라앉았어. 이 상황을 만든 내 잘못이니까, 결국은.

"나비와 말이 잘 통하시는 것 같습니다. 여사님께서는."

"어쩌다 보니……."

여사님이라는 호칭은 승주도 적당히 포기한 모양이었어. 정민은 카메라로 우리의 초점을 맞추며 말했어.

"시장통 사람들이 고양이를 본 날은 재수 없다고 하지만 제 생각은 다릅니다."

아, 이게 내가 서 사진관을 좋아하는 이유지. 나는 동의의 뜻으로 가르랑거렸어. 승주가 내 턱을 기분 좋게 주물러 주어서는 아니고.

"나비가, 그러니까 이소가 왔다 가면 여긴 그날 장사가 더 잘 됐거든요. 이소는 제 행운의 고양이입니다. 그래서 언제라도 오면 먹을 수 있게 북어를 잘 말려 둡니다."

왜인지 정민도 나를 이소라고 부르고 있었는데, 그래, 뭐라고 부르든 뭐. 말했지? 내 묘생에 이름 같은 건 중요하지 않아. 많은 이름으로 많은 순간을 살아가지. 그게 길고양이니까.

"자, 찍습니다. 제가 신호할 때까지는 움직이시면 안 됩니다."

나를 쓰다듬던 손가락이 순간 멈추고 고요 속에서 펑 소리가 터졌어.

하지만 역시, 아무리 각오해도 정말 싫은 소리야. 눈앞에서 뭐가 아른거리는데 아무리 점프해 치워 내려고 해도 나는 그저 허공을 휘저을 뿐이야. 나비를 쫓는 것과는 달라. 불쾌해. 그런 나를 보고 승주와 정민은 뭐가 좋다고 깔깔 웃는지 모르겠지만 말이야.

올 때와는 다르게 돌아갈 때 승주의 걸음걸이는 느긋했어. 적어도 수상한 사람으로 보이지는 않을 것 같았지. 내가 돌아가는 시간의 틈을 만들어 도약하는 순간에는 듣기 괴로울 정도의 괴상한 비명을 지르긴 했지만…… 괜찮았어. 주변에 아무도 없었으니까.

2.

승주가 나를 다시 찾아온 건 그로부터 며칠 뒤, 미세먼지가 엄청나던 날이었어.

이 시대에서 우리는 같은 언어로 대화 못 하는 걸 알면서도 승주는 고개를 내민 나를 보자마자 마스크를 내리며 다짜고짜 조잘거렸어. 그날과 같은 닭가슴살 맛 간식을 갖고 와서는 말이야.

내 불찰이지. 그때, 언어가 일치됐을 때 제대로 취향을 밝혔어야 했는데.

"나 정말 믿을 수가 있어야지! 그러니까 우리 정말로…… 과거에 다녀온 거 맞지? 1943년에?"

그래도 엿듣는 사람이 있는지 눈치를 살피며 '과거에'부터는 목소리를 낮춰 말했어. 맥주 냄새는 풍기지 않았고 손에는 종이봉투 하나가 들려 있었어. 옷은 저번에 빌려 입었던 '레트로'라는 것과 비슷한 복장이었는데 요가복보다 훨씬 잘 어울렸어. 옷깃이 널찍하고도 부드러운 곡선으로 잡힌 감청색의 재킷과 튤립꽃을 뒤집어 놓은 듯한 치마.

음…….

정말 배우는 배우인가 봐. 조금 근사하다고 생각하고 말았으니까.

"니이야아옹."

그건 그렇고 닭가슴살 간식은 필요 없다는 얘길 했는데 알 아들은 표정이 아니었어. 승주는 이렇게 대꾸했거든.

"나, 거기 한 번 더 데려가 줄 수 있어? 이 옷 돌려줘야 하 잖아."

승주는 들고 있던 종이봉투를 흔들었어.

"시간 여행 하는 영화나 소설을 보면 그렇거든? 거기에 있는 물건을 함부로 가져오면 안 돼. 실수로 가져왔더라도 꼭 제자리 로 돌려놔야 한단 말이야. 뭐라더라. 맞아. 시간이 구겨져. 그래 서 과거에서 달라진 일 때문에 현재나 미래가 영향을 받는 거 야. 참, 그러니까 이소 네가 시간 조절, 아니 목적지 조절을 잘 해야 해. 즉, 이 옷을 빌린 시점 이후로 가야 한다는 거지. 그래 야 타임라인이 맞아!"

승주는 열띤 얼굴로 내게 설명했지만 사실 불필요한 일이었 어. 왜냐하면 승주가 굳이 알려 주지 않아도 나는 늘 그렇게 해 왔으니까. 이전 방문 시점보다 조금 더 뒤의 시간으로 방문하 는 것. 승주는 영향이니 시간이 구겨지니 같은 이유를 들었지 만, 나의 이유는 아주 명료하면서도 단순해. 그래야 정민이 나 를 기억하기 때문이지.

하지만 나는 낮잠을 마저 자고 싶었고 북어포도 그리 당기 지 않아서 산책은 거절하고 싶었어. 나를 싫어하는 노파가 나 타나기 전까지는 말이야.

"이 요물!"

무시무시한 목소리가 또 다른 이름으로 나를 불렀지.

"누가 또 재수 없게 새집을 갖다 놨어!"

소개할게. 내 최강의 적수. 노파. 이름은 몰라. 그도 나의 다른 이름 따위엔 관심 없을 테고. 그저 나를 요물이라고 부르면서 걷어차려고 발길질하고, 내가 도망치면 그 틈에 집을 부수는 습관의 소유자지. 벌써 몇 번째더라.

나는 꼬리와 발톱을 세우며 저항했어.

"니이야앙!"

"어머, 할머니! 왜 이러세요, 그거 고양이 집인데!"

"이 요물이 병균을 옮기니까 그렇지! 여기저기 쓰레기봉투나 헤쳐 놓고. 요 미친 고양이가."

"말씀 그렇게 하지 마세요! 착한 고양이한테!"

"왜 미친 고양이 편을 들어, 너도 미친년이야? 보아하니 옷도 촌티 나게 입었네."

"이건 레트로예요! 레트로!"

왜인지 나 때문에 승주가 미친년 소리를 자주 듣는 요즘이었어. 노파는 승주의 항의에 아랑곳하지 않았고 늘 그랬듯 내 나무 집을 걷어차는 데 성공했지. 나를 '감자야'라고 부르는 길집사가 새로 장만해 줬던.

"하지 마시라니까요!"

승주가 노파를 말리려 그의 등을 잡아당겼지만 벌써 늦었어. 지붕이 내려앉자 조금 슬퍼졌어. 말은 안 했지만 나 여기 정말 좋아했거든.

"더러운 고양이들은 다 죽어야 해!"

"할머니 신고할 거예요!"

"얼씨구. 하라지."

소기의 목적을 달성한 노파는 승주의 경고를 조롱하며 떠났어. 시간은 분명 평소와 같은 속도로 흐르는 중일 텐데, 노파만 나타나면 세상이 와다다 흔들리고 시간이 느린지 빠른지 자각도 할 수 없을 만큼 맥이 빠지곤 해.

"야! 이소! 넌 이런 대접을 받고도……."

'시끄러워 나승주. 잔소리는 듣고 싶지 않아.'라고 대꾸하려고 반짝 눈을 뜨며 고개를 들었어. 그런데 승주의 눈시울이 붉어져 있는 게 아니겠어. 입술은 감쳐물고 말이야.

나는 눈을 깜빡였지. 별일이야. 왜 자기가 화를 내고 난리야. 눈치 없이 닭가슴살 간식이나 가져온 주제에.

"진짜 열 받네! 정말로 확 신고해 버려? 이 동네 경찰서 어디야! 여기 CCTV가 어딘가 있을 거야! 빼박 증거가 다 있는데!"

"이야아옹."

"웃기지 마! 저런 사람은 한번 공권력의 맛을 봐야 다시는 못 그래!"

"이이야앙."

"뭐?"

"이이야앙."

"지금 진정하게 생겼어?"

왠지 어느 시점부터 대화가 통하고 있었어. 어쩌면 기분 탓이었을지도 모르지만 나는 일단 진정하고 여기를 벗어나자며 앞장서 걸었어.

"어디로 가게?"

"야앙 냥."

나는 캐트닙 향 바람이 불어오는 방향으로 당당하게 걸음을 옮겼지.

"지금? 정말? 아니 근데 네 집이 지금……."

일정엔 없었지만 뭐…… 승주는 서 사진관에 볼일이 있고 어차피 집은 부서져서 낮잠도 글렀으니까. 먼지 없는 곳에서 신선한 공기를 마시면 기분 전환도 좀 될 것 같고.

캐트닙 구역까지 승주를 이끌어 와서 한 바퀴 두 바퀴 세 바퀴 네 바퀴, 시간의 틈을 열었어.

도약하는 순간 괴상한 비명이 딸려 오겠지 하고 각오했는데 승주는 그저 조용히 나를 꼭 끌어안고 있을 뿐이었어. 숨은 좀 막혔지만, 그리 나쁘진 않았다고 해 두지.

"오셨군요!"

정민은 사진관에 나타난 우리를 환영해 주었어.

캐트닙 구역에서 사진관까지 걸어오는 길, 본의 아니게 우리는 많은 사람의 시선을 사로잡았어. 주말의 낮 산책이었으니 거리에 온갖 사람이란 사람은 다 나와 있었고, 미친년이라는 멸시 대신 '모데루와 나비다.'라는 호기심 묻은 웅성거림이 들려왔지.

그날은 고마웠다며 옷을 정민에게 건넬 때, 사진관 앞은 사람들로 북적북적했어. 모두 잘나가는 영화배우라도 구경 온 것처럼 말이야.

정민은 뭔가 곤란한 듯 문 안쪽에 걸린 암막 커튼을 치며 '사진 촬영 중'이라고 쓰인 문패를 바깥으로 향하게 했어. 순간 사진관이 고요해졌고, 무슨 긴한 용건이라도 있는 것 같아 나와 승주는 동시에 숨을 죽여야 했지.

정민은 잠시 머무적거리다가 입을 열었어.

"오늘도 아름다우십니다, 여사님."

"아, 오늘은 신경을 좀 썼어요. 이거 엄마가 결혼 전에 입던 옷인데, 여기랑 잘 맞는 거 같네요. 우리가 그로부터…… 1개월 만이군요."

칭찬에 으쓱해진 승주는 벽에 걸린 일력을 슬쩍 훔쳐보면서 기분 좋게 말했어. 앉을 자리를 안내하면서도 정민은 여전히 무언가 불편한 기색이었고.

이왕 여기까지 온 거 나는 북어포랑 물이나 좀 대접받고 싶었는데 그럴 분위기가 아니었지. 승주도 똑같이 느낀 모양이었어.

"그런데 어디 몸 안 좋으세요, 정민 씨? 기운이 없어 보여요."

"아닙니다. 건강합니다. 그저……."

"어, 이 사진!"

마주 앉자마자 승주는 정민의 어깨 너머 벽을 향해 감탄하며 외쳤어. 거기엔 커다란 액자로 된 우리의 사진이 걸려 있었거든. 가장 눈에 잘 띄는 벽의 중앙이었지.

승주와 내가 경쟁이라도 하듯 도도한 눈빛으로 카메라를 응시하고 있는 흑백사진이 신기했어. 화려한 색깔이라곤 전혀 없는데 모든 것이 그야말로 충만했거든. 마치 나와 승주 단둘이 시간의 틈의 주인이 되는 그 찰나처럼.

카메라를 싫어하는 고양이인 내가 봐도 굉장한 사진이었어. 승주도 자기 사진에 자기가 압도당해 말을 못 잇고 있었지.

"여사님! 사실 제가 고백할 것이 있습니다."

그때 계속 무언가를 망설이던 정민이 결심한 듯 입을 열었어.

"이 사진 말입니다. 그러니까…… 그걸로 제가…… 돈을 좀 벌었습니다! 죄송합니다! 미처 의중을 여쭙지도 않고 장사를 해서요! 하지만 돈을 엉뚱한 데 쓰지는 않았습니다! 그건 맹세합니다!"

정민의 난데없는 선언에 승주는 눈이 동그래졌어.

그러니까, 이곳의 시간으로 지난달 나와 승주의 사진을 걸어두었더니 저 사진을 개인적으로 살 수 있느냐고 문의가 들어오더라는 거야. 그런데 그게 한 사람이 아닌 여러 사람의 요청이었고, 날이 갈수록 더 많은 사람이 '모데루와 고양이' 사진을 팔지 않겠느냐고 물었다고 해.

그래서 두 주 전부터 정민은 사진을 작은 크기로 여러 장 뽑아서 원하는 사람들에게 다 팔았대. 지금도 계속 팔리는 중이고.

나는 귀가 솔깃해졌어. 무명 배우 이소민이 이 시대에는 유명인이 되는 게 아닐까 싶었달까. 오, 그렇다면 전적으로 내 덕분 아니겠어?

그런데 승주의 생각은 달랐던 모양이야.

"그건 실례잖아요."

과거의 종로에서 스타가 되었다는 사실이 조금도 달가운 목소리가 아니었어. 아까 노파를 만났을 때만큼은 아니었어도 화가 난 것 같았거든.

"초상권이라는 게 있잖아요. 저는 정민 씨한테 제 얼굴을 여기저기 뿌려도 좋다고 허락한 적이 없고요."

"죄송합니다. 하지만, 하지만……"

정민은 연달아 허리를 숙이며 사과했어. 그 모습이 좀 짠했는지 그제야 승주는 꼬리를 좀 낮췄어. 물론 승주는 꼬리가 없지만, 무슨 뜻인지 알아들었으리라 믿어.

"하지만 뭐요."

"급한 돈이…… 필요했습니다."

"왜요."

"……그건 말씀드릴 수 없습니다."

"제 얼굴을 팔아서 돈을 벌었잖아요. 어디에 썼는지 정도는 알 권리가 있는 거 아닐까요?"

아아, 엄밀히 따지자면 네 얼굴 더하기 내 얼굴이라고 반박하려 했는데, 정민이 내 순서를 가로채며 변명했어.

"저도 솔직히 여사님의 진짜 정체를 모르니…… 말씀드릴 수 없습니다."

"……네?"

승주는 기가 막힌다는 반응이었고, 이 일에 관하여서는 내가 끼어들어 정민을 위한 변호를 해 줘야 할 것 같았어.

"어이, 나승주. 이소민. 뭐든지 아무튼."

내가 길짐사를 호명하기는 처음이었는데 기분이 약간 묘했어. 승주는 그제야 발밑의 나를 보았지. 아마도 정민에게는 점잖게 '야옹' 하는 소리 정도로 들렸을 거야. 나와 같은 언어로 대화가 가능한 존재는 함께 시간 산책 중인 동행뿐이니까. 승주 덕분에 알게 된 사실이지.

"대답은 하지 말고 들어. 그러니까…… 아마 정민 씨의 오빠 때문일 거야."

"뭐?"

"대답하지 말라니까. 네 말은 사람들이 알아듣잖아."

그제야 살짝 열려 있던 승주의 입술이 비로소 다물어졌어.

"그 사람 이름은 서지헌이야. 내가 아는 바에 따르면 독립운동이라는 걸 하다가 어느 날 사라졌거든. 정민 씨는 오빠가 살 았는지 죽었는지도 모르는데, 가끔 나한테 얘기하면서 몰래 울 곤 해. 그래서 지금 정민 씨는 혼자서 이 사진관을 꾸리고 있는 거고. 그리고 자세하게는 몰라도 그 운동이란 거 때문에 순사 라는 사람들이 이 주변을 자주 어슬렁거려. 제복 입은 사람들 말이야."

승주는 내가 당부한 대로 어떤 대답도 하지 않고 가만히 듣 기만 했어. 정민의 오빠 이름과 '독립운동' 같은 단어를 들었을 땐 동공이 약간 흔들렸고. 승주도 요가로 운동하는 사람이라 뭔가 공감이라도 한 걸까 싶었어. 그런데 요가와는 달리 그 독 립운동이라는 건 왠지 이 시대엔 불법인 거 같지만 말이야.

설명을 이어 가며 나는 가뿐하게 승주의 무릎 위로 뛰어올 랐어. 승주가 오늘 입은 옷의 촉감이 꽤 마음에 들었거든. 한쪽 으로 쓰다듬으면 보들보들하고 반대편으로 쓰다듬으면 까슬까 슬해서 계속 만져도 질리지 않았거든.

"정민 씨는 때마다 그 운동하는 오빠의 동료들에게 몰래 돈 을 보내고 있대."

사람들은 말이지, 다른 사람에게 털어놓을 수 없는 비밀을 간혹 내게 털어놓곤 해. 나는 인간의 말을 할 수 없고 다른 이 에게 전할 수도 없다는 믿음이 있는 거지. 하지만 살아 있는 존 재를 너무 믿어선 곤란해.

아무튼 나는 독립운동이 정확히 무엇인지는 몰라도 그게 비밀이란 것은 안다는 뜻이야.

"아마 거기에 필요한 돈이었을 거야."

내 말이 끝나자마자 승주는 자리에서 벌떡 일어났어. 좀 더 그 옷에 머리를 묻고 장난치고 싶었는데. 그래도 나는 어느 생물보다도 민첩하고 유연한 몸의 소유자니까 얼른 바닥으로 사뿐 착지했어.

"가자. 이소."

"이야옹?"

"그리고 알겠습니다. 더는 묻지 않겠습니다. 이제 다시 오는 일도 없을 거예요."

그렇게 선언하면서 승주는 닫혀 있던 커튼을 걷고 문을 벌컥 열더니 인파를 헤치며 사진관을 떠났어. '도망치듯이'라는 말도 넣으면 더 잘 어울릴 그런 순간이었지. 나는 서둘러 승주의 걸음을 따라잡았어.

"나는 아직 북어포도 못 먹었는데! 목도 마르다고!"

"넌 지금 북어가 중요해?"

"그럼 뭐가 중요해!"

"위험은 사절이야. 내 인생도 아직 수습 못한 일투성인데 엉뚱한 시대에서 객사하고 싶은 생각 없거든. 인생 사진이 영정 사진 되지 말란 법도 없어. 여긴 1943년이니까. 돌아갈래."

"도대체 무슨 말을 하는 거야."

"괜찮아. 다 괜찮을 거야. 겨우 2년 남았잖아. 1945년까지. 빌린 옷도 돌려줬고 내 일은 다 했어. 나의 의무는 다했다고. 과거는 신경 쓰지 마."

승주는 내가 듣든 말든 계속 중얼거리며 직진했어. 행인들이 모데루와 고양이라고 속닥거려도 한눈팔지 않고 오직 앞으로만. 가끔 제복 입은 사람들이 지나갈 때 흠칫 놀라기는 했지만.

그런데 캐트닙 구역에 도착했을 때였어. 뒤로 네 바퀴가 시작되는 걸음을 떼려고 하는데 승주가 갑자기 방향을 틀더니 왔던 길로 되돌아가는 게 아니겠어?

뭐야, 아아, 스텝 꼬이잖아, 나승주! 갑자기 왜 그래? 어디 가는 거야?

"야, 돌아가자며!"

나는 뒷걸음질을 멈추고 날카롭게 소리쳤어. 그러자 승주는 그 자리에 멈춰서 중얼거렸어.

"……먹자."

아주 작은 목소리였지.

"뭐?"

"먹고 가자고, 네 북어포. 물도 좀 마시고."

무엇이 돌연 승주의 마음을 뒤집어 놓았는지 알 수 없었지만 나로서는 마다할 이유가 없었어. 나는 쏜살같이 승주와의 거리를 따라잡았지. 내가 발목 아래 도착하자, 잠깐 생각에 빠져 있던 승주는 확인하듯 이렇게 물었어.

"이소야, 여기 1943년인 거지? 정말로?"

"아까 달력 봤으면서."

"그래……."

그러고는 사진관에 다다를 때까지 아무 말이 없었지.

우리가 다시 나타났을 때 정민은 당황한 동시에 안도한 것 같았어. 아까 그렇게 승주를 보낸 정민의 마음도 편하지는 않았을 테지.

정민은 다시 와 줘서 고맙다며 내게는 북어포를 대접하고 승주를 위해 차도 한 잔 내왔어. 그래도 여전히 미안한 빛으로 승주의 눈치를 살피느라 여념이 없었지만 말이야.

정민이 우리의 사진을 고객들에게 판매한 게 그 정도로 나쁜 일이었던 걸까? 나는 하루에도 몇 번이나 낯선 사람들에게 온갖 포즈의 사진을 찍히는데.

"자초지종을 전부 말씀드릴 수도 없고 그걸 이해해 달라고 부탁드리는 것도 몰염치한 일이란 걸 저도 압니다. 하지만……."

"괜찮아요."

말을 더 잇지 못하는 정민에게 승주는 찻잔을 내려놓으며 대답했어.

"저라고 저에 대해서 전부 말씀드린 건 아니니까요. 다 각자의 사정이 있는 거죠."

듣고 보니 그 말도 맞았지. 우리가 미래에서 잠시 산책하러 왔다고 솔직하게 털어놓으면 그때 이 사진관을 뛰쳐나가는 건 승주가 아니라 정민일지도 모르니까.

그런데 승주가 나는 생각지도 않았던 말을 이어서 꺼냈어.

"그래서 말인데요. 정민 씨가 괜찮다면, 오늘도 제 사진을 찍어 주시겠어요?"

"예?"

그 말에 정민도 나도 깜짝 놀랐어.

"정말로 판매에 도움이 된다면 한 장 더 찍어 두고 싶어요. 그래서 돌아왔고요."

"저, 정말입니까?"

정민은 반색했어. 다른 사진도 있느냐고 몇몇 손님들이 물었다는 설명을 덧붙이면서.

"잘됐네요. 아까는 옷을 빌려주신 은혜도 모르고 제가 무례했어요. 사과드릴게요."

아까랑은 완전히 다른 승주의 태도를 나는 잘 이해할 수 없었지. 그건 정민도 마찬가지였을 거야.

"그런데 돈을 어디에 쓰는지도, 연유도 모르시잖습니까."

"맞아요. 하지만…… 간절한 일인 것 같아서요."

승주는 아마 다른 말을 하고 싶었던 것 같지만 그렇게만 대답했어.

무슨 심경의 변화일까, 나는 도대체 궁금해 견딜 수가 없었지. 아깐 고양이 만난 쥐처럼 줄행랑이더니 이제는 사진을 다시 찍겠다고 하고. 대체 독립운동이 뭐기에 그래? 북어포만큼 중요한 거야?

"대신 정민 씨도 저에 대해서, 진짜 이름이나 어디에 사는지 등등은 묻지 말아 주세요. 조건은 그거 하나예요."

"그거야 여부가 있겠습니까."

정민은 그날 두 번째로 승주의 사진을 찍었어. 이번에 나는 빠졌어. 정면에서 터지는 펑 소리는 아무래도 싫어서 말이야.

승주는 카메라를 향해 활짝 미소 지었어. 결과물을 보기 전인데도 좋은 사진이 나올 거라는 건 나도 알 수 있을 정도였지. 흑백사진이라 그 근사한 감청색까지 담아지지 않는 건 조금 아쉬웠지만.

이번에는 사진이 나오면 뒷면에 '이소'라는 이름의 서명까지 남겨 주기로 승주는 약속했어. 그럼 가격을 약간 더 받을 수 있을 거라나. 승주는 내게 이소라는 이름을 써도 괜찮냐고 허락을 구했는데, 어차피 내 진짜 이름도 아니니 네 마음대로 하라고 했지.

어쨌든 이것저것 상의하는 승주와 정민은 금세 단짝 친구라도 된 것 같았어.

나는 두 사람의 긴 회의를 인내심 있게 기다려 주었지.

간지러운 햇살을 만끽하며 낮잠을 푹 자고 물도 충분히 마신 뒤 우리는 우리의 시간으로 돌아왔어.

불광천 주변은 미세먼지로 뿌옇게 흐려져 있었어. 승주는 마스크를 찾아 쓰고선 '잠시만 기다려.' 하더니 어디론가 사라졌다가 내가 쓰던 상자 집과 비슷한 크기의 새로운 집을 안고 돌아왔어. 근처 마트에서 급한 대로 이것저것 샀다면서.

그러고는 부서진 집 자리를 깨끗이 치운 다음 새집을 놓으며, 정민과 새 사진을 찍기로 결심한 이유를 독백으로 들려주었지.

"고등학교 때 역사 시험 볼 때 말이야. 이런 문제가 있었거든. 다음 중 1943년에 사망하지 않은 독립운동가는? 아직도 그 시험지들 다 갖고 있어. 나 뭘 잘 못 버려서 말이야."

납작한 그릇에 생수를 따르면서 승주는 이야기를 이어 갔어.

"그 시험, 오지선다형이었으니까 답이 1번부터 5번까지 있었는데. 정답은 기억이 안 나, 솔직히. 맞았는지 틀렸는지도 모르겠고. 그때 그 문제를 보고 나는 정답이 뭘까가 아니라 이런 생각을 했거든. 그러니까 답이 하나라면, 네 사람은 목숨을 잃었다는 거네. 겨우 2년을 남겨 놓고. 그건 변하지 않네."

"이야옹."

"그런데 거기에 서 씨의 이름이 있었던 것 같아. 기억이 분명하지는 않지만, 이제 집에 가서 확인해 보면 알겠지. 그 이름이 서지헌인지 아닌지."

사실 그것들이 전부 어떤 의미로 연결되어 있다는 것인지 나는 온전히 이해할 수 없었지만, 승주의 얼굴이 약간 슬퍼 보인다는 것만은 분명했어. 쪼그려 앉아 내 등을 쓰다듬으며 잘 자라는 인사를 건네고서 터덜터덜 걸어가는 뒷모습도 어쩐지 지쳐 보였고.

그 등을 향해 '고양이처럼 당당하게 걸어!'라고 소리쳐 줬는데 언어가 어긋난 시간이라 승주는 못 알아듣더라고. 그 뒷모습이 보이지 않게 될 때까지 어깨는 축 늘어져 있었어.

그런데 며칠 뒤, 승주가 잔뜩 흥분한 얼굴로 나를 찾아와 회색빛 종이 한 장을 흔들기 시작했어. 앞에서 흔들어 주는 거라면 종이보다는 기다란 끈 쪽이 더 취향인데. 승주는 내 취향을 읽는 데는 영 재능이 없어. 이해해야겠지. 이번에 모처럼 새집을 마련해 준 길집사이기도 하니까.

"이소야! 나와 봐!"

마침 일어날 때가 되긴 해서 허리를 높이 올려 스트레칭을 한 번 하고 상자 집 밖으로 나갔어. 언제 의기소침한 적이 있었냐는 듯 보랏빛의 레트로를 입고 잔뜩 신이 오른 승주가 나를 보며 웃고 있었지. 뭔데, 빨리 말해 봐.

"이야옹?"

"이거야. 희미해졌다? 잘 봐 봐!"

그 회색 종이에는 '2006학년도 역사 과목 중간고사'라는 제목이 있었고, 승주가 가리킨 곳은 번호 17에 빨간색 줄이 죽 그어져 있었어.

"아니, 정답 여부가 중요한 게 아니야. 여기 봐. 5번."

5라는 숫자 옆의 이름은 서지헌이었어. 정말로 정민의 오빠 이름이 있었어.

"그런데 여기 '헌' 자가 약간 희미해진 거 보여?"

"니야……."

애매했어. 분명히 '헌' 자 모양의 글자는 다른 글자보다 덜 선명했는데, 그냥 인쇄가 좀 불량이었던 거 아니었을까. 승주는 인정하고 싶지 않은 것 같았지만.

"어떻게 생각해? 우리가 1943년에 영향을 준 걸까? 그러니까 시간이 어떻게 잘 구겨지면…… 이 이름이 완전히 지워질 가능성도 있지 않을까?"

나는 한 번 반박했어. 고양이도 그렇지만 인간도 같은 이름이 많지 않아? 내가 아는 이 근처 감자만 해도 다섯 마리가 넘는데. 누룽지는 세 마리, 치즈는 열세 마리.

"니야, 끼야옹."

"넌 의심이 너무 많아. 같은 해에 서 씨로 같은 이름까지 그럴 확률이 얼마나 되겠어."

언어가 어긋난 시간인데 그 말은 잘 알아듣다니 그것참 별일이었지. 이참에 나는 닭가슴살 간식이 싫다고 얘기하면 알아들으려나 생각할 때였어.

"가자, 이소. 다시 가야 해. 빨리 틈을 열어 줘!"

이쯤 해서 여러분에게 묻고 싶은 게 한 가지 있어. 고양이에게 지시를 내리는 게 과연 옳다고 생각해? 집사 주제에…… 그것도 길집사가.

고양이인 내가 이해해야겠지.

그날 이후로 승주는 내 동행을 자처해 몇 번 더 서 사진관에서 사진을 남겼어. '이소'라는 이름의 미지의 모델 사진은 날개 돋친 듯 팔렸어. 평양에서 놀러 왔다는 사람들도 일본인들도 우르르 사 갈 정도였다고 하니.

그리고 승주의 새로운 사진이 계속 팔려 나갈수록 시험지의 이름 '서지헌'도 점점 희미해졌어. 열두 번째 방문을 마쳤을 때는 결국 '서' 자만 남겨졌어.

그래. 결론적으로 승주가 맞았던 거야. 인쇄 문제가 아니었다는 거지. '서' 자만 남은 그 시험지를 내게 확인시켜 주던 날 승주는 감격에 젖어 울 것 같은 얼굴이었어.

승주는 이걸 '이소 프로젝트'라고 불렀어. 수익이 늘어나자 정민은 승주의 몫을 주고 싶다고 했지만, 승주는 이소에게 주는 북어포로 충분하다며 사양했어. 그것도 맞는 말이기는 하지.

프로젝트 덕분에 정민도 부쩍 활기차 보였어. 사진관은 손님이 많이 늘었고 나도 매번 북어포를 부족하지 않게 대접받았지.

그런데 언제부턴가 정민이 한 번씩 마른기침을 길게 해서, 과로로 몸이 안 좋아진 건 아닐지 걱정도 됐어. 도착한 우리를 맞이하려고 작업실에서 눈을 비비며 나오는 모습이 피곤해 보이기도 했고. 그래도 목소리만은 한결같이 씩씩한 정민이었어. 독립운동의 효과일까. 하긴, 정민은 맥주도 안 마시니까 최소한 승주보다는 건강할 거야.

"몇 번만 더 해 보면 될 것 같지 않아?"

열두 번째 산책에서 돌아오는 길, 마스크 너머로 승주의 들뜬 목소리가 들려왔어. 며칠 연달아 미세먼지 주의보가 뜨는 가을이었지.

"몇 번만 더 하면 완전히 지워질 거 같으니까."

그나저나 전부터 궁금했던 게 있어. 이름이 지워진다는 건, 이름이 없다는 건, 고양이와 마찬가지로 인간도 자유로워진다는 의미인지. 승주의 눈을 보니 좋은 일인 건 분명한 듯한데 말이야.

"그만 갈게 이소야, 오늘도 고마웠어, 푹 쉬어! 또 봐! 잘 자!"

나는 이소라는 이름에 점점 익숙해지는 중이었고. 손을 흔들며 멀어지는 승주를 보는데 어쩐지 콧잔등이 시큰해졌지.

언제부턴가 승주가 아무리 커다란 마스크를 써도, 아무 냄새를 풍기지 않아도, 나는 멀리서도 내 시간 산책 동행을 알아볼 수 있게 됐어. 그건 분명해.

그리고 그날은 꿈에서도 승주와 어디론가 산책을 떠났어.

3.

여러분도 알 거야. 내 달리기 실력이 그리 나쁘지 않다는 것은. 하지만 내가 원할 때 원하는 속도로 달리고 싶지, 누군가에게 쫓기며 달아나는 건 조금도 좋아하지 않아.

그래. 굳이 이 이야기를 꺼내는 건 내가 누군가에게 쫓기고 있었다는 뜻이야. 젠장.

노파? 아냐. 노파 얘긴 나중에 할게.

도망치는 게 나 혼자라면 좀 수월했을 텐데 두 사람이 더 있었어. 승주, 그리고 정민.

그 둘은 숨을 헐떡이며 내 뒤를 따라오느라고 혼비백산이었지. 저 멀리에서는 제복 입은 사람 둘이 우리를 쫓는 중이었고.

"이소야! 너 두 사람도 가능해?"

그런 와중에 승주는 나를 향해 그렇게 외치는 게 아니겠어.

아무튼 인간들이란. 고양이가 없다면 어떻게 살아갈까, 인간들은.

이런, 이야기의 순서가 조금 꼬이고 말았군. 처음부터 설명할게.

그러니까 1943년으로의 열세 번째 산책이었어. 승주는 서 사진관에서 열세 번째 사진을 남길 예정이었지. 결과적으로는 그럴 수 없었지만. 왜냐하면 카메라 앞에서 포즈를 잡는 순간 제복 입은 사람 둘이 들이닥쳤거든.

"네가 이소인가?"

문이 열리자마자 제복 1번이 승주를 보며 물었어. 나는 무심결에 그건 나라고 대답할 뻔했지.

어떤 질문에도 아니라고 하고 싶다는 표정으로 승주는 의자에서 천천히 일어났어. 나도 바닥에 웅크리고 있던 몸을 서서히 높였지. 분위기가 심상치 않았거든.

"제국의 치안을 어지럽히는 불온 활동 혐의로 체포한다. 이소라는 이름의 작자가 불법 자금 융통의 가담자라는 제보를 입수했다."

그 말에 놀란 정민이 사이에 끼어들었어.

"잠시만요! 이분은 그냥 제 모데루이십니다! 뭔가 오해가 있습니다."

"시끄럽다. 넌 관계없어."

제복 2번이 정민을 밀치며 승주에게 수갑을 들고 다가갔어. 나는 잽싸게 승주의 앞을 막아섰지. 발톱을 세우고 하악 하는 소리를 내자 제복 2번은 잠시 주춤했는데, 그 틈에 정민과 승주가 동시에 목소리를 높였어.

"관계없지 않습니다! 그 사진 판매를 부추긴 건……."

"그러지 말아요, 정민 씨! 저는 어차피……."

여러분도 벌써 짐작했겠지만, 정민이 말을 끝까지 했다면 '그 사진 판매를 부추긴 건 저니까요! 가담자는 접니다!'라고 했을 테고, 승주는 '저는 어차피 미래에서 온 인간이라 상관없어요!'라고 했을 거야.

그리고 나는 저 말들을 제복 1번과 2번이 들어서 좋을 게 하나 없다는 것을 알고 있는 똑똑한 고양이지. 그래서 두 사람의 말을 자르고자 있는 힘을 다해 포효했어.

"크롸아아앙! 크롸아아앙!"

알고 있는지 모르겠지만 나의 언어는 상당히 복잡하면서도 정교하고 실용적이야. 한 번에 여러 가지의 의미를 동시에 전할 수 있거든.

길집사 두 사람에겐 조용히 하라는 뜻이었고, 제복 1번과 2번에겐 더 이상 내 길집사들에게 가까이 다가가지 말라는 위협이었으며, 마지막으로는 현재 비상사태니까 와서 좀 협력을 부탁한다는 신호이기도 했어.

"크롸아아앙!"

"뭐야, 이 미친 고양이가!"

괜찮아. 어디에나 나를 싫어하는 존재는 있으니까. 하지만 이 둘은 곧 후회하게 될 운명이었어. 나만 맡을 수 있는 좋은 냄새가 나기 시작했거든. 아주 익숙한 냄새가. 햇빛 좋은 날 잘 마른 털의 냄새. 고양이들의 냄새가 가까워지고 있었어.

나와 닮은 황색 고양이, 검은 고양이, 진회색 고양이, 얼룩 고양이, 흰 고양이, 삼색 고양이…… 어림잡아 서른 마리쯤 되는 것 같았지.

그롸아아아아아앙!

나 혼자의 포효와는 비교할 수 없는 함성과 함께 열린 문으로 색색의 고양이들이 한꺼번에 파도처럼 밀려들어 왔어. 사진

관은 순식간에 고양이 상자라는 이름이 더 어울릴 장소로 변해
버렸지.

제복 1번과 2번은 자기들에게 매달려 할퀴기 시작하는 고양
이들을 떼어 내기 위해 몽둥이를 휘두르며 몸을 격렬하게 비틀
었지만 효과는 별로 없었어. 그들에겐 혼란과 공포의 도가니였
을 거야. 그 틈에 나는 승주와 정민을 이끌고 빠르게 도망쳤지.
우리는 캐트닙 구역을 향해 전력 질주 했고 그게 앞서 생략됐
던 이야기야.

"이소야! 너 두 사람도 가능해?"

그 질문에 대한 답은 사실 나도 미지수였어. 나는 오랫동안
혼자 산책을 다녔고 최근에야 한 사람 정도는 데리고 다닐 수
있다는 걸 알게 된 거니까.

그런데 한창 달려가는 중에, 덩치 큰 검은 고양이가 불쑥 나
타나 나와 속도를 맞춰 달리면서 말을 붙여 왔어.

"캐트닙 구역으로 가는 건가?"

아까 몰려왔던 녀석들 가운데 하나인 듯했지. 몸집만 보아서
는 무리의 우두머리 같기도 하고. 하지만 묘하게 순한 인상과
윤기 흐르는 털을 보니 나와 달리 집고양이일지도 모르겠다는
생각이 들었어. 그래서 새침하게 물었지.

"네 녀석도 길냥이 맞아?"

"세상에, 그런 천박한 호칭은 도대체 어느 시간에서 쓰는 거야?"

녀석이 정색하며 반문했어. 아니, 길냥이가 어때서. 아무튼 이 검은 고양이도 나와 같은 처지라는 뜻이긴 했지.

"2017년."

"거긴 산책하기에는 영 꽝이겠군. 나는 '이름 없는 송곳니'라고 스스로 칭하긴 하지만, 다른 존재에겐 무엇으로도 불리지 않아. 내 묘생은 이름의 속박 따위엔 어울리지 않으니까 말이지."

이 바쁜 와중에 굳이 참견해서 멋진 척 한번 하려는 검은 고양이가 성가셔질 무렵이었어.

"이소야! 빨리 틈을 열어!"

뒤따라오는 승주가 괴성에 가까운 소리를 질렀어.

우리가 이곳에서 완벽하게 도망칠 방법은 당장 그것뿐이라는 걸 나도 그만 인정해야 했어. 마침 캐트닙 구역에 거의 다다른 참이기도 했지.

"설마 저거 네 집사야? 길을 완전히 잘못 들었는데."

어처구니없다는 듯이 송곳니가 빈정거렸어.

"시끄러워. 너 산책할 줄 안다면 네트워크나 증폭시켜 봐. 한번에 둘을 데려가 본 적은 없으니까 만약을 위해서."

"글쎄, 시간이 구겨질지도 모를 일을 내가 왜 도와줘야 하지."

"아니면 네 녀석을 평생 '숯댕이 길냥이'로 기억할 테니까."

그 말을 심각한 모욕으로 받아들인 모양인지, 이름 없는 송곳니는 더 이상 대꾸 없이 나의 요청을 접수했어.

"제 손 잡아요, 정민 씨!"

승주는 마치 제힘으로 시간 산책을 하는 것처럼 정민에게 말했어. 인간은 늘 자기중심적이라니까. 그래. 그래서 그 둘을 중심에 두고, 나와 송곳니는 얼른 뒷걸음질로 네 바퀴를 시작했어. 평소보다 지름이 두 배 큰 원을 준비해야 했지. '서라!'라고 외치는 제복들의 목소리는 점점 가까워져 오고.

시간이 없었어. 서둘러야 했어.

"언젠가 이런 날이 올 줄은 알았습니다. 영원히 숨길 수는 없으니까요."

아직 우리의 계획을 모르는 정민은 숨을 헐떡이며 말했어.

"조사는 제가 받도록 하겠습니다. 이제야 말씀드리지만 돈은…… 독립운동 자금으로 보냈습니다. 저들 말은 사실입니다. 여사님까지 말려들게 해 송구합니다. 제가 주제를 넘었습니다. 용서해 주십시오."

그러고는 승주 혼자서라도 도망치라는 듯이 정민은 손을 놓으려 했어. 그러나 승주는 더 굳게 붙들 뿐이었지.

"아뇨, 같이 가요."

"무립니다. 여사님께서라도 숨으십시오! 제가 여기서 시간을 벌겠습니다. 그렇지 않으면 둘 다 붙잡힙니다."

"적어도 오늘은 아니에요. 지금도 아니고요."

"예……?"

"이소, 준비됐어?"

송곳니가 도와준 효과가 있었어. 평소보다 두 배 큰 틈이 열렸고 나의 선두로 손을 맞잡은 승주와 정민이 차례로 뛰어들었어.

"무사하길 바라지."

마지막까지 멋있는 척하던 송곳니는 깔끔한 마무리를 위해 제복들에게 달려들었어. 송곳니의 발톱은 꽤 길었으니 상당히 아팠을 거야.

그래. 그를 기꺼이 이름 없는 송곳니로 기억해 주기로 했어. 그 이름에 어울리는 마지막을 보여 주었으니까.

"우선 물건을 좀 챙길게요. 휴대전화며 지갑이며 다 여기에 있어서요."

승주는 나와 정민을 데리고 새절역으로 들어갔어. 거기엔 물건을 잠시 맡아 주는 여러 칸 상자가 있는데, 승주는 그중 한 군데에서 몇 개의 숫자를 삑삑 누르더니 문을 열고 가방을 꺼냈어.

새절역은 날씨가 무척 차가울 때 나도 가끔 내려가는 곳이긴 해. 여기에서 일하는 제복 입은 사람 하나가 연어 맛 간식을 줄 때도 있고. 따뜻한 날엔 일부러 찾아오지 않는데 승주 때문에 오랜만에 오게 됐어.

"시간을 이동할 땐 물건을 미리 여기에 넣어 둬요. 이소 있는 데서 제일 가까운 보관함이기도 하고, 아무래도 여행에 짐은 간소한 편이 좋잖아요. 혹시라도 미래의 물건을 거기서 분실이라도 했다가는 시간이 엉뚱하게 구겨질까 걱정도 되고요."

구구절절한 승주의 설명에도 정민은 마치 셔터를 누르듯 두 눈을 깜빡이고만 있었어. 그러고 보니 불광천의 캐트닙 구역에서 지하 역사까지 내려오는 동안 정민은 상하좌우로 부지런히 고개를 돌리기만 할 뿐 입을 벌린 채 아무 말도 꺼내지 못했지.

그때 열차가 도착했는지 철컹철컹하는 요란한 소리와 함께 진동이 느껴졌어. 정민은 비로소 헉 소리를 내며 발바닥이 불에 데기라고 한 듯 폴짝 뛰었지.

승주가 정민에게 설명했어.

"지하철이 도착했나 봐요."

"지하철……이요?"

"땅 밑으로 지나가는 기차인데……."

"지하 갱도라도 있는 겁니까?"

그 말에 승주는 웃음을 터뜨리며 말했어.

"아니, 그냥 평범한 열차예요. 편리하고. 한번 타 보실래요?"

"아닙니다. 더 멀리 가고 싶지는 않습니다."

정민은 빠르게 고개를 흔들었어. 순사를 적당히 따돌릴 수 있을 만큼만 여기에 머물렀다가 다시 돌아가야 한다고 했지. 사진관을 그렇게 내버려 둘 수는 없다면서.

그런데 정민이 이곳에 극도의 이질감을 보이는 것과 달리, 그런 정민을 눈여겨보는 사람은 아무도 없었어. 기억해? 승주가 처음 과거로 도약했을 때 행인들에게 어떤 인상을 남겼는지. 완전히 대조적이었달까.

"정민 씨 옷이나 머리는 그대로도 괜찮거든요. 그 점프슈트도 헤어스타일도 오히려 여기서 더 자연스러울 거예요. 요즘 곱슬머리 쇼트커트도 유행이고요."

그때 정민의 뱃속에서 꼬르륵 소리가 났어. 승주는 열심히 뛰었더니 자기도 배고파 죽겠다면서 당장 뭐라도 먹으러 가자고 앞장서 역을 나섰지. 그야말로 대찬성이었어. 북어포는 고사하고 점심 한 입도 못 먹은 날이었으니까!

우리는 역 근처 편의점 야외 테이블에 자리를 잡고 앉았어.

사실 식당 몇 군데를 먼저 들렀지만, 고양이를 환영한 곳은 없었거든. 다섯 번째 퇴짜를 맞았을 때 승주가 물었어. 차라리 편의점은 어떨까요 하고.

좋은 생각이었지. 나에겐 고양이 음식도 빠짐없이 구비해 놓은 편의점이 가장 좋은 선택지니까. 다행히 오늘은 미세먼지 주의보도 아니어서 공기도 맑았어. 인간들도 바깥에서 식사하기 좋은 날씨였지.

승주가 뜨거운 물을 붓고 테이블에 내려놓은 컵라면 용기를 쳐다보던 정민이 물었어.

"국수를 그릇째 팝니까?"

"컵라면이라고 해요."

"컵라면은…… 다 먹으면 그릇은 가져도 됩니까?"

"아뇨, 저기 휴지통에 버리면 돼요."

"버, 버린다고요?"

이곳에 도착한 이래 들은 정민의 가장 큰 목소리였어. 승주는 당황하며 대답했어.

"아…… 환경 오염 문제를 피할 수 없기는 해요. 죄송해요. 목숨 걸고 지켜 주신 세상인데. 그래도 분리수거와 재활용으로 최선을 다하고는 있어요."

그 말도 틀리진 않았지만 승주가 사과해야 할 대상은 하나 더 있었어. 누구냐고? 바로 나야. 두 사람이 컵라면과 김밥, 샐러드, 과자, 주스를 먹는 동안 과연 나는 무엇을 먹었을까? 바로 닭가슴살 맛 사료였어.

하필, 어째서, 왜? 편의점에는 그렇게 다양한 사료와 간식을 파는데 승주는 거기서도 닭가슴살 맛 사료를 골라 왔다고. 나 승주는 고양이만큼 고집이 센 모양이야.

그래도 나는 잠자코 먹었어. 정말로 배가 고프기도 했고, 먹다 보니 또 그리 나쁘지만은 않은 것 같기도 했고.

아아, 나도 나이가 들어가는 걸까. 입맛에 변화가 생긴다는 건. 아니면 나도 모르는 심경의 변화라도 생긴 걸까.

"이걸 보여 드려도 되는지 모르겠지만요."

식사를 마칠 무렵 승주는 가방에서 자기 손바닥만 하게 접힌 시험지를 꺼냈어.

이미 정민이 2017년으로 와 버린 마당에 어떤 방식으로 시간이 구겨질지 우리도 예측할 수 없었지만, 승주는 이소 프로젝트에 대해 다 하지 못했던 이야기를 드디어 정민에게 털어놓았어. 시험지에서 조금씩 희미해지고 있는 서지헌이라는 이름에 대해서. 그리고 1945년 여름의 해방이란 것에 대해서도. 나도 귀를 쫑긋 세우고 들었지.

"1943년으로 집중해 정민 씨를 찾아간 이유가 이 시험지예요. 구글에 검색해 보면 아직 서지헌 씨는 1943년 12월 도피 중 사망한 것으로 정보가 나오거든요. 아직은 시험지에 '서' 자는 남아 있으니……. 그래서 그곳의 12월이 되기 전 '서' 자까지 마저 지워 내면 정민 씨 오빠는 목숨을 건질 수 있지 않을까가 제 생각이에요."

정민은 복잡한 얼굴이었어. 시험지에 쓰인 '서' 자를 손가락으로 가만히 쓸고만 있었지.

"그렇군요. 오빠는…… 이 세계에서는 망자로 이름이 남았군요."

"속단은 일러요. 우리는 방금 1943년 10월에서 왔으니까요. 아직 두 달이 있어요. 그사이에 사진을 더 찍어 보는 거예요. 사진을 팔아서 보내는 우리의 자금이, 정민 씨 오빠의 현재와 미래를 지키는 환경을 만들어 주고 있는 게 분명하니까요."

일리 있는 말이었지. 하지만 그 순간 내 머릿속에 떠오른 생각은 이랬어. 그렇게 하려면 우리는 다시 1943년 10월과 12월 사이의 시간으로 가야만 하는데, 그 기간 동안 제복 입은 사람들의 감시가 장난이 아닐 거란 거지. 과연 가능한 계획일까? 인간들이 불가능해 보이는 일을 해내는 데 어느 정도 소질이 있다는 건 나도 알지만 말이야, 운도 무시할 수는 없는 법이니까.

"저 혹시 여기…… 측간이 있습니까."

그런데 이야기를 한참 듣던 정민이 눈가를 찡그리며 물었어.

정민은 상가에 딸린 화장실에서 시원하게 구토를 쏟아 냈지. 아무래도 물갈이 같다고 승주가 정민의 등을 두드려 주며 말했어.

"죄송합니다. 여사님. 제가 염치도 모르고 몹쓸 몰골까지 보여 드리고 말았네요. 칠칠치 못하게."

"여행 중에는 음식 조심해야 하는 게 당연한데. 제가 미안해요. 생각이 짧았어요."

승주도 덩달아 사과했어. 그러고는 고개를 갸웃거리며 덧붙였지.

"그런데 좀 이상하네요. 저는 거기서 얻어먹은 거 다 괜찮았는데. 이소도요."

"그건 아무래도…… 고양이 때문이 아닐까 생각합니다."

세수한 얼굴의 물기를 소매로 훔치며 정민이 말했어.

"고양이요?"

"네, 저에게는 길을 인도하는 고양이가 없고 지금도 여러분들의 손님에 불과할 뿐이니까요. 고양이는 영물이라고 하지 않습니까. 옛이야기에 따르면 영물은 사람을 보호한다고 하지요. 특히 제 주인의 운을요."

"설마요. 솔직히 시간 여행부터 거짓말 같은데요."

승주가 말도 안 된다는 듯 손사래를 쳤어. 그게 정말인 줄도 모르고 말이야. 아, 그렇다고 승주가 내 주인이라는 건 아니야.

"정민 씨 속은 좀 편해졌어요?"

"한결 낫습니다. 신기하고 맛있는 걸 대접해 주셨는데. 면목이 없습니다."

"에이 사과는 그만……."

그때였어. 승주는 하던 말을 맺지 못한 채로 세면대 거울에 붙은 어떤 스티커에 시선을 고정했어. '현진 설비', '막힌 하수도', '070-1234-5678' 따위의 글자가 있는 스티커였는데…….

어라…… 그런데…… 뭔가 약간 이상한 게 아니겠어.

나는 세면대 위로 폴짝 뛰어올라 스티커를 가까이 확인했고 곧 이상함의 이유를 깨달았지. 여기에서는 안 보이던 글자가, 1943년에 흔히 보던 모양의 글자가 그 스티커에 뒤섞여 있었던 거야.

"이런 광고에 히라가나가 섞여 들어갈 리 없는데."

승주도 이해할 수 없다는 듯이 중얼거렸지.

"키야옹!"

시간이 구겨졌다는 내 말에 승주는 반박했어.

"아니, 우리가 거기에 갔을 땐 특별한 변화가 없었잖아."

"이곳은 일어를…… 전혀 쓰지 않습니까?"

"물론이죠! 옛날에 해방됐으니까!"

승주의 확언에 정민은 '역시 기묘하네요.'라고 중얼거리며 도리어 고개를 갸웃거렸어. 그러더니 잠시 후 무언가 떠오른 듯 말했지.

"사실 저쪽에도 기묘한 일이라고 한다면…… 의심 가는 게 하나 있기는 합니다."

"네?"

"요 몇 달, 좀처럼 없던 모래바람, 먼지바람이 자주 불어왔습니다. 경성에 기침 환자가 부쩍 늘었고 저도 최근에 약을 자주 지어 먹었습니다. 제가 본래 뜀박질도 오래 잘하고 허파도 튼튼한데요, 요즘따라 이상했어요. 시장통에서는 무슨 재앙이다, 신문에서는 신종 역병이다, 말들이 많았습니다."

"아……."

이런, 고양이의 불찰이었어.

"미세먼지가……."

승주도 같은 생각인 듯했지.

그쪽도 우리가 미처 모르는 사이 그런 식으로 시간이 구겨졌던 거야. 그래서 정민이 그렇게 기침을 했던 거고. 너무나 미안하게도.

긴 침묵이 흘렀어. 어디선가 수도가 새는지 타일 바닥으로 물이 똑똑 떨어지는 소리만 한동안 들리다가 정민이 입을 열었지.

"깨달았으니 됐습니다. 우리가 서로의 시간에 간섭하는 건 여기까지인가 봅니다."

"정민 씨."

"하지만 시간이 구겨져도 이 만남이 없던 게 되는 건 아니니까요. 여사님. 이제껏 베풀어 주신 은혜는 잊지 않겠습니다. 마지막까지 기운 내 오빠를 기다려 보겠습니다."

"제가 더 도울 방법이 있을 거예요!"

"충분히 하셨습니다. 이미 오빠의 이름 석 자에서 두 글자나 지워 주시지 않았습니까."

정민이 승주의 두 손을 꼭 잡으며 말했어.

"여사님은 이미, 이 고양이가 제게 나눠 준 최고의 운입니다. 진심으로 감사합니다."

나는 정민을 위해 우리가 떠나왔던 1943년 그날의 저녁으로 틈을 열었어.

그 '이소'의 새로운 사진은 더 이상 찍을 수 없겠지만, 정민은 오빠가 아직 살아 있다는 사실을 확인한 것만으로도 이번 시간 산책의 가치는 충분하다고 했어. 어쩌면 운명을 바꿀 수 있다는 가능성을 알게 된 것도.

정민은 마지막까지 나와 승주에게 고맙다며 몇 번이나 허리를 숙여 인사하고서 내가 연 틈으로 혼자 씩씩하게 미끄러져 들어갔어.

틈이 닫히고도 꽤 오랜 시간, 해가 떨어지고 바람이 차가워질 때까지 나와 승주는 캐트닙 구역에 말없이 앉아 있었지. 지난 여행 하루하루를 회상하면서.

그리고 며칠 뒤에 승주는 나를 '입양'했어.

그 노파가 또 나타나 집을 부수려던 찰나, 승주가 자기도 모르게 '제 고양이한테 그러지 마세요!'라고 해 버린 거지. 자기가 뱉은 말에 책임을 졌다고 해야 할까.

다만 입양이란 건 승주의 착각일 뿐, 실은 내가 승주를 선택한 거야. 정식 집사로 말이지. 그리고 맞아. 나는 다른 이름을 다 버리고 '이소'에 고정되기로 결심한 거야. 여러분도 고양이의 생에 관심이 좀 있다면 알겠지만, 그건 아주 중대하고도 굉장한 결심이지. 고양이에게는 운명 그 자체를 바꾸는 일이니까.

처음에 말했지. 이건 내가 어떻게 이름을 얻었는가에 대한 이야기라고.

"이소, 왜 멀뚱히 있어? 네 바퀴 돌아야 하잖아!"

한번은 승주가 인내심을 잃고 나를 닦달한 적이 있어. 구글이라는 곳에서 서지헌의 사망일이 변함없이 1943년 12월인 걸 보고 조바심이 났던 거야. 게다가 서정민이라는 이름은 흔한 편이라 검색해도 그럴듯한 단서를 찾기가 어려웠고.

결국 승주는 캐트닙 구역으로 날 데려가서 1943년 11월로

가자고 부탁했어. 딱 한 번만 보고 싶다고. 정민 씨가 무사한지. 누구에게도 말 걸지 않고 누구의 눈에도 띄지 않을 테니 멀리서 딱 30초만 보고 싶다고. 그 정도 미세먼지는 그리 치명적이지 않지 않겠냐고.

나는 꼬리를 다리에 감아 만 채로 가만히 승주를 올려다보았어. 미안하지만 그럴 수밖에 없었어.

"이소야, 왜 안 해? 왜 안 하는데? 응?"

갑갑해진 승주는 나를 한참 어르고 달래고 화도 한번 냈다가 결국 시간 산책을 포기하고 집으로 돌아왔어. 집에 도착하고도 한참 삐져서 말이 없더라고. 그러다가 밤늦은 시간이 되어서야 목소리를 들려줬어.

"정민 씨는 괜찮을까."

2017년 11월이 되도록 남아 있는 '서' 자를 보며 승주가 중얼거렸어. 아주 약간 더 흐려지긴 했지만 그래도 여전히 잘 보이는 채였지.

"사실 이제는 정민 씨라도 무사했으면 좋겠어."

승주는 마치 시험지가 정민의 사진이라도 되는 것처럼 뚫어지게 바라보면서 독백했어.

"처음부터 내가 안 갔더라면 정민 씨라도 무사했을까. 죄책감이 들어. 맞아. 더 망가뜨리기 전에 안 가는 게 맞아. 내가 다시 가면 상황을 오히려 악화시킬 거야. 거기선 얼굴도 팔렸으니까. 그리고 그날 이후의 정민 씨가 사진관에 있으리란 보장도 없지.

무사하다면 어딘가에 숨어 지낼 가능성이 클 테고. 너도 거기까지는 모를 거 아냐. 정민 씨가 지금 어디에 있는지."

물론 그렇긴 했지만 승주가 모르는 게 또 하나 있었어. 나는 이제 캐트닙 네트워크를 벗어났다는 사실.

그게 무슨 뜻이냐면, 나는 이제 시간 산책을 할 수 없는 몸이 되었다는 거야. 승주가 원하든 원하지 않든. '이소'라는 이름에 고정되었으니까. 그래서 승주를 1943년으로 데려갈 수 없었어.

아직 무슨 말인지 모르겠다고? 캐트닙 네트워크는 하나의 이름에 고정되지 않은 길고양이들만의 것이야. 집사를 선택한 이상 산책은 끝이지. 이름과 집이란 것이 생겼으니. 그것들은 아주 무거운 것이고…… 더 이상 떠돌아다닐 필요가 없게 돼.

산책이 끝나 버렸다는 소식에 여러분은 실망했을까?

아니, 그러긴 아직 일러.

1943년을 다시 산책하지 못했고, 1945년에 이곳이 자유라는 이름을 되찾은 건 변하지 않는 사실이라고 해도, 우리에겐 아직 확인하고 싶은 무언가가 남았잖아? 서정민이라는 평범한 이름의 소녀에 대해서.

그에 대한 힌트를 얻은 건 시간이 다소 흐른 2023년 가을, '감독'이라는 사람에게서야. 여러분도 알다시피 구글이 세상사 전부를 명쾌하게 알려 주진 않아. 승주도 그걸 받아들이고 서지헌도 서정민도 검색해 보기를 어느 날 멈췄어. 시험지도 더 이상 확인하지 않았고. 차라리 모르는 편이 낫다고 마음을 정한 거지. 정민의 말대로 서로의 시간에 간섭하지 않기로.

마지막 시간 산책을 끝낸 이듬해부터 승주는 부지런히 오디션을 보러 다녔고 어느 날부터는 텔레비전에 조금씩 얼굴을 내밀게 됐어. 길에서 승주를 알은체하는 사람들도 제법 생겨났고. 이름은 처음 그대로, '나승주'로 고정하기로 했대. '이소민'은 1943년의 모데루를 위해 남겨 두기로 했다나.

그러던 어느 날. 감독이라는 사람이 나타나서 승주에게 그동안 찾던 얼굴이라며 자기 영화에 출연해 주면 좋겠다고 제안했어. 우리는 시내의 한 반려묘 동반 출입 가능한 카페에서 만났고 그는 아주 오래되어 색이 바랜 사진을 한 장 내밀었어. 그 사진을 보자마자 승주의 눈은 있는 대로 커졌지.

그건 바로 '그 사진'이었거든.

기억해? 감청색의 레트로. 한쪽으로 쓰다듬으면 보들보들하고 반대편으로 쓰다듬으면 까슬까슬한 그 옷. 물론 그 색깔은 안 보이는 흑백사진이지만, 정민이 찍어 주었던 승주의 그 사진.

사진은 시간의 손길을 고스란히 거쳐 와 모서리도 표면도 심하게 낡아 있었어. 감독이 어느 오래된 중고 책 사이에 책갈피처럼 끼워져 있던 그것을 우연히 발견하면서 이 모든 일이 시작되었다고 했지. 동시에 감독은 승주가 사진 속의 인물과 똑 닮아서 계속 눈여겨봐 왔다고 했어.

아, 그런데 감독이 만들려는 작품의 주인공이 승주인 것은 아니었어. 지난 몇 년간 감독이 조사하며 작업한 시나리오의 주인공은 따로 있었지. 어느 기록에서도 정확한 이름을 발견하지 못해서 시나리오상 이름은 아직 '서 작가'라고 했어.

'서'라는 성씨에 나와 승주의 귀가 동시에 쫑긋해졌지.

그가 설명하기를 해방과 전쟁 전후로 서울의 다양한 풍경을 남기고 행적이 묘연해진 서 씨의 여성 사진작가가 있었다고 해. 서 작가가 남긴 유일한 사진첩의 제목은 「미래를 입은 여자」라며 이번에는 휴대전화 속 사진을 하나 보여 주었어. 박물관 소장 자료라 실물을 보여 줄 수는 없다면서.

감독이 손가락을 쓸며 페이지를 넘길 때마다 승주의 사진 몇 장도 차례로 나타났어. 승주의 두근거림이 무릎에 앉아 있는 내게도 전해지는 중이었지.

"학예사님 말씀에 따르면 서 작가는 '이소'라는 모델의 사진을 팔아서 독립운동 자금으로 조달했을 가능성이 있다고 해요. 저는 그 이야기를 듣고 '미래를 입은 여자'라는 제목에 혹해서 이 시나리오를 쓰게 됐고요. 사실 영화사 몇 군데서 퇴짜를 맞았는지 몰라요. 그래도 올해 한 군데서 관심을 보였고 이렇게 캐스팅 단계에 있습니다. 주인공은 서 작가지만 이소 역에는 반드시 나승주 씨를 캐스팅하고 싶어서 바로 연락드렸고요."

감독은 자기가 조사해 아는 범위에서 서 작가의 이야기도 들려주었어. 해방 전 숨어서 죽은 듯이 살았던 기간이 있었고,

1945년 겨울, 죽은 줄 알고 체념했던 오빠가 중국에서 돌아왔으며 그때 기념으로 남긴 둘의 유일한 가족사진이 있다고 했어.

감독의 휴대전화에는 물론 그 사진도 들어 있었지. 어색한 포즈로 카메라를 향해 엉거주춤 선 서로 닮은 여자와 남자 하나. 위아래가 붙은 옷에 짧은 곱슬머리. 정민이었어.

"잠시만요. 감독님."

궁금증을 더 이상 참지 못한 승주는 결국 양해를 구하고 제 휴대전화로 구글을 열었어. 아주 오랜만이었을 거야. '서지헌'이라는 이름을 그 네모 칸 속에 넣어 보는 거 말이야. 승주의 입이 이내 살짝 벌어졌어.

"없다……."

작게 떨리는 소리였지만 나에게는 아주 분명하게 들렸지. 그렇다는 건 시험지에도 이제 '서' 자는 남아 있지 않게 되었다는 걸까. 나도 심장이 콩콩거리고 털끝이 찌릿해졌어.

"계속해 주세요."

눈가가 빨개진 승주가 감독에게 부탁했어. 서 작가의 이야기를 더 들려 달라고.

오빠와의 재회 후 서 작가는 전쟁이라는 어려움을 또다시 겪지만, 그래도 사진을 놓지 않고 살았다고 해. 다만 1955년 이후 남매는 어떤 행적도 없이 사라진 게 미스터리라는 것일 뿐. 감독은 그래서 영화의 결말을 어떻게 지어야 할지는 여전히 고민 중이라고 덧붙였어.

"이념 다툼이 첨예했던 그 시대에는 행방이 묘연해진 인물들이 꽤 있었다고 해요. 월북 가능성도 국외 망명설도 있지만 진실은 아무도 모르죠. 그래도 후세에 완전히 잊히지 않고 발견해 주는 누군가가 있다는 건 좋은 일이라고 생각합니다. 아, 그리고 사족이지만 사진첩에는 작가 남매가 고양이와 함께 찍은 것도 몇 장이 있어요."

'마침 고양이를 데리고 나오셔서, 이것도 안 보여 드릴 수 없네요.'라며 감독은 다른 사진도 보여 주었어.

"작가 남매는 고양이를 무척 좋아했던 모양이에요. 생김새가 다 다른 고양이인 걸 보면, 반려묘는 아니었을 테고 길고양이들 같아요."

감독이 보여 준 사진 중 하나에는 아무리 봐도 '송곳니'인 녀석이 있었어. 순간 나와 승주는 정신이 번뜩 들어 '아, 어쩌면……!'의 눈빛으로 서로를 마주 보았지.

우리는 이제 일치된 언어로 대화를 나누지 않지만 집사와 고양이 사이니까 서로 표정만 봐도 척하면 척이거든. 분명히 같은 생각을 떠올렸을 거야.

캐트닙 네트워크.

원래의 시간에서 미끄러져 나가 시간의 틈을 벌려 산책을 떠난 남매의 모습이 나와 승주의 가운데에 말풍선처럼 떠오른 거야.

그렇다면 그동안 우리가 미처 알아차리지 못한 시간의 구겨

짐은 무엇이었을까, 그런 생각도 스치긴 했는데. 아니, 있잖아. 시간 산책이 나만의 것이 아닌 이상, 이 세상은 애초에 시간이 구겨진 결과로서 존재하는 거 아닐까? 아무리 제자리를 지키려고 애써도 결국 세상의 시공은 서로가 서로를 늘 간섭하고 있었던 거 아니냐고.

왜냐하면, 이름 없는 고양이는 언제나 어디에나 늘 있으니까. 그리고 있어 왔으니까. 앞으로도 있을 것이고.

즉, 오늘 감독이 승주를 찾아온 것도 결국은 시간이 구겨진 결과라는 거지. 내 말 이해해? 아마도 여러분은 이해했겠지만 과연 승주가 이렇게 복잡한 생각까지 하고 있는지는 솔직히 모르겠군. 지금은 그저 서 사진관 남매가 무사했다는 것만으로 충분히 기쁜 것 같아.

승주는 당연히 출연을 승낙했어. 그리고 미팅을 끝내기 전 감독에게 슬며시 제안했지. 서 작가에게 '서정민'이라는 이름을 주면 어떻겠냐고. 개인적으로 많이 아끼는 이름이라 추천하고 싶다고. 감독은 잘 어울린다며 적극적으로 고려하겠다고 했어.

"이소야."

"이야옹."

"고양이가 있으니까, 이제 물갈이는 안 하겠지?"

귓갓길 승주가 내게 나긋하게 물었어. 그거야 두말하면 수염 간지럽지. 나는 크게 하품하며 가르랑거렸어.

"다행이다. 정말로."

있잖아, 어쩐지 오늘은 포슬포슬한 북어포를 무지무지 먹고 싶은 날이야. 승주가 집에 도착해서 '서' 자가 사라진, 이름이 깨끗이 지워진 시험지를 확인하고 나면 세 개 정도 달라고 해 봐야겠어.

세상을 괜찮게 구겼던 이소에겐 오늘 그럴 자격이 있으니까.

밤을 달려 온

1판 1쇄 찍음 2026년 1월 23일
1판 1쇄 펴냄 2026년 1월 30일

지은이 | 연여름
발행인 | 박근섭
책임편집 | 정미리
편집인 | 김준혁
펴낸곳 | 황금가지

출판등록 | 2009. 10. 8 (제2009-000273호)
주소 | 06027 서울 강남구 도산대로 1길 62 강남출판문화센터 5층
전화 | 영업부 515-2000 편집부 3446-8774 **팩시밀리** 515-2007
홈페이지 | www.goldenbough.co.kr

도서 파본 등의 이유로 반송이 필요할 경우에는 구매처에서 교환하시고
출판사 교환이 필요할 경우에는 아래 주소로 반송 사유를 적어 도서와 함께 보내주세요.
06027 서울 강남구 도산대로 1길 62 강남출판문화센터 6층 민음인 마케팅부

㈜민음인은 민음사 출판 그룹의 자회사입니다.
황금가지는 ㈜민음인의 픽션 전문 출간 브랜드입니다.